# Der Spatz in der Hand

Ilse Gräfin von Bredow

# Der Spatz in der Hand

Roman

Scherz

Von der Autorin sind außerdem erschienen:

Kartoffeln mit Stippe
Deine Keile kriegste doch
Willst du glücklich sein im Leben . . .
Ein Fräulein von und zu
Die Glückskinder
Ein Bernhardiner namens Möpschen

1. Auflage der Sonderausgabe 1994

Schutzumschlag von Manfred Waller unter Verwendung eines Gemäldes von Marlis Hoops.

# 1

Onkel Ludwig ist verschwunden. Niemand weiß, wo er steckt. Trübsinnig verrühre ich die Sahne in meiner Kaffeetasse und starre vor mich hin. Um mich herum, wie gewohnt, Großeltern, Onkel und Tanten, die mich zu trösten versuchen, jeder auf seine Art. Seit meiner Kindheit fühlen sie sich für mich verantwortlich und mischen sich in meine Angelegenheiten, ein für Außenstehende schon immer etwas verwirrender Zustand. «Wer zum Teufel ist denn nun eigentlich dein Erziehungsberechtigter?» fragte mich mein Klassenlehrer jedesmal mürrisch, wenn wieder ein Mitglied dieses Familienklüngels zu ihm kam und Rechenschaft verlangte, und spottete: «Schneewittchen und die sieben Zwerge.» Der Vergleich hinkt, nur Opa und Onkel Jochen, sein Bruder, sind von kleiner Statur.

Sieben vom Schlage der Petersens, die sich um mein Heil sorgen und mich gängeln. Ich seufze tief, was Tante Leonie mißversteht und natürlich auf den verschwundenen Onkel bezieht. «Keine Bange, Unkraut vergeht nicht.» Sie tastet nach ihrem merkwürdigen

Zopf, den sie neuerdings auf dem Kopf trägt. «Der ist als Kind noch sorglos auf dem Eis herumgeflitzt, da sind die Wildenten schon eingebrochen. Bestimmt steckt eine neue Freundin dahinter. Hätte er sich sonst eine Vertretung für seine Praxis besorgt? Unser Herr Doktor liebt nun mal die Abwechslung.» Sie lächelt säuerlich.

«Der olle Geheimniskrämer, noch genau wie früher. Nichts als Flausen im Kopf.» Opa nickt zustimmend und tischt uns zum neunundneunzigsten Mal die Geschichte aus Ludwigs Kindheitstagen auf. Schon damals war Ludwig der beste Freund meines Vaters gewesen und auch von Opa wohlgelitten. Beim Räuber- und Gendarmspiel kam er plötzlich auf die Idee, die strohgedeckte Scheune des Nachbarn zu entern. Mit dem nicht unbedingt passenden Ruf «Mir nach, spricht Christus, unser Herr» balancierte er über das Dach, gefolgt von seiner gehorsamen Mannschaft. Prompt brachen sie allesamt ein und knallten auf einen Leiterwagen. «Das war vielleicht ein Geschrei. Heulend kamen sie aus der Scheune gehumpelt. Einer hatte sich sogar den Arm gebrochen. Aber dieser unnütze Bengel, dieser Ludwig, nicht mal 'ne Schramme.» Opa lacht jedesmal wieder über den Scheunensturz und gibt widerwillig zu, daß Ludwig ein einfallsreiches Kerlchen war. Nur Großtante Irmchen teilt meine Sorgen. Sie befürchtet, wie gewöhnlich, Schreckliches. Drogen könnten im Spiel sein, vielleicht sogar eine Entführung; diese irische Untergrundbewegung schnappt doch meist die

Falschen. Erst neulich hat sie einen Bericht darüber in einer ihrer Illustrierten gelesen. Oder die Mafia ist hinter ihm her. Opa sieht sie verächtlich an. «Was für ein Schwachsinn.»

Während sie so reden, wird mir immer elender. Wahrscheinlich bin ich, das Kuckuckskind, mal wieder schuld an allem. Am liebsten möchte ich heulen, aber ich reiße mich zusammen. Meine Affenliebe zu diesem Onkel ist der Familie von Anfang an suspekt gewesen. Jeder hat seine Meinung über ihn. Tante Irmchen findet ihn charmant und lobt seine Anhänglichkeit an sie. Nur ein bißchen pünktlicher könnte er sein; und das Rauchen sollte er sich abgewöhnen. «Diesen Qualm hält ja keine Gardine aus.» Onkel Jochen und Tante Edith bescheinigen ihm «sehr viel Gemüt», worauf Tante Leonie jedesmal bedeutungsvoll nickt und dann düster sagt: «Ihr kennt ihn eben nicht. Er ist und bleibt ein krasser Egoist.» Da ist Oma anderer Ansicht. Sie lobt Onkel Ludwigs Treue zu meinem verschollenen Vater und daß er sich deshalb so vorbildlich um mich kümmert. Opa darf sie damit nicht kommen, der behauptet nämlich, dafür hätte Ludwig seine Gründe. Das schlechte Gewissen täte ihn drücken. Oma sieht ihn dann immer unwillig an. «Ach, hör doch auf, Hermann!»

Soviel sie auch an ihm herummäkeln, er ist und bleibt ein unerschöpfliches Thema, bestens geeignet, das Gespräch bei Familienfeiern nicht einschlafen zu lassen. Wenn die Unterhaltung über Krankheiten, das miese Fernsehprogramm, die Umweltverschmutzung oder sensationelle politische Ereignisse allmählich versackt, braucht nur jemand zu fragen: «Übrigens, was treibt eigentlich euer Ludwig?», und schon werden die Köpfe wieder zusammengesteckt.

Im Augenblick ist natürlich sein geheimnisvolles Verschwinden das große Rätsel. Auch sein Vertreter kann sich keinen Reim darauf machen. Zwei Wochen waren vorgesehen, und nun ist bereits mehr als ein Monat vergangen. Ihm kann es nur recht sein. Onkel Ludwigs Zahnarztpraxis floriert, die anfänglichen Schwierigkeiten mit den weiblichen Patienten sind überwunden. Sie hatten ihn jedesmal bei der Begrüßung enttäuscht angesehen und gefragt: «Ist denn Herr *Doktor* Petersen noch nicht zurück?» Inzwischen haben sie sich an den Neuen gewöhnt, auch daran, daß er keinen Titel hat.

Die Familie gibt es zwar nicht zu, aber für uns spielt Onkel Ludwigs Titel eine gewisse Rolle, und wir lassen gern dezent durchblicken, daß wir einen Akademiker in der Familie haben; zwar der einzige bisher, aber das wird sich hoffentlich ändern. Auch ich soll unbedingt studieren, und man kann nur hoffen, sagt Opa, daß ich nicht wie mein Vater das Glück mit Füßen trete oder eine Herumtreiberin werde wie meine Mutter. Der Apfel fällt nun mal nicht weit vom Stamm, und Undank ist der Welt Lohn.

Opa war deshalb besonders hinterher, daß ich das Abitur machte. Als ich mit fünfzehn um ein Haar sitzenblieb, flippte er völlig aus und kam mir gleich wieder mit der alten Leier, wie er in meinem Alter schon hatte schuften müssen. Mit den Hühnern aus dem Bett, jawohl, und keine Rede von Jugendschutz und so. Und daß ich wie eine Prinzessin auf der Erbse gehalten werde und von den Frauensleuten viel zu sehr in Watte gepackt. Als Tante Leonie vermitteln wollte und sagte, daß sich vielleicht allmählich die Hormone bei mir bemerkbar machen, schnauzte er sie an, von solchen Schweinereien wolle er nichts hören.

Es gab mal wieder eine richtige Familienszene.

Ich schrie, die Schule könne mir gestohlen bleiben, ich wolle viel lieber Friseuse werden wie Tante Leonie. Und Opa brüllte etwas von dem berühmten Undank in der Welt. Großmutter versuchte abwechselnd ihn – «Nun mal sachte, Hermann» – und mich – «Kind, wir hören dich ja, schrei doch nicht so» – zu beschwichtigen. Als er dann wieder mit seinem Apfel, der nicht weit vom Stamm fällt, kam, fing Großmutter an zu weinen, und ich wußte, jetzt denkt sie an meinen verschollenen Vater. Opa war gleich wie umgewandelt und tröstete sie und sagte: «Du hast ja recht, Hänsgen war ein feiner Junge.» Dann redeten sie leise miteinander, und ich stand verloren da und kam mir völlig überflüssig vor.

«Und ich werd' doch Friseuse!» schrie ich dann, malte mir die Lippen himbeerrot an, und ehe Großmutter zu der stereotypen Frage «Wo gehst du hin?» ansetzen konnte, hatte ich schon das Zimmer türenknallend verlassen und radelte zu Onkel Ludwig, meinem Seelentröster in jeder Lebenslage. Der hörte mich in seiner teilnehmenden, wenn auch etwas abwesenden Art an und strich mir beruhigend übers Haar.

«Sonst schimpft Opa immer auf die Studenten und findet, sie sollten lieber was Vernünftiges lernen, als jahrelang auf den Universitäten herumzulümmeln», beschwerte ich mich. «Ständig sagt er, nur Handwerk hat goldenen Boden.»

«Handwerk ist alles, mein Kleines», sagte Onkel Ludwig. «Auch ein Professor muß sein Handwerk verstehen. Aber dein Großvater hat schon recht. Ein so guter Malermeister wie er ist gefragter als jeder Diplompsychologe.»

Das stimmt. Nicht mal unser Bürgermeister würde es mit Opa verderben wollen. War nicht sogar der Vater von Klaus Friesen – der Chefarzt vom Krankenhaus und Herr über Leben und Tod – zu Kreuze gekrochen, als sein Sohn im ersten Schuljahr vor der versammelten Klasse «beschissener Bastard» zu mir gesagt hatte? Professor Friesen hatte sofort den Gang nach Canossa angetreten. Großvater, von kleiner, aber kräftiger Statur und als cholerisch bekannt und gefürchtet, stand finster vor seiner Werkstatt, als der Herr Professor mit federndem Schritt, sich dabei nervös durchs Haar fahrend, nahte. Schon an der Gartenpforte begann er mit den Komplimenten – was für ein stilvolles Häuschen, was für ein entzückender Garten – und ging dann nahtlos zu wortreichen Entschuldigungen über. «Es ist mir wirklich äußerst unangenehm, Herr Petersen, daß sich mein

Sohn so danebenbenommen hat. Natürlich weiß er gar nicht, was ein Bastard ist.»

«Das will ich stark hoffen», schnaubte Opa.

Es gab noch einiges Hin und Her, bis man im Haus mit dem Versöhnungsschnaps anstoßen und die üblichen Floskeln wechseln konnte: wie kalt in diesem Jahr der Sommer sei und wie ungewöhnlich trocken. Der Herr Professor verabschiedete sich sichtlich erleichtert, nicht ohne vorsichtig zu fragen: «Wir können doch am Montag mit Ihnen rechnen? Meine Frau verläßt sich fest darauf.»

Opa nickte gnädig. «Geschäftliche Vereinbarungen pflege ich einzuhalten, Herr Professor.»

«Nun ja, es kann ja mal was dazwischenkommen», begütigte der Professor und federte nach einem herzhaften Händedruck davon.

Großvater macht viel davon her, daß die Petersens eine uralte Handwerkerfamilie sind. Einer unserer Vorfahren soll sogar als Hufschmied in Wallensteins Lager dem großen Feldherrn das Leibroß beschlagen haben. Sie sind seit Generationen in der Stadt ansässig, diesem beschaulichen, im Krieg von Bomben verschonten Nest, das von den Steuern eines amerikanischen Chemiewerks lebt. Die Fabrik liegt auf der anderen Seite des Flusses, dem man kaum ansieht, was alles in ihn hineingeschüttet wird. Ich persönlich halte den Ort für ein ziemliches Kaff, doch meiner Familie darf ich damit nicht kommen. Sicher, der alte Stadtkern mit seinen niedrigen Fachwerkhäusern, die man für viel Geld renoviert und herausgeputzt hat, wirkt recht dekorativ, und die Läden in den engen, kopfsteingepflasterten Gäßchen sind auch ganz schick. Aber sonst ist wenig los, bis auf die Sommermonate, wenn die Touristen uns überschwemmen. Die sind natürlich, wie es sich gehört, ganz hin und weg von der «entzückend altertümlichen» Brücke, dem Fluß, den uralten Kastanien und dem Brunnen auf dem Marktplatz, der so romantisch plätschert, ein Geräusch, das ich eher einschläfernd finde. Wie fette, gurrende Tauben hocken die Stadtbesucher überall herum, in den Arkaden kann man vor lauter Gewimmel kaum noch gehen und glitscht auf Eiswaffeln oder Pommes und Ketchup aus. Auf den Bänken dösen die ganz Alten stundenlang behaglich vor sich hin. Wahrscheinlich träumen sie dabei von der guten alten Zeit, als man noch barfüßig hinter dem Wassersprenger herlief, dem Drehorgelspieler Geld aus dem Fenster zuwarf und ihr «Führer» für Sauberkeit und Ordnung sorgte. Auch die alte, im Stadtführer als besonderer Höhepunkt erwähnte Backsteinkirche ist ein beliebtes Ziel. Ich kann mir was Interessanteres vorstellen. Anders meine Familie. Sie ist stolz auf ihre Stadt, die sich in ihren Augen durchaus mit Rothenburg ob der Tauber messen kann. Doch es ist nicht alles Gold, was glänzt, sagt Opa. Nicht bei der Kirche, deren Dachrinne dringend erneuert werden müßte, nicht bei den Stadtvätern, die mit den Steuergeldern nur so um sich schmeißen, und schon gar nicht bei Onkel Ludwig, auch wenn ihn die Lokalzeitung gern «einen Sohn dieser Stadt» nennt, auf den wir alle stolz sein können, und die seinen schicken Bungalow als «Domizil» bezeichnet.

Immerhin ist Opa ehrlich genug, um, wenn auch widerstrebend, zuzugeben, daß Onkel Ludwig seiner Zeit schon immer ein Stück voraus war. Als Mallorca noch hoch im Kurs stand, fuhr Ludwig längst in die Toskana, und während sein ehemaliger Chef und einziger Konkurrent in der Stadt, der das militärische Gehabe eines Feldschers nie abgelegt hatte und sehr viel vom Zähneziehen hielt, mit Gerätschaften hantierte, die Preßluftbohrern glichen, und verängstigte Patienten auf abgewetzten Stühlen im zugigen Flur lange warten ließ, räkelte man sich bei Onkel Ludwig bereits in einem boudoirähnlichen Wartezimmer mit lieblichen Landschaften an den Wänden und einem Schaukelpferd für die Kinder geplagter Mütter in der Ecke. War man an der Reihe, nahm man auf einer Art Ruhebett Platz, umduselt von sanfter Musik, über sich das gebräunte, markante Gesicht Onkel Ludwigs, der behutsam den Bohrer neuesten Modells führte. In einer der bunten Illustrierten sieht er noch heute dem Leser mit aufmunterndem Lächeln entgegen, erzählt ihm über Desensibilisierung gegen Zahnarztphobie und unterweist ihn in sinnvoller Zahnpflege. Er hat sogar etwas Bahnbrechendes auf dem Gebiet der Jacket-Kronen erfunden und ist dafür ausgezeichnet worden. Er ist überall beliebt, außer bei Opa. Opa ist und bleibt eben ein nachtragender Mensch.

So regt er sich heute noch darüber auf, daß ihm Ludwig als Halbwüchsiger einen Hecht, *den* Hecht, wie Opa sagt, praktisch vor der Nase weggeschnappt hat. «Einfach mit'm Käscher aus'm Graben», gibt er mal wieder zum besten.

«Damals hast du darüber gelacht», sagt Großmutter. «Ich will abdecken, trink deinen Kaffee aus.» Kaffee ist bei uns ein heiliges Getränk und wird zu jeder Tageszeit serviert. Kaum taucht jemand auf, heißt es: «Wie ist es mit einer schönen Tasse Kaffee?»

Opa gehorcht wortlos. Ein wenig bedripst sieht er vor sich hin. Für einen Augenblick vergesse ich meinen Kummer. Er tut mir leid, daß er heute nicht so recht zum Zuge kommt. Natürlich habe ich die Geschichte von dem Hecht schon hundertmal gehört. Hundertmal bin ich den Großeltern und Großtanten auf den Pfaden ihrer Erinnerungen hinterhergetrabt. Die armen Alten, ganz verstrickt im Netz ihres langweiligen Lebens, das für sie selber so bemerkenswert und aufregend zu sein scheint, daß sie immer wieder darauf zurückkommen. Wann haben sie schon diesen trübsinnigen Ort verlassen? Opa nur als Soldat, und Großtante Irmchen bei dem kurzen Intermezzo mit dem amerikanischen Sergeanten, der sie in einem rumpeligen Transportflugzeug ins goldene Land ihrer Träume, nach Amerika, entführte. Viel gesehen hat sie davon nicht. Der Sergeant war in der Nähe der Wüste stationiert, und in einer überaus trostlosen Gegend hatte sie, in der Hitze zerfließend, den halben Tag vor weitgeöffnetem Eisschrank gesessen und vor Heimweh weinend kiloweise Eiscreme in sich hineingestopft, eine Episode, über die die Familie gern hinweggeht.

Großtante Irmchen schwärmt lieber von den fünfziger Jahren, als sie mit Ludwigs Mutter, der schönen Toni, voller Abenteuerlust auf der Vespa über die Straßen brauste. Viel ist dabei nicht herausgekommen, wie ich finde. Nicht mehr als bei Omas vielgepriesenem Apfelbaum, von dem sie jedes Jahr behauptet: «Ihr werdet sehen, diesmal trägt er prächtig.» Und dann sind es doch nur wieder diese Schrumpeläpfel, an denen man sich die Zähne ausbeißt und auf die nicht einmal die Wespen Appetit haben.

Ich werde mich jedenfalls mit so dürftigen Erlebnissen nicht zufriedengeben. Ich werde die Glocken läuten lassen, obwohl ich schon jetzt einiges mitgemacht habe. Erst sind mir meine Eltern abhanden gekommen und nun auch noch mein geliebter Onkel. Im Moment ist alles etwas kompliziert. Im letzten Jahr hat sich so viel ereignet, man sollte es nicht glauben. In der ganzen Welt, aber auch bei mir haben sich die Dinge überstürzt. Aber was soll's. Augen zu und durch, sagt Opa immer. Es werden schon wieder ruhigere Zeiten kommen.

# 2

Das war auch schon nach dem Krieg die Meinung von Opa und Konrad Petersen, seinem entfernten Cousin, gewesen. Auch sie waren, wie später ihre beiden Söhne, von Kindheit an befreundet. «Aber dann, aber dann», sagt Großtante Irmchen, von der ich die Geschichte habe, und macht ihr wissendes Gesicht. «Glück und Glas, wie leicht bricht das.» Die beiden Freunde verliebten sich in dasselbe Mädchen, die schöne Toni, und gleich so heftig, daß die Freundschaft flöten ging.

Toni und ihre Familie waren bei Kriegsende vor den Russen geflohen. Sie kamen aus der Zone, wie die Petersens die DDR immer nannten. Toni war mit ihrer Familie und vielen anderen Flüchtlingen in einer ehemaligen Arbeitsdienstbaracke untergebracht, in der Nässe und Wind durch alle Ritzen drangen und jeden Tag aufs neue der Kampf um den einzigen qualmenden Herd entbrannte. Daher brauchte man sie auf dem Landratsamt, wo sie eine Stellung als Schreibkraft gefunden hatte, nicht lange zu bitten, wenn es galt, Überstunden zu machen. In den Diensträumen war es angenehm warm, und die englischen Besatzer zeigten sich großzügig im Verteilen von Zigaretten, Schokolade und Bohnenkaffee.

Zur selben Zeit nun bekam Opa den Auftrag, das Dienstzimmer des Captains zu streichen, während Konrad Petersen, der in der Klempnerei seiner Eltern arbeitete, sich um verstopfte Ausgüsse und Rohrbrüche kümmern mußte. Beiden stach die schöne Toni auf der Stelle ins Auge. Unschlüssig flatterte sie zwischen ihnen hin und her. Maler oder Klempner, das war hier die Frage.

Opas und Konrads Eltern mißfiel das Ganze sehr. Zwar erzählte man sich, die schöne Toni habe sogar das Lyzeum besucht und ihr Vater sei Mühlenbesitzer gewesen, aber fürs Gewesene gibt der Kaiser nun mal nichts. Und Flüchtlinge behaupteten viel, wenn der Tag lang war. Unter einer Villa oder einem Hof taten die's doch nicht. Die Jungs, so die Eltern, sollten mit was Ordentlichem nach Hause kommen. Das wenigste, was man verlangen konnte, war eine vernünftige Aussteuer. Hübsch war ja diese Toni, das mußte ihr der Neid lassen.

Opa und Konrad war das Gerede der Eltern schnurz. Die knapsten sich jeden Pfennig ab, um auf dem Schwarzmarkt kleine Geschenke für Toni zu erstehen.

Eine Zeitlang sah es so aus, als ob Opa das Rennen machen würde. Doch dann starben Konrads Eltern kurz nacheinander. Dieses traurige Ereignis mit seinen lukrativen Folgen gab den Ausschlag. Als ich mich, während Tante Irmchen mir die Geschichte erzählte, darüber empörte, nahm Tantchen die schöne Toni in Schutz: «Ein Flüchtling mußte nun mal praktisch denken. Dein Großvater war nur Geselle und hatte sonst nichts an der Hacke. Aber Konrad besaß jetzt ein eigenes Geschäft. Hermann wollte es zuerst partout nicht wahrhaben und hat sich fürchterlich geschämt, besonders für die zwei Liebesbriefe, die er sich für Toni abgerungen hatte. Ein Wunder, daß er nicht vor lauter Verzweiflung seinen Kopf in einen Eimer voll Farbe gesteckt hat.» Sie machte ein spöttisches Gesicht. «Hermann ist doch zu allem fähig.»

Nach Tante Irmchens Darstellung hatte Konrad der Triumph aus allen Knopflöchern geleuchtet, als er seinen Freund von der Verlobung in Kenntnis setzte. Dumpf, ohne eine Reaktion zu zeigen, war Hermann neben ihm durch das Städtchen getrottet. Als Konrad ihm dann auch noch mit gönnerhafter Gebärde seinen Arm um die Schultern legte, flammte eine rasende Wut in ihm auf. Blitzschnell schlug er zu. Eine wilde Prügelei begann, direkt vor dem Laden des Friseurs. Der hatte gerade sein Geschäft wiedereröffnet und war dabei, mit der Frau des Bürgermeisters Süßholz zu raspeln. «Gnädige Frau haben das reinste Engelshaar.»

«O Gott», rief die engelshaarige Dame und deutete erschrocken auf das Gebalge vor dem Laden. «Zeiten sind das, jetzt wird sich hier schon auf offener Straße geprügelt.»

In dem Friseur erwachte der ehemalige Feldwebel. Er

riß die Tür auf und schnarrte: «Wohl verrückt geworden, Leute? Auf der Stelle auseinander!» Seine Kommandostimme verfehlte ihre Wirkung nicht. Hermann und Konrad kamen zur Besinnung, rappelten sich auf, klopften sich den Anzug ab und gingen schweigend in verschiedene Richtungen davon, ohne die gaffenden Zuschauer zu beachten.

Nach Ludwigs Geburt verlor die schöne Toni bald die Lust an der ganzen Klempnerei mit ihren beiden Dauerthemen: verstopfte Klos und Leckagen. Nach der Währungsreform überredete sie Konrad, das gutgehende Geschäft zu verkaufen und Kinobesitzer zu werden. Konrad Petersen fand diesen Vorschlag seiner hübschen Frau reichlich abwegig. «Also wirklich, Ideen hast du, einfach gediegen.» Aber natürlich setzte sie ihren Willen durch, und so wurden sie Inhaber des einzigen Lichtspieltheaters am Ort, der «Palette», zu dem man an den Abenden und Wochenenden in Scharen pilgerte, um sich von Maria Schell, Dieter Borsche, Ruth Leuwerik, O. W. Fischer und anderen zu Tränen rühren zu lassen.

Anfang der sechziger Jahre wurde das Kino verkauft und eine Speditionsfirma gegründet. Auch sie lief wie geschmiert. Wie mir die Familie erklärte, waren damals die Menschen äußerst mobil, und es wurde, als das Wirtschaftswunder in voller Blüte stand, viel hin- und her- und aus- und umgezogen.

Konrad Petersen gehörte zu den ersten, bei denen der Wohlstand ausbrach. Das neuerbaute Haus war aufs modernste eingerichtet. Opa wollte von so was nichts hören. «Noch ist nicht aller Tage Abend», sagte er bedeutungsvoll und: «Hochmut kommt vor dem Fall.» Womit er auf das grüngekachelte Badezimmer und die schwarze Badewanne anspielte, die Toni Petersen bereits besaß, als man sich in den Nachbarhäusern noch das Klo auf der Treppe teilen mußte.

Die Strafe für diesen ungeheuren Luxus folgte dann ja auch auf dem Fuße. Das von Konrad, diesem Stümper, wie ihn Opa jetzt verächtlich nannte, montierte Mischventil an der Badewanne funktionierte nicht. Das heiße Wasser verbrannte dem kleinen Ludwig die Füße. Seine Schreie gellten durch das offene Fenster bis auf die Straße. Die Anwohner steckten die Köpfe zusammen. Diese hergelaufene Person aus der Zone mißhandelte doch wohl nicht ihr Kind?

Opa allerdings ließ dieses Mißgeschick kalt. Tante Irmchen geht sogar soweit, zu behaupten, Opa hätte es Klein-Ludwig gegönnt. Aber das ist eine gemeine Unterstellung. Sein Groll kam erst sehr viel später, als sein Sohn Hänsgen und Ludwig längst erwachsen waren und in Hamburg lebten.

Nur Ludwig, davon war Opa überzeugt, konnte Hänsgen den Floh ins Ohr gesetzt haben, in Abendkursen das Abitur nachzuholen und anzufangen, etwas so Hirnrissiges zu studieren wie Soziologie, ein Studienfach, das in den sechziger Jahren in Mode kam.

Opa spricht nur ungern darüber, und wenn, sagt er düster: «Kaum gewonnen, schon zerronnen. Dann hat dein Vater das Studium wieder an den Nagel gehängt. Und dabei hatte ich mir alles so schön vorgestellt.»

Sein Sohn sollte bei einem befreundeten Kollegen in Hamburg nach der Gesellenprüfung den letzten Schliff bekommen. Mein Vater zeigte wenig Lust dazu. Er fand's wundervoll zu Hause, ließ sich von seiner Mutter verwöhnen und sprach wie sie: «Gut Ding will Weile haben.»

Anders Ludwig. Der hatte früh das Abitur gemacht, beschäftigte sich während seines Studiums bereits mit fremder Leute Zähne und war von dem freien Leben in der großen Stadt begeistert. Er unterstützte Opa und redete Hänsgen zu. «Mensch, das ist doch eine prima Idee von deinem Alten. Da kommst du endlich mal hier raus.» Hänsgen ließ sich überreden, Ludwig besorgte ihm ein Zimmer in seiner Wohngemeinschaft, die sich damals noch Kommune nannte, und holte ihn vom Bahnhof ab. Ludwig war sehr stolz auf seine Kommune. Sie war das Feinste vom Feinen, sogar eine Prinzessin gehörte dazu und die Tochter und Erbin eines Möbelfabrikanten, deren Ideen sehr viel revolutionärer waren als ihre Zimmereinrichtung.

Die Kommune bestaunte das neue Mitglied. Ein in ihren Augen echtes Arbeiterkind, mit so was konnten die anderen Genossen nicht aufwarten. Sie begrüßten Hänsgen aufs herzlichste und bewirteten ihn mit einem Abendbrot, das aus klebrigen Nudeln und Ketchup bestand. Während er aß, fragten sie ihn, von welchem Konzern er ausgebeutet werde. Hänsgen blickte entrüstet vom Teller auf: «Wir sind selbständige Handwerker! Mein Vater ist Malermeister.» Angewidert schob er den Teller mit dem Pamps weg.

«Ist er nicht süß?» sagte eine Mädchenstimme hinter ihm. Er drehte sich um, und da stand sie nun vor ihm, meine schöne, umschwärmte, treulose Mutter. Und ihre graugrünen Augen mit dem leichten Silberblick waren neugierig auf ihn gerichtet. Onkel Ludwig demonstrierte sogleich Besitzanspruch. Er legte den Arm um sie und sagte: «Das ist unser Glanzstück, Reni.»

Sie warf ihr Loreleihaar zurück und fragte Hänsgen, der sie fasziniert anstarrte: «Warum ißt du nicht? Haben dir die Nudeln etwa nicht geschmeckt? Hab ich selbst gekocht.»

Ludwig enthob ihn einer Antwort. Er meinte, das wollten sie jetzt nicht ausdiskutieren: «Ich zeig dir erst mal, wie wir wohnen.»

Hänsgen verschlug es bei der Besichtigung die Sprache. So eine verdreckte Küche hatte er noch nie gesehen, und auch noch nie so eine schmutzstarrende Badewanne, in der zwei Pullover in einer rötlichmilchigen Seifenbrühe schwammen, wogegen die Handtücher schon lange kein Waschpulver mehr gesehen hatten. Mein geliebter penibler Onkel, der mich glatt verstoßen würde, wenn ich sein Badezimmer je so einsaute, erzählt die Geschichte neuerdings immer öfter und mit Genuß. Und daß Hänsgen arglos fragte: «Ihr seid wohl gerade erst eingezogen? Aber so verwahrlost hättet ihr die Räume nicht übernehmen dürfen.»

«In ein paar Tagen stört es dich nicht mehr», versicherte ihm Freund Ludwig. «Kommunikation und Solidarität sind wichtiger als Ordnung. Das da ist dein Zimmer, nebenan schlafen Reni und ich!» Er öffnete die Tür zum Nebenraum, und Hänsgen sah verlegen auf das Durcheinander von Matratzen und Bettzeug.

Die Kommune war sehr zufrieden mit ihm. Zwar schlief er häufig bei den Diskussionen über den neuen sozialistischen Menschen ein und verwechselte beharrlich Che Guevara, Ho Chi-Minh und Mao. Aber dafür konnte er tapezieren und malern, eine wirklich glückliche Fügung.

Man nahm sich mit dem «Kind des Volkes» viel vor. Unter sanftem Gruppenzwang kündigte er seinem verdutzten Meister.

Hänsgen machte das Abitur nach, begann mit dem Studium und spannte nach beharrlichem Werben seinem flotten Freund das Glanzstück Reni aus: Ohne viele Worte nahm sie ihr Bettzeug und quartierte sich in Hänsgens Zimmer ein.

Im Gegensatz zu ihren Vätern blieben die beiden jungen Männer Freunde, obwohl Onkel Ludwig diese Niederlage bis heute nicht so recht verwunden hat. Erst in letzter Zeit scheinen seine sentimentalen Erinnerungen an meine Mutter zu verblassen. Aber aufgewachsen bin ich mit den Schilderungen ihrer Einzigartigkeit. Dabei hat er mich dann jedesmal mitleidig angesehen.

Doch er gibt auch zu, daß sie flatterhaft war und ihr dauernd neue Ideen durch den Kopf schossen, die sie unbedingt ausprobieren mußte. Mit Geld wußte sie nicht umzugehen. Statt was Vernünftiges zu lernen, lebte sie von irgendwelchen Jobs, die Abwechslung brachten. Sie arbeitete als Mannequin oder bei einem Institut für Meinungsumfragen und sauste als Marswerbung in einer feuerroten Uniform in einem feuerroten Cabriolet durch die Straßen, um auf Marktplätzen und vor Gasthäusern Schokoladenriegel zu verteilen. Oder sie befragte biedere Hausfrauen auf dem Land nach ihrer Sexualität, dank Oswalt Kolle das Thema Nr. 1.

Großvater schluckte nur mühsam, daß sein geliebter Sohn das Glück mit Füßen trat. Als er dann auch noch erfahren mußte, daß Hänsgen das Studium abgebrochen hatte und in wilder Ehe mit einem verrückten Weibsbild lebte, war es völlig aus. Für ihn stand fest: Schuld an diesem ganzen Desaster war Ludwig. Dabei hatte der arme Onkel sich redlich gemüht, meinen Vater bei der Stange zu halten. Aber der war inzwischen nicht nur äußerlich durch langes Haar und Bart verändert, sondern befand sich dazu auf dem Weltverbesserungstrip. Zur Erleichterung der Wohngemeinschaft, die entschieden mehr dafür war, in fröhlicher Unbekümmertheit auf der progressiven Welle mitzuschwimmen als soziale Ideen in Taten umzusetzen, und der dieser Wandel allmählich etwas unheimlich wurde, zog er mit meiner Mutter aus und versuchte, in einer völlig andersgearteten Wohngemeinschaft Rauschgiftsüchtigen zu helfen. Ich wurde geboren, als die glorreiche Revolte der «Achtundsechziger» in vollem Gang war, und wurde sogleich ein Opfer, indem man mich mit dem gräßlichen Namen Friede zeichnete.

Irgendwann kamen meinen Eltern Bedenken, ob die Gesellschaft von Fixern das Wahre für ein Baby sei. Womöglich käme jemand auf die Idee, mir einen Haschisch-Schnuller in den Mund zu stecken. Sie zogen aus, zigeunerten herum und hielten sich mit Gelegenheitsarbeiten über Wasser, was bei Hänsgens Geschicklichkeit nicht schwerfiel. Vorübergehend fanden sie Unterschlupf bei einer prominenten Rockgruppe, die ein verfallenes Bauerngehöft gepachtet hatte. Die Band betrachtete mich als eine Art Maskottchen, und ihre fast nackten Groupies sprangen mit mir auf den Schultern fröhlich über die Wiesen. Die alten Frauen im Dorf bekreuzigten sich entsetzt. Nun trieben sich die Hexen schon am hellichten Tage herum. Der Vermieter, ein wohlhabender Bauer, zeigte sich dagegen sehr tolerant. «Es sind junge Leute», wiegelte er ab. «Da muß man ein Auge zudrücken.» Zufrieden strich er jeden Monat die Pacht ein. Nie hatte er mit den Früchten des Feldes so leicht gutes Geld verdient.

Mit Ludwig hielten die beiden losen Kontakt, und sie sahen sich auch gelegentlich. Zu Hause ließ sich Hänsgen nicht mehr blicken, und schließlich brach auch die Verbindung zu meinem Onkel ab. Dann, eines Tages, meldete sich die Leiterin eines Kinderheims bei den Großeltern. Meine Eltern hatten mich in dem Heim für acht Wochen abgegeben und dafür im voraus bezahlt. Aber nun war bereits ein Vierteljahr vergangen, und sie ließen nichts von sich hören. Großmutter bat Onkel Ludwig um Hilfe, und er mühte sich sehr, meine Eltern ausfindig zu machen. Vergeblich. Das einzige, was er in Erfahrung brachte, war, daß sie der Rockgruppe nach Südamerika gefolgt waren, um dort den Unterdrückten mit Musik beizustehen.

Damit verschwanden meine Eltern für immer aus meinem Leben.

Die Familie versammelte sich um Omas obligaten Apfelkuchen, und Oma beschloß, das elternlose Schäfchen heimzuholen. Und so trat, als ich fünf Jahre alt war, der später heißgeliebte Onkel in mein Leben oder besser in den Kreis von Kindern, in dessen Mitte ich hockte und mich besingen ließ: «Dornröschen war ein schönes Kind, schönes Kind.» Er zog mich sanft in die Höhe, musterte mein fahles, stoppliges Haar, meine durch eine Bindehautentzündung verklebten Augen und die von chronischem Schnupfen sanft gerötete Nase und murmelte: «Was nicht ist, kann ja noch werden.»

«Macht mal Platz, Kinder», befahl die Heimleiterin und erklärte, daß dieser Mann mich zu meinen Großeltern mitnehmen würde. Das Wort «mitnehmen» war mir vertraut. Mein sorgloses Mütterchen hatte ein großes Talent entwickelt, mich anderen Leuten aufzuhalsen. Bevor ich in das Heim kam, war es häufig passiert, daß ich aus meinem Spiel herausgerissen wurde, sie mir hastig einen Mantel anzog, eine Plastiktüte mit meinen Sachen in die Hand drückte, mich zärtlich küßte und mir dabei ins Ohr flüsterte: «Diese liebe Tante dort wird dich jetzt mitnehmen. Sei schön brav, hörst du?» Und schon ergriff mich eine fremde Hand und zerrte mich Widerstrebende hinter sich her. Anscheinend war ich in den Augen meiner Mutter für jedermann nur schiere Freude und brachte Sonnenschein und Fröhlichkeit in jedes Haus. Aber so klein ich damals war, spürte ich schon sehr genau, daß meine jeweiligen Gastgeber diese Meinung nicht unbedingt teilten, vor allem nicht, wenn ich trotz mehrfacher Aufforderung, rechtzeitig aufs Klo zu gehen, wieder einmal in die Hose gemacht hatte. Dann bedachten sie mich mit Worten, die nicht von großer Zuneigung sprachen. «Du kleines Ungetier», sagten sie oder «dumme Suse».

Im Kinderheim dagegen hatte ich mich rundherum wohlgefühlt. Es ließ sich in den langen Fluren so herrlich auf dem blankgebohnerten Linoleum schliddern, was natürlich verboten war. Und erst das viele Singen! Früh, mittags, abends, wann immer sich Gelegenheit dafür bot. Die Heimleiterin hatte eine Leidenschaft für den Gesang, und ich betrachtete sie fasziniert, wenn sie den Kopf zurücklegte und sich in den höchsten Tönen versuchte. Neu war für mich, daß jede Anordnung von einem Händeklatschen begleitet und nach jeder Mahlzeit zum Klogang aufgefordert wurde, was sich in meinem Fall als sehr nützlich erwies. Ich hatte mich außerdem in einen etwas älteren Jungen verguckt, der mir beibrachte, wie man eine Luftpumpe zur Wasserspritze umwandelt.

Mit all dem schien es nun vorbei zu sein. Deshalb fing ich jämmerlich an zu schluchzen, ein probates Mittel, das auch hier seine Wirkung tat. Die Heimleiterin drückte mich gerührt an ihren stattlichen Busen mit dem etwas herben Trost: «Wir hätten dich sowieso nicht länger behalten können.»

Der neue Onkel wußte Besseres. Er fuhr mit mir zu einer Eisdiele und spendierte mir einen mit viel Schlagsahne und einem bunten Schirmchen verzierten Eisbecher.

«Na dann, guten Appetit», sagte er freundlich. Mein Herz flog ihm zu.

«Bist du jetzt mein Bestimmer?» fragte ich.

# 3

Zu meinem Empfang hatte sich die Familie in Großtante Irmchens Wohnzimmer mit der sandfarbenen Sitzgarnitur, den wolkigen Tüllgardinen, den Sammeltassen im geschnitzten Eckschrank um den schmiedeeisernen, mit Kacheln ausgelegten Couchtisch versammelt. Als ich an Onkel Ludwigs Hand hereinkam, stieß ich auf betroffenes Schweigen. Während sie mich so anstarrten, konnte ich ihre Enttäuschung förmlich riechen. «Na, denn komm mal her, du Krött», sagte mein neuer Großvater schließlich. Er zog mich zwischen seine Knie und musterte mich eingehend. Kopfschüttelnd betrachtete er meine Arme und drehte sie hin und her. «Wie Hühnerbeine», murmelte er. Die Art und Weise, wie er mit mir umging, löste einen Reflex in mir aus. Ich öffnete beflissen meinen Mund, streckte weit die Zunge heraus und sagte: «Ah!» Dann drehte ich mich um, zog Hemd und Bluse hoch, beugte mich nach vorn, holte tief Luft und sagte ausatmend: «Neunundneunzig».

«Glaubt ihr, daß sie einen Dachschaden hat?» fragte mein Opa fassungslos.

«Aber nein», beruhigte ihn Onkel Ludwig. «Sie denkt, sie soll untersucht werden. Das ist sie so vom Heim gewöhnt.»

Opas Gesichtsausdruck entspannte sich, und Großmutter sagte gerührt: «Unser erstes Enkelkind, Hermann.»

«Na ja», sagte Opa milde. «Du hast schon recht, Else, besser 'n Spatz in der Hand als 'ne Taube auf'm Dach.»

«Das ist also Friedchen?» fragte Tante Leonie, die Schwester meines Vaters.

«Ein schöner Name», sagte Großmutter.

«Es gibt schlimmere», brummte Opa. Am liebsten hätte mich Großmutter gleich mit nach Hause genommen, aber sie hatte es ab und an mit der Galle und sollte deswegen im Krankenhaus gründlich untersucht werden. So hatte man beschlossen, mich die erste Zeit bei Großtante Irmchen zu lassen.

Der Abschied von meinem neuen Onkel fiel mir schwer. Aber Tante Irmchen wußte, was ein aus dem Nest gefallener Spatz braucht. Die neue Tante mit der strammen Figur, dem kurzärmligen, buttergelben Kleid, den wasserblauen, gutmütigen Augen und den vielen blonden Löckchen, die mich irgendwie an ein wohlgeratenes Spiegelei erinnerte, nahm mich tröstend in die Arme. «So, und jetzt machen wir es uns erst mal so richtig gemütlich.» Sie holte aus der Schrankwand eine große Schachtel Pralinen und stellte sie auffordernd vor mich hin. Obwohl es mir dämmerte, daß es vielleicht nicht so bekömmlich sei, mich nach so viel Kuchen auch noch mit Konfekt vollzustopfen, langte ich gierig zu.

Mich über Erwachsene zu wundern, hatte ich längst aufgegeben. Man tat besser, alles über sich ergehen zu lassen, auch wenn es noch so unsinnig war. Mal mußte ich Schafwollenes im Sommer tragen und lief dann wieder im Winter frierend in Söckchen und kurzem Röckchen herum. Jeder meiner Gastgeber hatte andere Sitten und Gebräuche gehabt. Manche kreischten auf, wenn ich sie, wie ich es von den Onkeln und Tanten davor gewohnt war, im Badezimmer aufsuchte, und sie warfen entsetzt mit dem nassen Schwamm nach mir, weil ich zu ihnen in die Badewanne steigen wollte. Nur in einem waren sich alle einig: Ein Kind sollte möglichst pflegeleicht sein und den ganzen Tag «danke, danke» sagen. Zudem sollte es sich für die Vorlieben der Erwachsenen begeistern, auch wenn sie so albern waren, wie zum Beispiel saubere Wände mit Farbe zu beschmieren.

Tante Irmchen jedoch entpuppte sich als ideale Tante, bald fühlte ich mich bei ihr wie eine Maus in einem Stück Käse. Rundherum wohl. Statt mit Märchen wurde ich mit den Lebensgeschichten der Petersens gefüttert, besonders mit dem, was in der Familie nicht auf den Tisch kam. Mit fünfzehn Jahren war Tante Irmchen bereits in Stellung geschickt worden und arbeitete als Küchenmädchen bei einem Kreisleiter der NSDAP. Es war im Jahr der Olympiade, und bei den prominenten Parteigenossen gab es ständig was zu feiern. Irmchen erzählte gern davon zu Hause, von den vielen netten Herren, die ihr reichlich Trinkgeld gaben, bis sie eines Tages zu kränkeln begann, den Appetit verlor und tiefe Ränder unter den Augen bekam.

«Na, hoffentlich hast du nicht die Motten», unkte ihr Bruder Hermann, der gerade selbst eine leichte Tuberkulose durchgemacht hatte. Als weder Rizinusöl noch Lindenblütentee halfen, schickte man sie zum Sanitätsrat. Die besorgten Eltern sahen ihr ängstlich entgegen, als sie von der Untersuchung zurückkehrte. «Was hat er gesagt?»

«Ansteckend ist es jedenfalls nicht», rief Irmchen kläglich und begann zu weinen.

Die Mutter seufzte schwer. «Nun hat sie einen Ruf.»

Trotz aller Drohungen weigerte sich Irmchen standhaft, den Namen des Vaters ihres Kindes zu nennen. Zwingen ließ sie sich noch lange nicht. Aber sie wehrte sich nicht, als die Eltern beschlossen, das Kind gleich nach der Geburt zur Adoption freizugeben. Irmchen war ja noch nicht mal siebzehn. Wenn Tante Irmchen darauf zu sprechen kam, füllten sich ihre Augen mit Tränen, und die Stimme zitterte. «So ein süßes Baby. Für immer und ewig verloren.»

«Nun hast du ja mich», sagte ich dann ungerührt. «Wo bleibt mein versprochenes Hoppelpoppel?»

«Wie Hermann, ungeduldig bis dorthinaus», tadelte die Tante ungehalten, erhob sich aber gehorsam. Sie verglich mich gern mit Opa, wenn sie sich über mich ärgerte.

Nach jenem kurzen Zwischenspiel war sie wieder in das Haus des Kreisleiters zurückgekehrt, wo man ihr besonderes Talent fürs Kochen entdeckte. So avancierte sie zur Köchin. Ihre Kochkunst war es auch, die ihr späterer Mann, der Witwer und Schornsteinfegermeister Otto Kruse, so sehr an ihr schätzte. Sie kamen sich am Handstein näher, als er nach dem Kaminkehren gnädig die Erlaubnis erhalten hatte, sich dort die Hände zu waschen. Und weil er so wenig Dreck hinterließ, belohnte sie ihn mit Hefeklößen und warmer Pflaumensoße. Nach ihrer Schilderung war er nicht gerade ein Märchenprinz, dazu, nach einem Sturz vom Dach, ein Hinkebein und außerdem dreißig Jahre älter als sie. Aber er besaß ein eigenes Häuschen, einen krisensicheren Beruf und einen gewissen Drang zum Höheren. In der Verlobungszeit fuhr er sogar mit ihr nach Hamburg und führte sie in die Operette «Das Land des Lächelns» und in ein Trachtenmuseum.

«Doch mit dem Gürtel, mit dem Schleier reißt der holde Wahn entzwei», zitiert Onkel Ludwig gern an dieser Stelle, wenn Tante Irmchen mal wieder die Geschichte ihrer Ehe erzählt. Jedenfalls entwickelte sich Otto Kruse nach der Hochzeit zu einem rechten Haustyrannen. Er nörgelte an seiner Frau herum und verlangte über jede Ausgabe Rechenschaft. Von den Leidenschaften, wie Tante Irmchen es bezeichnete, hielt er nicht mehr viel, dafür um so mehr von gutem Essen. Hatte er an seinem Irmchen zuviel herumgequengelt, zahlte sie es ihm auf ihre Weise heim. Sie servierte ihm

Gerichte, die er haßte, Blumenkohl zum Beispiel oder Brotsuppe.

«Was soll das denn?» Er rührte angeekelt in der trüben Brühe, in der die Rosinen wie aufgeweichte Kaulquappen schwammen.

Sie sah ihn unschuldig an. «Wer liegt mir denn dauernd in den Ohren, nichts umkommen zu lassen?»

«So habe ich es nicht gemeint.»

«Und was hast du gemeint?» Sie trieb ihn so lange in die Enge, bis er besänftigend sagte: «Du hast ja recht.»

Nicht immer war es so friedlich ausgegangen. Tante Irmchens Gutmütigkeit hatte ihre Grenzen. Und wenn er mit vorwurfsvoller Stimme zum drittenmal mahnte: «Denk an die Gardinen, Mädel, die müssen wirklich mal gewaschen werden», knallten die Türen, schepperten die Kochtöpfe, und sie schrie ihn an: «Holt din Mul, du gräsiger Kerl!» Schluchzend rannte sie ins Schlafzimmer, warf sich auf das Bett mit den Paradekissen und trauerte über ihre Kinderlosigkeit, während Otto Kruse sich mit Teppichknüpfen zu beruhigen versuchte. Er muß ein fleißiger Knüpfer gewesen sein. Das Haus ist voll von seinen Werken. Nur hingen die Teppiche früher an den Wänden und verdüsterten die Zimmer.

Als ich ins Haus kam, hingen die Teppiche längst nicht mehr an den Wänden. Sie lagen auf dem Fußboden: «Da gehören sie auch hin.» Mit großem Nachdruck trat Irmchen auf eine der vielen Brücken.

An Kinder war nicht zu denken, dafür durfte Irmchen die erwachsenen Söhne aus erster Ehe ihres Mannes bedienen, wenn sie zu Besuch kamen, und ihr herablassendes Gerede anhören. Zu allem Überfluß erschien dann auch noch ihre Schwiegermutter und fragte unwirsch: «Wie lange soll ich denn noch auf dich warten? Die Bohnen müssen ab.» Irmchen radelte zähneknirschend zum anderen Ende der Stadt, um ihr beim Pflücken und Einmachen zu helfen.

Still ärgerte sie sich vor sich hin, bis ihr eines Tages eine fabelhafte Idee kam. Sie trat der NS-Frauenschaft bei, zu deren zahlreichen Zusammenkünften sie enteilen konnte, wenn die Schwiegermutter herrisch nach ihr verlangte.

Otto Kruse starb während des Zweiten Weltkrieges. Als seine Söhne am Sterbebett von ihm Abschied nehmen wollten und ernst auf ihn herunterblickten, umklammerte er Irmchens Hand und flüsterte: «Sterben muß ich, aber drängeln lasse ich mich noch lange nicht.»

Zum Staunen der Petersens entpuppte sich Irmchen als eine heftig trauernde Witwe.

«Wen wundert's», meinte Opa. «Schließlich hat er ihr dieses schöne Haus vermacht, und die Söhne haben nur ihren Pflichtteil bekommen.»

Vom Krieg spürte meine Großtante wenig. Sie wurde nicht, wie andere junge Frauen, in dem nahegelegenen Rüstungsbetrieb dienstverpflichtet. Sie hatte die Mutter des Kreisleiters zu betreuen, eine hochbetagte, energische, aber blinde Dame, die ihren Tag mit zehn Kniebeugen am offenen Fenster begann und den Rest des

Tages damit verbrachte, Radio zu hören, Flöte zu spielen oder in Schubladen zu kramen, immer auf der Suche nach neuen Verstecken für ihren wertvollen Schmuck.

«Weißt du eigentlich, wo ich ihn verwahre?» fragte sie Irmchen gelegentlich.

«Nein, gnädige Frau.»

«Das ist auch gut so.» Die alte Dame erhob sich und lief so behende durch die Zimmer, daß niemand sie für blind gehalten hätte. Irmchen kam blendend mit ihr aus, und als die alte Dame starb, weinte sie um sie ebenso herzzerreißend wie um ihren Otto. Das erste, was sie mir zeigte, war das kostbare Kaffeeservice, das sie von ihr geerbt hatte.

Bis dahin war ich ein recht herumgeschubstes, aber keineswegs ungeliebtes Kind gewesen, etwas schüchtern und möglichst darauf bedacht, nicht unangenehm aufzufallen. Aber unter Irmchens kuscheliger Hand blühte ich auf und wurde, wie Opa behauptete, eine freche Göre. Bei Tante Irmchen gab es kaum Verbote. Ich durfte aufstehen, wann ich wollte, zu Bett gehen, wenn ich müde war, und brauchte nie, wie im Kinderheim, meinen Teller leerzuessen. Bei Gewittern nahm sie mich mit in ihr Bett, und wir zitterten beide gemeinsam unter der Decke, bis es vorüber war.

Bevor wir schlafen gingen, schlichen wir Hand in Hand durchs Haus, um nachzusehen, ob Türen und Fenster fest verschlossen waren und sich niemand versteckt hatte. «Denn überall lauert das Böse», erklärte mir Tante Irmchen. Auf der Vitrine standen, von zwei holzgeschnitzten Elefanten gestützt, die Bücher des Leserings. Aber ihre eigentliche Lieblingslektüre war die Lesemappe. Sobald sie geliefert worden war, rief sie durchs Haus: «Friedchen, die Mappe!» Einträchtig auf dem Sofa nebeneinandersitzend, blätterten wie Illustrierte für Illustrierte durch, und Tante Irmchen las mir die Überschriften vor: «Entmenschte Mutter warf Kind aus Fenster.» Sie blätterte weiter: «Sittenstrolch überfiel Rentnerin im Park.»

«Siehst du, Kind», sagte Tante Irmchen, «das Böse lauert wirklich überall.»

Sie erklärte mir die gekrönten Häupter, die uns von den Seiten etwas töricht entgegenlächelten. «Sieh mal, das ist Prinzessin Margaret, die Schwester der englischen Königin. Soll ja leider ein bißchen trinken.» Doch ihr Herz gehörte dem Maskottchen eines dieser Blätter. Es war ein treuherzig blickender Neufundländer, der in einer eigenen Kolumne weise Worte aus der Hundeperspektive an die Leser richtete. Wir schickten ihm Bällchen und Hundeknochen aus Gummi, und Tante Irmchen strickte einen Umhang für ihn und einen für meine Puppe, beide in derselben Farbe, worauf sich dieses Tier in wohlgesetzten Worten brieflich bedankte.

Anders als bei Opa, war Onkel Ludwig, inzwischen Assistenzarzt, bei Irmchen gern gesehen. Sie war mit seiner Mutter eng befreundet gewesen, und die beiden hatten als junge Frauen in den Nachkriegsjahren viel gemeinsam unternommen. Sogar Rom hatten sie besucht. Gott, was war ihr in der Peterskirche bei der Kletterei in die Kuppel schwindlig geworden. Diese Treppen! Und dann hatten sie ihre Unterkunft nicht wiedergefunden. Stundenlang waren sie in der Hitze herumgeirrt, bis sie auf diesen netten Italiener stießen, der sie dann in ihre Pension geleitete. Irmchen zupfte verträumt an ihren Löckchen: «Ich glaube, er hatte ein Auge auf mich geworfen.»

«Aber nicht, was du denkst, Friedchen, von Amore und so keine Rede.» Davon hatte sie wohl die Nase voll nach dem kurzen amerikanischen Zwischenspiel mit ihrem Sergeanten. Von dem sprach sie nur selten. Nur einige Redewendungen hatte sie übernommen wie «glad to see you» und «just a minute».

Tante Irmchen erzählte am liebsten von den fünfziger Jahren, in denen das Wirtschaftswunder zu sprießen begann. Wie rasend aufregend war es gewesen, in Vetter Konrads «Palette» das Mädchen für alles zu spielen. Sie hatte die Beleuchtung bedient, den Ton gesteuert und war zur Tür geflitzt, wenn die aufrauschende Musik das Ende des Films verkündete. Sie schwänzelte in der Pause mit einem Bauchladen durch die Sitzreihen und verkaufte Drops, Eis, Kekse und den «Filmkurier». Bei großen Filmpremieren begrüßte die schöne Toni im kleinen Schwarzen mit Perlenkette höchstpersönlich die Ehrengäste: «Guten Tag, Herr Oberbürgermeister, Herr Oberbaurat, Herr Direktor.»

Das Volk drängte sich zu den Vorstellungen, und der Ansturm war manchmal so groß, daß die gläserne Eingangstür eingedrückt wurde. Darüber freute sich Konrad besonders. «An drei Tagen hintereinander das Glas zu Bruch, da klingelt die Kasse. Das ist Reklame. Und den Schaden, den zahlt sowieso die Versicherung.»

Tante Irmchen, die Ludwig, der gerade zu Besuch war, bei aller Sympathie für den Sohn ihrer Freundin gern ein wenig piekte, fügte hinzu: «Dein guter Vater sagte immer ‹Foger› statt ‹Foyer›, ist das nicht drollig?» Onkel Ludwig lächelte freundlich. Er hatte den Arm um mich gelegt, und ich hörte an ihn gekuschelt Tante Irmchen ungewöhnlich artig zu. «Langweilst du dich denn nicht», fragte er mich halblaut, «willst du bei dem schönen Wetter nicht lieber im Garten spielen?» Ich schüttelte den Kopf und rückte noch ein Stück näher an ihn heran. Tante Irmchen unterbrach ihren Redefluß: «Wie eine Klette, das Friedchen», sagte sie anerkennend. «Mit Kindern verstehst du wirklich umzugehen. Warum heiratest du eigentlich nicht und schaffst dir selbst welche an?»

Der Onkel fuhr sich durch sein volles, leicht gelocktes Haar, das ich mit Vorliebe kämmte. «Du kennst Tante Elses Maxime: Gut Ding will Weile haben.»

«Ich glaube eher, dir steckt immer noch diese Reni im Kopf», sagte Tante Irmchen in ihrer unverblümten Art.

«Wer weiß», erwiderte der Onkel leicht gereizt. «Wie dir dieser Ami.»

Das wies Tante Irmchen weit von sich. «Wie kommst du bloß darauf?» Sie ließ dieses Thema schnell fallen und kam lieber auf seine Zeit in der Kommune zu sprechen. «Muß ja ein wildes Durcheinander gewesen sein, geradezu chaotisch», sagte sie spitz, «und gekracht sollt ihr euch auch ganz schön haben, erzählt wenigstens Leonie.» Onkel Ludwig mußte zugeben, daß es leider mit dem vielgepriesenen Gemeinschaftssinn so seine Schwierigkeiten hatte. Vor allem zwischen Körnerfressern und Fleischliebhabern seien oft die Fetzen geflogen.

«Und wegen der Mädchen nicht?» Tante Irmchens Augen funkelten neugierig. Und schon waren sie wieder bei meiner Mutter angelangt. Wie die Jungens hinter ihr her gewesen waren. Onkel Ludwig beschrieb ihr apartes Äußeres in allen Einzelheiten, bis sich meine Mutter allmählich in eine Kreuzung zwischen Schneewittchen und Barbie-Puppe verwandelte. Doch Tante Irmchen nahm sehr schnell wieder den Faden von der «Palette» auf und schwärmte von den Filmen, die damals liefen: «Der träumende Mund», «Ein Herz spielt falsch», «Königliche Hoheit» und «Mädchenjahre einer Königin». Und erst die Gastspiele der Wanderbühne in der «Palette» mit den vielen prominenten Schauspielern! Einmal war im ersten Akt – den Namen des Stücks wußte sie nicht mehr – die Kulisse zusammengekracht. Da ließ sich Gustav Fröhlich Säge und Hammer geben und nagelte in der Pause ruckzuck alles wieder zusammen. «Das war ein Mann, lieber Ludwig. Von so was kann man heute nur noch träumen. Von deiner Mutter war er übrigens sehr angetan. Sie sah ja aber auch wirklich zu reizend aus in ihrem dunkelblauen Plisseerock und der weißen, durchbrochenen Orlonbluse.» Tante Irmchen tat einen tiefen Seufzer. «So wie die Männer hinter ihr her waren, besaß sie wohl das geheime Glockenspiel.»

Danach erzählte sie, wie sie der kleinen Conny Froboess eine Puppe überreichen sollte. «Als das Publikum gegangen war, mußte ich sie ihr natürlich für die nächste Vorstellung wieder wegnehmen. Da war vielleicht was los. Wie am Spieß hat sie geschrien, der süße Fratz in seinem Organdy-Kleidchen.» Sie begann zu singen: «Lieber Gott, laß die Sonne wieder scheinen.»

Der Onkel erhob sich abrupt, um sich zu verabschieden. Tante Irmchens schriller Gesang war nicht sein Fall, und sie hörte in der Regel nicht so schnell wieder auf. Schon ging es tatsächlich weiter: «Pack die Badehose ein . . .»

Ich wollte den Onkel, wie immer, nicht weglassen und klammerte mich an ihn. Tante Irmchen hatte den richtigen Trost für mich. Sie knipste den Fernseher an, wo sich gerade ein Herr im Frack über eine halbentblößte Dame beugte. «Ob das nun das Passende für Friedchen ist, wage ich zu bezweifeln», bemerkte Ludwig mit leichtem Tadel, bevor er verschwand.

«Hab dich bloß nicht niedlich», sagte Tante Irmchen kurz. Einen Satz, den sie auch Opa entgegenschleuderte, als er sich über mich aufregte. Dabei spielte ich nur etwas nach, was ich auf dem Bildschirm gesehen hatte. Er war vorbeigekommen, um eine Tapete für seine Schwester auszubessern, und ich öffnete ihm die Tür in einer etwas merkwürdigen Aufmachung. Zu meinem Nachthemd trug ich Tante Irmchens Bernsteinkette, und meine Füße steckten in ihren besten Pumps. Ich lächelte ihn mit lippenstiftverschmiertem Mund an und fragte ihn in aufreizender Pose: «Na, Süßer, wie wär's denn mit uns beiden?» Opa geriet ganz außer sich. «Was hast du mit dem Krött gemacht?» schrie er seine Schwester an. «Wie sieht sie aus? Und wie redet sie?»

«Wie redet sie schon! Wie Kinder es eben beim Spielen tun.»

«Sie bekommt einen Ruf wie du, frühreif, wie sie ist. Wirst schon sehen», empörte sich Opa.

«Das Frühreife hat sie ja dann wohl mehr von dir.» Sie sah ihn spöttisch an. «Ja, ja, der Apfel fällt nicht weit vom Stamm. Deine Doktorspiele mit Elschen waren auch nicht ohne.»

Opa verschlug es die Sprache. Wütend schmiß er die Tapetenrolle auf den Garderobentisch und verließ das Haus.

# 4

Opa und Oma waren Nachbarskinder gewesen. Sie hatten sich bereits im Sandkasten die Pampe ins Gesicht geschmiert und die Sandschippen auf den Kopf gehauen. Opa, der schon als Kind sehr verfressen war, lauerte ihr gern vor dem Bäckerladen ihrer Eltern auf, um der Verdutzten blitzschnell das Rosinenbrötchen wegzureißen, an dem sie zierlich knabbernd herausstolziert kam. Sie schubsten und zankten sich die Straße rauf und runter, waren aber trotzdem unzertrennlich. Daß Opa dieses Zuckerpüppchen mit den steifgeflochtenen Zöpfchen und weißen Schleifchen darin heiraten würde, stand für ihn schon während der Schulzeit fest.

«Willst du wissen, warum ich Elschen geheiratet habe?» fragte er mich listig. Ja, das wollte ich.

«Na, wegen des vielen Kuchens natürlich. So was gab's bei uns zu Hause nicht, höchstens eins hinter die Ohren, wenn uns Mutter am Siruptopf erwischte.»

Bis es soweit war, hatte der «Führer» noch für viele Hindernisse gesorgt. Erst kam für Opa der Arbeitsdienst, dann der Barras, wie er das Militär nannte, und dann brach der Krieg aus. So wurde beschlossen, bis zum Frieden mit der Hochzeit zu warten. Das hatte sich meine Uroma, Elschens Mutter, energisch ausgebeten, denn von nix kommt nix. Elschen war schließlich eine Partie, und Hermann hatte außer seiner schmucken Uniform nicht mal ein Sparbuch aufzuweisen.

Elschen hatte Glück. Ihr Hermann überstand den ganzen Schlamassel fast ohne eine Schramme. Er zog die Uniform aus, den Malerkittel wieder an und warf sich mächtig ins Zeug, um seiner zukünftigen Frau etwas bieten zu können. Als erstes brachte er die kleine Dachwohnung in Elschens Elternhaus für sie beide in Ordnung. So war alles in Butter, bis ihm die schöne Toni über den Weg lief und seine große Liebe zu Elschen zusammenfiel wie Hefeteig im Durchzug.

«Na, wann geht's denn nun mit der Hochzeit los?» fragten ihre Freundinnen schadenfroh, als der Sinneswandel des Bräutigams bekannt wurde. Großmutter war hart im Nehmen. Sie ließ sich ihren Kummer nicht anmerken. Sie lächelte nur freundlich und sagte: «Gut Ding will Weile haben.» Sie machte weder ihrem Hermann Vorwürfe, noch schickte sie ihm die Verlobungsringe zurück, wie es ihre aufgebrachten Eltern von ihr verlangten.

«Deine Großmutter hatte wirklich Nerven», sagte Tante Irmchen anerkennend. «Na ja, 'ne Bäckerstochter, die weiß eben, daß alles seine Zeit braucht. Wie beim Kuchenbacken: Zuviel Treibmittel verdirbt nur den Geschmack. Der Erfolg hat ihr dann ja auch recht gegeben.»

Ganz anders Opa. Voller Wut über den Verrat seines Freundes kümmelte er sich erst mal ordentlich einen an und entblödete sich nicht, sturzbetrunken zu Elschen zu torkeln, um sich von ihr trösten zu lassen. Elschen hörte dem Gejammer eine Weile zu, während sie mit großer Sorgfalt ihre Nägel feilte, ließ zufrieden ihre Blicke darauf ruhen und sprach so irgendwie in den Raum: «Oktober wäre eigentlich ein guter Hochzeitstermin.»

«Was'n für 'ne Hochzeit?» fragte Opa mürrisch, der, naiv wie er war, auf mehr Mitleid gehofft hatte.

»Na, unsere natürlich.»

Und ab ging die Post. Fast wäre es eine Doppelhochzeit geworden, denn die schöne Toni und Konrad hatten das Aufgebot zur gleichen Zeit bestellt und bereits mit dem Pastor den Termin abgesprochen. Das ging Elschen dann doch über die Hutschnur. Sie zog sich ihre Rüschenbluse an und das Schneiderkostüm mit dem Hahnentrittmuster und begab sich zu Konrad. Der zeigte sich ganz als Mann von Welt, schäkerte flott mit ihr herum, meinte, er wolle mal nicht so sein, und nahm sie fest in die Arme. «Ein bißchen zu fest», wie Oma mit leichtem Triumph in der Stimme immer wieder betonte.

«Wer kann dir schon etwas abschlagen?» sagte Konrad. Sie sah ihn auf die ihr eigene verschmitzte Weise an. «Abschlagen? Dankbar solltest du mir sein. Wer kommt sonst auf eure Hochzeit?»

«'ne Menge Leute, mehr als zu euch», sagte Konrad vergnügt. «Bei uns gibt's Schnaps, soviel, wie jeder möchte, schwarzgebrannt, versteht sich.»

«Und bei uns», trumpfte Großmutter auf, «Bohnenkaffee kannenweise und Kuchen satt und Hochzeitssuppe und Hühnerfrikassee.»

«Wird wohl mehr vom Stallhasen sein», neckte sie Konrad. Sie mußten beide lachen.

«Ihr heiratet eine Woche später und basta», entschied Elschen. Und dabei blieb's.

Während Opa der schönen Toni möglichst aus dem Weg ging, zeigte Elschen sich ganz souverän und pflegte weiterhin losen Umgang mit ihr. Wenn sich die Ehepaare später mit den beiden Jungen im Kinderwagen beim Sonntagsspaziergang begegneten, machte man sich gegenseitig Komplimente über den Nachwuchs, und Großmutter sagte sogar lachend: «Könnten glatt Geschwister sein.» Woraufhin die schöne Toni einen elegischen Seufzer ausstieß und die beiden Männer sich verlegen ansahen.

Nach einer gewissen Zeit drängte es meine Großmutter sehr, mich endlich zu sich zu nehmen. Um mir die Trennung leichter zu machen, hatte sie mich regelmäßig bei Tante Irmchen besucht. Und ich tuschelte dem Briefträger zu: «Ich komme jetzt zu Oma. Die kocht mir Karamelbonbons und fährt mit mir in den Zoo. Aber du darfst Tante Irmchen nichts davon erzählen. Sonst will sie womöglich mit, und das wird Opa zu teuer.»

So trabte ich vergnügt neben Oma zum Bus. Zu Hause setzte sie mich in die gute Stube und sagte: «Ich hol Opa eben mal aus der Werkstatt.»

Während ich wartete, sah ich mich ein wenig eingeschüchtert in dem Zimmer um. Weiches, Plüschiges konnte ich nicht entdecken. Ich sah harte, hohe Stühle um einen blankpolierten Ausziehtisch. In seiner Mitte stand auf einer Häkeldecke eine dreistöckige Obstschale. Hinter dem Tisch ein hochbeiniges, unbequemes Sofa mit kratzigen Kissen. Auf einem Vertiko entdeckte ich das Hochzeitsbild von Oma und Opa. Gegenüber tickte eine große Standuhr die Minuten weg und gab ab und an einen röchelnden Ton von sich. Ein großes Schlinggewächs auf dem Fensterbrett verdunkelte das halbe Fenster.

Dieser Asparagus, wie Oma es nannte, stammte noch von ihrer Hochzeit, und sie brachte es nicht über sich, dieses ziemlich scheußliche Ehestandsgemüse einfach auf den Müll zu schmeißen, ja, sie behauptete sogar, an seinem Grün könne man erkennen, wie gut oder schlecht es um ihre Ehe bestellt sei. Gelegentlich wies sie Opa bedeutungsvoll darauf hin, wenn die Pflanze eine gelbliche Farbe annahm. «Wahrscheinlich wieder nicht gegossen», brummte dann Opa, womit er recht hatte. Das Gewächs war wirklich äußerst genügsam und resignierte erst, wenn die Erde eine steinharte Masse bildete.

Ich rutschte auf meinem Stuhl hin und her und wartete etwas beklommen auf mein weiteres Schicksal. Opa kannte ich noch nicht so gut wie die anderen Familienmitglieder. Onkel Ludwig, Tante Leonie, Onkel Jochen, Opas Bruder, und seine Frau, Tante Edith, hatte ich schon öfter bei Tante Irmchen erlebt oder war bei ihnen zu Besuch gewesen.

Während ich die Beine baumeln ließ, kam plötzlich unter dem Sofa etwas Dickes, Schwarzes hervorgekrochen, strich schnurrend um meine Beine und sprang mit einem Satz auf meinen Schoß. Mit diesem weichen, warmen Tier im Arm fühlte ich mich gleich viel besser. Ich begann, Tante Irmchens Lieblingslied zu singen: «Der Onkel Doktor hat gesagt, ich darf nicht küssen, ich hab dazu ein viel zu schwaches Herz.»

Wie immer, wenn ich mich einer neuen Situation ausgesetzt sah, dachte ich an meine so jäh aus meinem Leben verschwundene Mutter, die, wenn ich ganz fest an sie dachte, vielleicht plötzlich, wie aus der Erde gewachsen, vor mir stehen würde. Ich kniff die Augen zu und konzentrierte mich. Erwartungsvoll öffnete ich sie wieder. Aber statt der Lichtgestalt, zu der sie sich dank Onkel Ludwigs Beschreibung gewandelt hatte, erblickte ich Opa. Er war unbemerkt hereingekommen und betrachtete mich ernst. Dann ergriff er den Kater im Genick und warf das empört zappelnde Tier ohne ein Wort aus dem offenen Fenster, nahm mich an der Hand und führte mich in die Küche. Hier gefiel es mir schon viel besser. Sie war hell und freundlich, und über dem Küchentisch befand sich eine Hängelampe. Das Essen war schon bereit.

«Es gibt ganz was Feines», sagte Großmutter verheißungsvoll, «frischen Spargel mit Schinken.» Der Spargel knäulte sich in meinem Mund ebenso zusammen wie der Schinken. So ließ ich, wie ich es von Tante Irmchen gewohnt war, das, was mir nicht schmeckte, auf dem Tellerrand liegen. Opa sah mich streng an. «Was auf den Tisch kommt, wird gegessen.» Ich griff ergeben zu meiner Gabel.

Kein Zweifel, er war jetzt mein Bestimmer, und ein strenger dazu.

Das Haus der Großeltern war lange nicht so geräumig wie das von meiner Großtante. Es bestand nur aus Wohnzimmer, Schlafzimmer, Badezimmer, Küche, in der wir uns die meiste Zeit aufhielten, sowie aus zwei winzigen Mansarden. Hier hatten früher Tante Leonie und mein Vater geschlafen.

Großmutter quartierte mich im Zimmer meines Vaters ein. Neugierig beguckte ich mir, was an Sachen von ihm noch herumlag. Ein kleines Buddelschiff, eine Tonpfeife, ein Springseil, ein Bierseidel und ein paar zerlesene Comic-Hefte. Den verfransten Teddy nahm ich gleich in Besitz. Das Bett hatte eine wundervolle Kuhle, in die ich genau hineinpaßte. Über dem Bett hing ein gedruckter, gerahmter Spruch, den mir meine Großmutter vorlas: «Jeden Abend sollst du deinen Tag prüfen, ob er Gott gefallen hat,/ ob er fröhlich war in Tat und Freude oder traurig war in Neid und Reue./ Sollst dich allem Schlechten nur noch schämen,/ keine Schatten mit ins Bette nehmen./ Sollst dich alles Guten nur erinnern,/ deiner Mutter, deiner Jugendzeit./ Dann bist du frei und auch bereit,/ aus dem tiefen Schlafborn nun zu trinken,/ wo die gold'nen Träume winken,/ und den neuen Tag mit frohen Sinnen/ als ein Held und Sieger zu beginnen.»

«Oma, warum weinst du denn?» fragte ich verständnislos.

Sie wickelte mich fest in meine Decke. «Nun wird geschlafen.» Sie knipste das Licht aus und verließ das Zimmer.

Trotz der neuen Umgebung schlief ich sofort ein und erwachte, weil es wieder hell in meiner Kammer wurde. Schlaftrunken sah ich eine kleine Gestalt, die wie eine Birne aussah, über die man eine Wollsocke gezogen hat, die Uroma. Auch sie kannte ich bereits von Besuchen bei Tante Irmchen; ich hatte oft auf ihrem Schoß gesessen. Sie setzte sich auf den Bettrand und hielt mir ein großes Stück Schokolade unter die Nase. «Na, min Deern.»

«Warum hast du nicht mit uns gegessen?» fragte ich, genüßlich kauend.

«Ich war bei Ludwig.» Sie klopfte gegen ihr perlweißes falsches Gebiß. «Is 'n feinen Jungen. Da kann Hermann sagen, was er will. Na denn, träum man schön. Brauchst keine Angst vorm schwarzen Mann zu haben. Ich schlaf ja nebenan.» Und weg war sie.

Ich vermißte meine Tante und besonders den netten Onkel. Die Umstellung fiel mir schwer. Der Fernseher war tabu für mich, und die Lesemappe hielten sich die Großeltern nicht. Dafür las mir Oma jeden Abend etwas vor. Aber gegen das, was die Uroma mir zu bieten hatte, waren die Geschichten von tugendhaften kleinen Mädchen überaus fad. So gruselig wie die Erlebnisse der Uroma von dem Bauernhof, auf dem sie aufgewachsen war, konnten nicht einmal Grimmsche Märchen sein. Am liebsten hörte ich die Geschichte von der ferkelnden Sau, der die Uroma, eben vierzehn Jahre alt, beherzt Beistand geleistet hatte.

«Wir waren gerade auf'm Stück beim Kartoffelnrausmachen», verstrickte sie sich immer tiefer in ihre Erinnerungen. «Da kommt doch mein Opa, also dein Urururopa, gelaufen und ruft: ‹Elvira ist am Ferkeln. Aber ich kann das nicht ab.› Und Heini, was mein Bruder war, hat gesagt: ‹Ich bin heute auch schlecht zuwege.› Also mußte ich nun ran, und die Sau hat dann auch flott geferkelt. Aber danach wollte sie die Jungen unbedingt auffressen. Wir wußten nicht mehr, was wir machen sollten. Und da hat mein Bruder, der Heini, gesagt, hier muß ein Tierbändiger ran. Und der ist dann auch gekommen, der hat dann irgend etwas mit den Händen gemacht, so rauf und runter, und irgend etwas Seltsames geredet. Aber was, weiß ich nicht mehr so genau. Und dann hat er ein Ferkel der Sau über die Schnauze laufen lassen. Und tatsächlich hat die Sau sich jetzt nicht mehr gemuckst und die Ferkel saugen lassen. Dann ging das Palaver wieder los, wer den Ferkeln die Eckzähne rausbrechen soll. Dein Urururopa war ja gleich wieder ganz schlecht zuwege und ist bei dem Gedanken fast umgefallen. Aber ich habe eins nach dem anderen unter den Arm geklemmt und zackzack die Zähne rausgebrochen.»

Sie sah mich prüfend an, und ich hielt mir unwillkürlich die Hand vor den Mund. Man konnte nie wissen. Die Uroma hatte auch noch andere bemerkenswerte Talente, ja, sogar eine lyrische Begabung, und ich erfuhr zu meinem Erstaunen, daß das Gedicht von den goldenen Träumen über meinem Bett von ihr stammte.

Trotz ihres Alters ging sie ihrer Tochter Elschen noch gut zur Hand, schälte Kartoffeln, zupfte Unkraut und weckte ein, was der kleine Garten hergab. Am liebsten saß sie hinter dem Haus auf der Bank in der Sonne, und ich, an sie geschmiegt, hörte ihren Geschichten zu und lutschte dabei verstohlen am Daumen, was mir von Opa streng verboten worden war. Opa besaß sehr genaue Vorstellungen, wie seine Enkeltochter zu sein hatte, was ihn nicht daran hinderte, seine Prinzipien gelegentlich über Bord zu werfen. Das geschah meist nach den Zusammenkünften mit seiner Bruderschaft.

«Was macht denn Opa da?» wollte ich von Großmutter wissen.

«Klug reden und saufen», sagte sie kurz, griff unter mein Kopfkissen und kassierte die Tüte mit Bonbons wieder ein, die er mir mit der Aufforderung «nun lang mal ordentlich zu, aber erzähl Oma nichts» ans Bett gebracht hatte. Dabei hatte er mir kurz zuvor erst erzählt, welch ungeheurer Luxus Süßigkeiten wären. In seiner Kindheit hätte es allerhöchstens ein Bonbon in der Woche gegeben, und den mußte man sich dann auch noch mit den Geschwistern teilen. Das fand ich hochinteressant. «Und wer durfte zuerst lutschen?»

«Selbstverständlich ich.»

Großmutter sah über Opas Schwächen hinweg. Sie hatte sowieso das Sagen, was sie damals noch entschieden abstritt. Sie behauptete, sie bestimme nur das Unwesentliche, Opa aber das Wesentliche.

«Und was ist das Unwesentliche?» wollte ich später wissen, als ich mein Herz für meinen Schulkameraden Klaus Friesen entdeckte.

«Ich bestimme die Automarke, was im Haus angeschafft werden muß und wann wir nach Hamburg fahren wollen. Opa füllt den Lottoschein aus, bestimmt, welche Zeitung wir halten und wen wir wählen.»

Ich sah sie nachsichtig an. «Und du hältst dich womöglich für emanzipiert?»

«Das ist mir Wurscht, Kind», meinte sie. «Jede Ehe hat ihre besonderen Spielregeln.» Die dann später von ihr total geändert wurden.

Im ersten Jahr begleitete ich Opa gern zum Angeln. Wir wanderten über die Koppeln, und ich ängstigte mich vor dem drohend muhenden, hinter uns hertrottenden Jungvieh. Opa beruhigte mich auf seine Weise. «Wenn sie dich in den Fluß stoßen, angle ich dich wieder raus.»

Er blieb stehen und fluchte laut vor sich hin. Sein Lieblingsplatz hinter einem Pappelwäldchen war bereits besetzt. Rocker hatten sich dort breitgemacht und ließen ihre Transistoren dröhnen. So zogen wir weiter.

Es dauerte seine Zeit, bis wir eine geeignete Stelle fanden. Mal war das Wasser zu flach oder das Schilf störte oder das Ufer war zu morastig. Endlich ließ ich mich erschöpft ins Gras fallen und sah ihm zu, wie er ruhelos hin und her wanderte, bis der Schwimmer auf dem Wasser tanzte. Wenn er dann auf den Fisch aller Fische wartete, erzählte er mir aus seiner Kinderzeit, als er sich mit Bruder Jochen ein Bett teilen mußte, und daß es Konrad Adenauer nicht anders ergangen sei. Und ich bekam wieder einmal zu hören, wie gut es die Kinder heutzutage hätten.

«Opa, es beißt einer», rief ich.

Hastig holte er die Schnur ein. Enttäuscht betrachteten wir den winzigen Fisch, der am Haken zappelte. Vorsichtig löste er ihn und warf ihn in den Fluß zurück. «Da schwimmt er nu und denkt sich sonstwas.» Er befestigte einen neuen Köder, Marke Anglerglück. «Konnte auch den Hals nicht voll genug kriegen, wie die Menschen.»

Wenn wir mit unserer mageren Beute dann nach Hause kamen, war Oma bereits im guten Kostüm auf dem Weg zu ihrer Tochter Leonie. «Saut mir bloß nicht die ganze Küche ein», drohte sie uns.

Großvater machte ein enttäuschtes Gesicht. «Ich dachte, du würdest sie uns zubereiten.»

«Aber nicht am Sonntag nachmittag.» Und schon war Großmutter aus der Tür.

Opas suchender Blick nach einem neuen Opfer fiel nun auf die Uroma. Vergeblich. Sie behauptete, sie sei heute gar nicht gut zuwege, und verzog sich in ihre Kammer. Also mußte ich ran.

Nachdem die von Opa gebratenen Fische schließlich in unseren Mägen gelandet waren und die Gräten im Abfalleimer, glich unsere Küche einem Schlachtfeld. Großvater stellte mich auf einen Schemel und ließ mich den Abwasch machen, während er notdürftig mit einem verfilzten Lappen Tisch und Herd säuberte.

Noch mehr als das Angeln liebte er das Malen. Seine Bilder schmückten das Haus wie Schornsteinfegermeister Kruses Teppiche Tante Irmchens Fußböden. Das Motiv war immer dasselbe – Schäfer und Schafe. «Wirklich beeindruckend», versicherten ihm die Kunden, die ihm um den Bart gehen wollten, um noch einen Termin zu bekommen. «Aber wieso gerade Schafe?» Großvater warf ihnen einen unwilligen Blick zu. «Woher soll ich das wissen?»

Auch zur Arbeitsstelle nahm er mich hin und wieder mit, und ich half stolz, einen Papierhelm auf dem Kopf, dem Lehrling mit einem Tuschkastenpinsel beim Leistenstreichen. Die Hausfrauen waren von meiner Anwesenheit nicht unbedingt begeistert. Sie hatten Angst, ich könnte mit meinen bekleckten Händen etwas anfassen oder Kostbares umwerfen. Aber Opa gegenüber zeigten sie das nicht. «Hallo, wen haben wir denn da?» zirpten sie mit heuchlerischer Freundlichkeit. «Ist das vielleicht Ihr Enkelkind, Herr Petersen?»

«Wer soll's sonst sein?» Er wandte sich zu mir. «Sag guten Tag und mach einen ordentlichen Knicks.» Die von mir so artig begrüßte Hausfrau schob mich unsanft beiseite und machte sich stark, um Opa seine geliebte geblümte Tapete auszureden. «Ich dachte, Herr Petersen, vielleicht diesmal was in Lila. Das ist jetzt ganz modern.»

«Mag sein», sprach Großvater. «Die Geschmäcker sind verschieden. Aber Lila bei künstlichem Licht, da sehen Sie aus wie 'ne Wasserleiche.»

Das saß. Verstohlen betrachtete sich die Kundin im Garderobenspiegel.

«Dieser Petersen kann einem wirklich jede Tapete vermiesen», beklagten sich die Damen untereinander. «Man sollte sich allmählich nach einem etwas jüngeren Maler umsehen.»

Aber sie kamen dann doch immer wieder auf Großvater zurück. Bei ihm blätterte keine Farbe, gab es keine Malertränen, die Lehrlinge verkniffen sich das Rauchen, der Bierkonsum hielt sich in Grenzen, und der Arbeitsplatz war hinterher tadellos aufgeräumt.

Inzwischen hat sich einiges geändert. Opa bildet längst keine Lehrlinge mehr aus und beschäftigt nur ab und an einen Gesellen zur Aushilfe, wenn er mehr Arbeit angenommen hat, als er allein bewältigen kann. «Die Steuer frißt mir sowieso alles weg», sagt er. «Und den Lohn kann heute auch kein Mensch mehr bezahlen, mal abgesehen von dem ganzen Ärger, den man hat, weil dieses junge Volk ja dauernd fehlt. Ein bißchen Rheuma, und schon wird krankgefeiert.»

Für Opa war Rheuma der Sammelbegriff aller Krankheiten, egal, ob es sich um Zahnschmerzen, einen verknacksten Fuß oder Grippe handelte. Seine anatomischen Kenntnisse waren in dieser Zeit noch sehr dürftig, was sich später zu unserem Leidwesen ändern sollte. Und als ich ihn einmal neugierig fragte: «Opa, wo ist denn die Galle?», machte er eine unbestimmte Bewegung in Richtung des Herzens und sagte: «Hier irgendwo.»

Dabei hatten wir beide vor diesem Organ großen Respekt, denn wenn Oma es damit zu tun bekam, wurde sie ein anderer Mensch. Es genügte bereits, daß sie uns in einem gewissen verdrießlichen Ton kundtat: «Ich glaube, meine Galle fängt an zu muckern», und schon behandelten wir sie wie ein rohes Ei. Großvater zeigte sich dann um sein Elschen sehr besorgt, im krassen Gegensatz zu dem alten Hausarzt, der gern behauptete, zuviel untersucht sei schon halb gestorben. Rief Opa ihn nachts an, weil es Großmutter vor Schmerzen nicht mehr aushielt, gähnte er nur ins Telefon, ein feuchter Umschlag und eine Wärmflasche müßten Erleichterung bringen. Dafür brauche man einen alten Mann nicht extra aus dem Bett zu holen. Wenn Opa vor Wut fast das Telefon an die Wand warf, erschien der Herr Doktor schließlich doch und gab Oma eine Spritze, nicht ohne uns belehrt zu haben: «Es ist immer dasselbe mit euch Patienten. Weihnachten werde ich gerufen, weil ihr euch um die Geschenke geprügelt habt. Ostern sind's die vielen Eier, die euch im Magen liegen.» Und es nützte nichts, daß Elschen ihn mit schwacher Stimme darauf aufmerksam machte, jetzt sei Juni. Trotz seiner barschen Art ließ sie nichts auf ihn kommen, so viel auch Großvater auf ihn schimpfte.

Am nächsten Morgen befahl Opa Elschen streng liegenzubleiben und holte mich und die Uroma vor Tau und Tag aus dem Bett. Am Anfang fand ich das sehr aufregend und spielte gern die Krankenschwester. Ich lief zwischen Küche und Schlafzimmer hin und her, wischte mit einem tropfnassen Schwamm Großmutter über das Gesicht und brachte ihr eine Wärmflasche. Gegen Mittag erschien dann Opa von der Arbeit, steckte den Kopf ins Schlafzimmer und fragte: «Na, alles wieder auf'm Damm? Was hast du uns denn Schönes zum Mittagessen gekocht?»

Mein erster Schultag wurde auch für die Lehrer ein Ereignis, war ich doch das einzige Kind, das von sieben Personen begleitet die Klasse betrat. Natürlich wußte die ganze Stadt längst, daß ich die uneheliche Tochter von Hänsgen Petersen war. Bedeutungsvoll nickten sich die Eltern der anderen Kinder zu: Eins mußte man den Petersens lassen, sie hielten zusammen.

Die anderen Kinder kannten sich schon aus dem Kindergarten oder weil die Eltern befreundet waren. Sie tuschelten untereinander über mich und riefen sich kichernd zu: «Friede heißt die, Friede!»

«Ein sehr hübscher Name», sagte das nette Fräulein Riedel, unsere Lehrerin. «Und nun singen wir gemeinsam ein schönes Lied zur Begrüßung.»

Es wäre übertrieben zu behaupten, daß ich der Mittelpunkt der Klasse gewesen wäre. Das Interesse an meinen verschollenen Eltern war nur von kurzer Dauer, und sonst besaß ich nichts, womit ich meinen Mitschülern hätte imponieren können, weder eine sprechende Puppe noch einen elektrischen Puppenherd oder so etwas wie eine Armbanduhr. So hoffte ich auf meinen Geburtstag, zu dem ich sechs Kinder einladen durfte.

Die Begeisterung darüber hielt sich in Grenzen. «Was gibt's denn bei dir so?» wollten sie von mir wissen. Ich dachte nach. «Torte und Glibberpudding.»

«Und was noch?»

«Wir dürfen mit Omas Puppenstube spielen.»

Sie sahen sich bedeutungsvoll an. «Das ist alles?»

Ich nickte verlegen und mußte mir anhören, daß für den Ehrentag von Klaus Friesen extra ein Zauberer engagiert worden war, und bei Julchen, dem Apothekertöchterlein, war man mit einem Sonderbus in das Theaterstück «Peterchens Mondfahrt» gefahren.

Deprimiert ging ich nach Hause und beklagte mich bei Opa. «Wem es bei uns nicht paßt, der soll wegbleiben», blaffte er. «Für so verwöhnte Gören ist die Puppenstube viel zu schade.» Er hatte sie extra für mich in seiner Werkstatt wieder hergerichtet, die Wände neu tapeziert und den Fußboden mit einem dunkelbraunen Anstrich versehen. Entzückt betrachtete ich den in einem Schaukelstuhl sitzenden Puppenvater, den kleinen Weihnachtsbaum in der Ecke und die winzigen Gardinen an den Fensterscheiben. «Kuck mal Opa, sogar ein Klo», rief ich hingerissen. Großvater lächelte zufrieden, ging in die Küche und kam mit ein paar Korinthen wieder, von denen er zwei in die Kloschüssel legte. Ich klatschte vor Freude in die Hände. Er sah mich an. «Hast du denn deinen Opa auch ein bißchen lieb?» fragte er plötzlich. «Genauso wie Onkel Ludwig?» Statt einer Antwort gab ich ihm einen schmatzenden Kuß. Verlegen wischte er sich die Spucke ab. «Tam, ein Baum; tamtam, zwei Bäume; tamtaratamtamtam, ein ganzer Wald», brummte er und ging hinaus.

Leider stand mein Geburtstag von Anfang an unter keinem guten Stern. Zwar hatte sich Großmutter viel Mühe gegeben, um die Tafel hübsch herzurichten, aber eben auf eine etwas altmodische Weise. Es gab weder Konfetti noch Luftballons, und die Papierservietten waren in einem langweiligen Grün. Auch die vor jedem Teller aufgestellten kleinen, mit Marienkäferchen verzierten Kerzen wirkten reichlich brav. Außerdem war ihr die Schichttorte glitschig geraten. Schon beim Frühstück hatte es Krach mit Opa gegeben, der mal wieder nichts fand und wie verrückt nach seinen Sachen suchte, ausgerechnet im Geschirrschrank. Es goß in Strömen, so daß der Garten als Spielplatz ausfiel.

Die Gäste trudelten kleckerweise ein, und der Kakao mußte immer wieder neu aufgewärmt werden, normalerweise noch kein Grund, Großmutter aus ihrer freundlichen Ruhe zu bringen. Aber heute war sie ganz gegen ihre sonstige Gewohnheit gereizt, und meine Gäste nahmen etwas eingeschüchtert in der guten Stube Platz. Julchen, das Mädchen mit dem elektrischen Wunderherd, fing plötzlich an zu plärren, weil Klaus Friesen ihr das heiße Wachs seiner Kerze auf den Handrücken hatte tropfen lassen. Und dann kam, um das Maß vollzumachen, der Kater ins Zimmer, mit einer toten Ratte im Maul, quasi sein Geburtstagsgeschenk. Meine Gäste kreischten, denn in den siebziger Jahren war so ein Vieh noch kein modisches Kuscheltier. Großmutters wütender Tritt, mit dem sie den Kater wieder nach draußen bugsierte, hatte zur Folge, daß er die Ratte erschrocken fallen ließ. Da lag sie nun auf Tante Irmchens Hochzeitsgeschenk, einem von Otto Kruse geknüpften Teppich. Das Blut tropfte ihr aus der Schnauze, und sie starrte uns tückisch an. Tante Irmchen hatte recht, überall lauerte das Böse.

Ich kämpfte mit den Tränen. Großmutter machte eine jähe Bewegung, ließ sich auf einen Stuhl fallen und krümmte sich mit schmerzverzerrtem Gesicht zusammen. Ich sprang auf. «Die Galle!» rief ich. «Sie muß ins Schlafzimmer.»

In die Geburtstagsgesellschaft kam endlich Leben. Wie die Liliputaner ihren Gulliver, hoben und zerrten wir die ächzende Oma ins Schlafzimmer, und sie ließ sich aufs Bett fallen. Oma war im Laufe ihres Lebens etwas in die Breite gegangen, und meine Freunde bestaunten ihr fleischfarbenes, fast bis zur Taille reichendes Korsett, das zutage kam, als ich ihr das Kleid aufknöpfte. Das gemarterte Julchen half mir sehr geschickt beim Ausziehen. Versonnen blickte sie auf das wimmernde Elschen. «Bei meiner Oma sind's die Zähne», verkündete sie ernst. «Wie Brennesseln im Mund, sagt sie. Sie spürt's bis in die Fußsohlen.»

Großmutter verlangte nach ihren Tabletten. «In der Nachttischschublade, Friedchen.» Ich gab ihr das Röhrchen. Sie nahm gleich drei, das war entschieden eine zuviel. Bald duselte sie vor sich hin und nahm nur noch halb wahr, was sich um sie herum abspielte.

Ich hatte das Kommando übernommen. Mit ihrer Galle kannte ich mich aus. Ich ließ eine Wärmflasche füllen und machte ihr einen warmen Umschlag auf den Bauch. Klaus bestand darauf, ihr Socken anzuziehen. «Du weißt doch, Kopf kühl, Füße warm.» Auch die anderen Gäste blieben nicht untätig. Sie fühlten ihr an beiden Handgelenken den Puls, beratschlagten, ob man das Zimmer verdunkeln müsse, öffneten das Fenster und strichen das Plumeau glatt. Großmutter ließ alles über sich ergehen und fragte nur ab und zu benommen: «Was ist denn los? Was macht ihr hier?» Eine Frage, die von einer Männerstimme lautstark wiederholt wurde.

Opa stand in seinem Malerkittel in der Tür und bereitete mit scheuchenden Bewegungen dem Treiben schnell ein Ende.

Inzwischen hatte es aufgehört zu regnen, so flüchteten wir vor ihm in den Garten, wo wir uns um die Uroma auf der Bank scharten. Von ihr bekamen wir eine ihrer gruseligsten Geschichten serviert: das im Mutterleib zersägte Fohlen. Ihre anschaulichen Schilderungen ließen meine Gäste erstarren. Sie standen in entsetztem Schweigen, und manche Hand flog schützend vor den

Mund. Julchen begab sich still in die Erdbeerbeete. Was für ein Geburtstag! Heulend rannte ich ins Haus.

Beklommen betrat ich am nächsten Tag die Klasse. Meine Freunde stürzten auf mich zu. Klaus ergriff das Wort: «Dein Geburtstag, einfach klasse!» Die anderen stimmten laut zu.

Von diesem Nachmittag sprach man in der Schule noch lange, bis ich von einem Mädchen namens Gerda entthront wurde. Ihr Vater war bei der Polizei und holte jeden einzelnen Geburtstagsgast mit der grünen Minna ab, in der vor den erstaunten Augen der Nachbarn unter Gekicher und Gekreisch ein Mädchen nach dem anderen verschwand, während Gerdas Vater bedeutungsvoll mit den Handschellen rasselte.

## 5

Opas älterer Bruder, Onkel Jochen, war nicht nur ein Held, von dem die ältere Generation im Städtchen noch heute spricht, er besaß auch ein Pianola, ein mechanisches Klavier. Es übte auf mich eine große Anziehungskraft aus. Ebenso wie mein Onkel liebte ich es, gewaltig auf die Pedale zu treten und die von einer Walze gesteuerte Melodie mitzusingen. Er beruhigte gern damit sein Gemüt, wenn es extrem in Wallung geraten war, und spielte mit Vorliebe Kirchenlieder.

Das Verhalten des etwas zu klein geratenen, stämmigen Onkels mit dem gutmütigen Knautschgesicht war geprägt durch den Umgang mit den Toten, denn er war Friedhofsgärtner. Er sprach leise, in einem ruhigen, etwas feierlichen Tonfall, und seine Bewegungen waren von einer gewissen bedächtigen Würde, die er nicht einmal auf dem Behandlungsstuhl seines Neffen Ludwig verlor, als der ihm eröffnete, er müsse ihm leider den Kiefer aufschneiden. «Was muß, das muß», sagte er nur. Und ehe Ludwig zum Skalpell greifen konnte, war Jochen ohnmächtig geworden.

In Onkel Jochens Haus sprach man viel von den Verblichenen, was sein Beruf mit sich brachte. Ihnen galt seine Fürsorge in gleichem Maße wie seinem Edith-Löckchen, der geliebten Seele. Daß sie ausgerechnet ihn geheiratet hatte, war für ihn immer noch eine Art Wunder. Immerhin unterstand ihrem Vater der Bahnhof des Städtchens, und Edith hatte, wie die schöne Toni, sogar das Lyzeum besucht. Bereits in der Volksschule balgten sich die Jungs um ihre Gunst. Mein Gott, was hatte sie für Chancen gehabt. Und wen hatte sie sich ausgewählt? Ihn. «Dabei ist doch an mir wirklich nicht viel dran, sei ehrlich, Friedchen.» Aber in diesem Punkt war Ehrlichkeit schlecht angebracht, und Tante Edith beteuerte dann auch prompt, wie sehr sie von ihren Freundinnen um Onkel Jochen beneidet worden war.

Später, als ich «zur Rose erblüht» war, wie Onkel Jochen meine körperliche Entwicklung bezeichnete, wollte ich der Geschichte auf den Grund gehen, und ich befragte Tante Irmchen. Sie machte ihr wissendes Gesicht. «Die liebe Edith, sie wird schon ihre Gründe gehabt haben. Männer waren damals knapp, vergiß das nicht. Dazu war dein Onkel ein Held, mit dem Ritterkreuz ausgezeichnet und sogar zum Offizier befördert.» Mehr war auch aus ihr nicht herauszulocken. Sie liebte es sehr, sich in Andeutungen zu ergehen, bevor sie die Familiengeheimnisse stückchenweise preisgab. Sie erzählte mir lediglich, daß Onkel Jochen schon als Junge das reinste Kindermädchen gewesen sei und kleinere Kinder aus der Nachbarschaft im Bollerwagen herumkutschiert hatte.

Selbst in der Schule spielte er gern die Glucke, besonders bei den Mädchen. Gedankt wurde es ihm nicht. Zu Jochen ging man nur, um ihn anzupumpen, die Schularbeiten abzuschreiben oder wenn man einen Notnagel zum Tanzen brauchte.

Obwohl er nicht gerade das Abbild eines Germanen war, gefiel den Lehrern seine ausgeglichene, hilfsbereite Art. Auch der Gärtner war mit ihm als Lehrling sehr zufrieden. Im Reichsarbeitsdienst gab es gewisse Probleme, weil er den ausgebrochenen Krieg eine große Scheiße nannte. Glücklicherweise war ihm der Lagerführer gewogen, dachte vielleicht dasselbe und sperrte ihm lediglich für zwei Wochen den Ausgang.

Wie Jochen vorausgeahnt hatte, zog sich der Blitzkrieg in die Länge. Vorbei der goldene Traum, als Kuhlengräber in dem Heimatdorf meiner Uroma beschäftigt zu werden.

Polenfeldzug und Frankreich hatte er hinter der Front noch gut überstanden. Aber das Unternehmen Barbarossa verwirrte sein Gemüt. Vergeblich suchte er nach den passenden Worten, um mir die Weite Rußlands, den unendlichen Himmel zu beschreiben, und erst der Anblick der Tausenden von Toten – überall lagen sie würdelos herum, nicht mehr wert als ein Stück Holz, von niemandem beachtet. Er stand auf, setzte sich an sein geliebtes Pianola und ließ die Bässe brausen.

Manchmal machte der Krieg auch eine Pause. An so

einem Tag zuckelte er mit seinem Krad über endlose Feldwege durch riesige Weizenschläge, um dem Regimentsstab eine Meldung zu überbringen. Ringsherum herrschte friedliche Stille. Nur der Gesang der Lerchen begleitete ihn, und der laue Sommerwind ließ das fast reife Getreide knistern und die Körner aus den Ähren springen. Onkel Jochen beschloß, am Ende des Feldes im Schatten einer großen Eiche eine Pause zu machen. Er öffnete seinen Waffenrock, legte sich ins Gras und schlief auf der Stelle ein.

Fremde Stimmen weckten ihn. Er öffnete die Augen und blickte in die Gesichter junger russischer Soldaten, die ihn anstarrten. Er sprang auf und hob die Hände. Aber der Feind zeigte sich an Onkel Jochen als Gefangenem wenig interessiert. Er gab ihm vielmehr zu verstehen, daß man vom Krieg die Schnauze voll hatte und sich ergeben wollte.

Mit einer Menge Kriegsgerät marschierten die Russen vor ihm her zum Regimentsstab. Vor dem Dorfeingang des Stabes lungerte gerade ein Kriegsberichterstatter herum, der vergeblich nach etwas Berichtenswertem Ausschau hielt. Er stürzte sich begierig auf Onkel Jochen und fragte ihn aus. Daß sich die Russen von selbst ergeben hatten, davon stand nichts in seiner Meldung, und aus den zwanzig Russen waren durch einen Übertragungsfehler zweihundert geworden. Onkel Jochens bescheidener Einwand gegenüber dem diensttuenden Offizier im Regimentsstab ging in einem allgemeinen Durcheinander unter, denn einem einsamen russischen Flugzeug hatte es gefallen, eine kleinere Bombe auf eine Scheune zu werfen, in der der Zahlmeister seine Vorräte untergebracht hatte. Die Meldung des Kriegsberichterstatters wurde sogar im Wehrmachtsbericht erwähnt, Onkel Jochen von höchster Stelle zum Leutnant befördert und mit dem Ritterkreuz ausgezeichnet.

Onkel Jochen bekam Heimaturlaub. Das Städtchen stand kopf vor Begeisterung. Bis jetzt hatte kein Sohn dieser Stadt einen so hohen Orden bekommen. Schade, daß es gerade diesen Petersen getroffen hatte, der so gar nicht wie ein Held aussah. Der Fotograf des Stadtanzeigers verzichtete notgedrungen, ihn im Stahlhelm abzulichten. Onkel Jochens Kopf wirkte darunter noch zerdrückter und die Gestalt noch kleiner. Jochen Petersen wurde überall herumgereicht. Immer wieder mußte er die Geschichte erzählen, wie er eigenhändig und ganz allein zweihundert Russen entwaffnet hatte.

«Wie kann man nur so lügen?» fragte ich in jenen späteren Tagen, als ich es vorübergehend mal sehr mit der Wahrheit hatte. Onkel Jochen nickte schuldbewußt, während der Rest der Familie über diesen berechtigten Einwand großzügig hinwegging. Von mir, dem Bastard, ließen sie sich ihren Helden noch lange nicht madig machen. Zwanzig oder zweihundert Russen, was machte das schon.

Onkel Jochens Berühmtheit war darüber hinaus den Petersens zugute gekommen. Tante Irmchen blieb von Bombenflüchtlingen verschont. Bruder Jochen trabte für sie aufs Wohnungsamt, um Einspruch dagegen zu erheben, daß sie eine Familie mit drei Kinder zugewiesen bekommen sollte. Der Sachbearbeiter zeigte kein Verständnis für Tante Irmchens unangenehme Lage und brummelte nur «da kann ja jeder kommen», bis sein Blick auf Onkel Jochens Auszeichnung fiel. Sofort sprang er beflissen auf und brachte ihn zu seinem Vorgesetzten, der dem berühmten Sohn unserer Stadt versprach, sich unverzüglich um diese Angelegenheit zu kümmern.

Es waren Tage der Freuden, denn außer den vielen Ehrungen, die ihm zuteil wurden, begegnete ihm Edith Klaffke an der Kinokasse. Früher hatte sie ihn kaum eines Blickes gewürdigt. Nach der mittleren Reife war sie ein Jahr auf einer Frauenfachschule gewesen, wo sie, durch den Krieg bedingt, so Nützliches lernte, wie aus Magerquark Kochkäse und aus Magermilch Schlagsahne herzustellen. Auch ein wenig schneidern konnte sie, und da sie eine geschickte Hand besaß und jeden alten Fetzen in ein elegantes Kleid zu verwandeln verstand, drehten sich nicht nur die Männer nach ihr um. Ihre Fingerfertigkeit wurde allgemein bewundert. Aber, wie Tante Irmchen mir zu verstehen gab, es wurde auch so allerlei über sie gemunkelt. So wollte man sie in Hamburg in wechselnder Herrenbegleitung in zweifelhaften Bars gesehen haben. «Und dann die Geschichte mit dem Major, das war auch so eine Sache.»

«Was denn für eine?» wollte ich wissen.

«Er war verheiratet und hatte ein halbes Dutzend Kinder.»

Großmutter wurde richtig fuchtig, als ich mit dieser Weisheit zu ihr kam. «Woher will Irmchen das nun schon wieder wissen? Die Lampe wird sie ja wohl kaum gehalten haben.» Opa gab ihr recht. Auf seine Schwägerin Edith ließ er nichts kommen. «Eine wirklich stattliche Person, richtig so mit Schick.» Die Bewunderung war nicht zu überhören. Oma beugte sich herunter und strich die Teppichfransen glatt. «Schade, daß sie in letzter Zeit ein bißchen aus dem Leim gegangen ist.»

Opa schlug ihr mit der flachen Hand kräftig auf das Hinterteil, daß sie aufschrie. «So wie du», sagte Opa. «Hübsch mollig. Wer will denn schon einen Haufen Knochen?»

«Ich und dick? Und das bei meiner kranken Galle?» empörte sich Oma, die in letzter Zeit wirklich ganz schön zugenommen hatte.

«Wer spricht denn von dick? Mollig, sagte ich», beschwichtigte sie Opa grinsend.

Den Rest der Lebensgeschichte hörte ich dann wieder teils von Tante Edith, teils von Onkel Jochen, wobei meinem Onkel dieses unbeschreibliche Wunder, von Edith Klaffke erwählt worden zu sein, aufs neue unfaßbar blieb. «Und mein Schwiegervater hat mich wie seinen eigenen Sohn behandelt.»

Opa gefiel diese Dankbarkeit seines Bruders nicht. «Der alte Klaffke war doch ein richtiger Saufkopp. Der konnte froh sein, so einen Jungen wir unseren Jochen zum Schwiegersohn zu kriegen. Im letzten Kriegsjahr hat er es doch glatt fertiggebracht, einen völlig leeren Personenzug losfahren zu lassen, anstatt den von Flüchtlingen proppevollen abzufertigen. Wenn er nicht Parteimitglied gewesen wäre, hätten sie ihm wahrscheinlich ein Verfahren wegen Sabotage angehängt. Aber so ist er noch einmal mit einem blauen Auge davongekommen. Die arme Frau hat viel mitgemacht.»

Edith hatte also in der Schlange vor der Kinokasse gestanden und den vor ihr stehenden Jochen mit ihrer behandschuhten Hand sanft berührt und ihm zugeflüstert, er möchte eine Karte für sie mitbesorgen. Er als Ritterkreuzträger brauchte nämlich nicht anzustehen.

Nach dem Film war man noch zusammen in die Konditorei gegangen und sich drei Tage später schon recht nahegekommen. Man verlobte sich, und beim nächsten Urlaub wurde geheiratet. Bis zu Jochens Rückkehr blieb die junge Frau, die sich durch die Eheschließung um den Reichsarbeitsdienst gedrückt hatte, bei den Eltern. Sie war nicht ganz so glücklich darüber, wie Onkel Jochen annahm. Die Sehnsucht nach ihrem Ehemann machte sie anscheinend ruhelos, und wohlmeinende Nachbarn scheuten sich nicht, dem Bahnhofsvorsteher einige versteckte Andeutungen über das Treiben seines Töchterchens zu machen.

Als schon niemand mehr mit einer Rückkehr von Jochen Petersen rechnete, stand er plötzlich in der Haustür. Als Edith ihn da so stehen sah, soll sie ausgerufen haben: «Das kann ich nicht, das kann ich nicht!»

Der abgerissene, ausgemergelte Ehemann nahm sie beruhigend in die Arme und zischte zärtlich durch mehrere Zahnlücken: «Was kannst du nicht, mein Edith-Löckchen?»

Stumm befreite sie sich von ihm und rannte aus dem Zimmer.

«Sie kann's nicht glauben, daß du endlich zurückgekehrt bist», erklärte der Schwiegervater. Er mußte sich setzen. Weniger vor Schreck, der reichlich genossene Schnaps zog ihm die Beine weg.

Edith-Löckchen beruhigte sich schnell. Sie hatte auf das richtige Pferd gesetzt. Ihr Kuhlengräber klotzte mächtig ran. «Das Glück stand mir zur Seite, Friedchen», sagte Onkel Jochen. Die Stelle als Friedhofsgärtner in dem kleinen Dorf, die ihm der Krieg vermasselt hatte, war wieder vakant. Gleichzeitig wurde er von der Kirche als Küster beschäftigt. Ein paar Jahre später zog er in unsere Stadt zurück und wurde Kuhlengräber auf unserem Friedhof. Nebenbei betrieb er noch ein Blumen- und Kranzgeschäft. Das nahegelegene Haus erwarb er günstig von der Stadt.

«Warum habt ihr keine Kinder?» fragte ich. Und Tante Edith gab mir, ganz gegen ihre sonstige Art, eine recht unverblümte Antwort: «Ach, weißt du, Kinder sind auch nicht immer das Wahre.»

«Ich bin doch auch eins!» rief ich gekränkt.

«Aber Gott sei Dank nicht unseres.» Sie nahm mich in die Arme und lachte herzhaft.

Ich dachte lange über Tante Ediths Einstellung nach

und gab ihr recht. Wie oft wurde ich bedauert, ohne Geschwister aufzuwachsen. Dabei fand ich's sehr in Ordnung. Warum sollte ich die Zuneigung meiner Familie und ganz besonders die von Onkel Ludwig mit einem quakigen, sabbrigen Baby teilen, wie es fast alle in meiner Klasse mußten?

Wegen seiner schweren Kriegsverletzung wurde Onkel Jochen frühzeitig pensioniert. Er gab auch das Geschäft auf, übernahm statt dessen die Beratung einiger Kunden eines Bestattungsinstitutes und betreute auf Wunsch weiterhin eine Reihe von Gräbern. Gemeinsam mit Tante Edith suchte er die ihm genannten Hinterbliebenen auf, um mit ihnen die Beerdigung zu besprechen, wobei ihm Tante Edith von großem Nutzen war. Ihre sanfte, melodiöse Stimme drückte Mitgefühl und Anteilnahme aus, und ihre großen braunen Augen waren in der Lage, auf Anhieb in Tränen zu schwimmen, ohne daß sie jemals über die Ufer traten und so womöglich häßliche Spuren auf ihrem makellosen, mit einem zarten Make-up versehenen Teint hinterließen. Ohne je wirklich zuzuhören, denn sie schaltete sofort ab, wenn sich ein Gespräch nicht um ihre Interessen drehte, schien doch ihre ganze Aufmerksamkeit auf den jeweiligen Menschen mit seinen Kümmernissen gerichtet, was sie dadurch unterstrich, daß sie die letzten Worte jedes zweiten, dritten Satzes wiederholte oder vage Äußerungen anhängte, etwa: «Wie tapfer Sie doch sind» oder «Wir sind alle in Gottes Hand», während Onkel Jochen, trotz aller Gutmütigkeit mit gesundem Geschäftssinn ausgestattet, den Schmerzgebeugten eine Beerdigung erster Klasse aufschwatzte.

«Arme Seele, gute Seele, geliebte Seele» – mit diesen Ausdrücken überschwenglicher Herzlichkeit gewann Tante Edith jeden für sich, vom Briefträger bis zum Fleischer, so wie sie es wohl schon als junges Mädchen getan hatte. Ich kannte sie alle, Tante Ediths kleine Geheimnisse, tief in den Schubladen einer Mahagonikommode versteckt. Denn ich war ein Schnüffelkind. Das Bild eines jungen Offiziers im Silberrahmen mit der Widmung dahinter, die silberne Zigarettendose mit dem eingravierten Herzen, der zauberhafte Glitzerring, die Püppchen in der Puppe, im letzten eine vergoldete Nuß verborgen.

Sie hatte vom Leben so ziemlich alles bekommen, was sie wollte, und das war in den Augen der Petersens eine Menge. In ihrem Häuschen war alles vom Besten, von der Küchenausstattung bis zum Fußboden, auf dem natürlich ebenfalls ein von Schornsteinfegermeister Kruse geknüpftes Meisterwerk lag. Als ich zum erstenmal an Omas Hand den Garten des Onkels durchschritt, der ganz in düsterer Feierlichkeit prangte, mit viel Tannen und anderem dichten Gewächs, fühlte ich mich sehr beklommen. Aber das verschwand, als Tante Edith uns strahlend den kurzen Kiesweg entgegenhüpfte und mich mit weit ausgebreiteten Armen in Empfang nahm. «Da ist sie ja, unser Herzenskind, die geliebte Seele.»

Im Gegensatz zum Garten war im Haus alles hell und

luftig, und ich bemerkte voller Verwunderung, daß es der Onkel war, der Kaffee und Kuchen hereinschleppte und uns bediente. Während der Zeit, die ich hin und wieder, wenn ich Lust dazu verspürte, bei dem Onkel verbrachte, vergaß ich sehr schnell Opas Lehre von den fleißigen Händen und ließ mich ebenso wie meine Tante von ihm bedienen. Wenn Onkel Jochen früh mit gleichbleibender Freundlichkeit rief: «Meine Damen, das Frühstück ist fertig» und mir der Geruch von frischen Brötchen verlockend in die Nase drang, erhob ich mich aus meinem Bett und räkelte mich kurz darauf wie meine Tante am Frühstückstisch, während er geschäftig hantierte. «Und was hat mein Edith-Löckchen heute vor?» fragte er liebevoll und goß ihr Kaffee ein.

Sie fuhr sich nachdenklich durch das Haar. «Ich glaube, ich müßte mal wieder zum Friseur.»

«Tu das», rief der Onkel gutgelaunt, obwohl ihre beinahe täglichen Friseurbesuche nicht unerheblich zu Buche schlugen, und ließ Honig auf sein Brötchen tropfen. Tante Ediths Blicke schweiften versonnen durch die Küche. «Wir brauchen unbedingt einen neuen Herd.» Der Onkel ließ vor Schreck sein Brötchen fallen. «Dieser tut's doch noch recht ordentlich. Ich meine, wir haben ihn seit knapp drei Jahren. Das Badezimmer hat uns gerade erst ein schönes Sümmchen gekostet.»

Tante Edith erhob sich und strich ihm liebevoll übers Haar. «Ich seh mich mal um.»

«Wenn du meinst», sagte Onkel Jochen schwach.

Tante Edith, eingehüllt in eine Wolke feinsten Duftes, beugte sich zu ihm hinunter, wobei sich ihr reinseidener dunkelgrüner Morgenmantel einen Spalt öffnete, und gab ihm einen Kuß. ‹Du gute Seele›, wird sie jetzt sagen, dachte ich. Sie tat es nicht. Sie sagte: «Ich glaube, ich ziehe mich jetzt mal an. Und für dich, Friedchen, ist es höchste Zeit für die Schule. Das heißt, vorher kannst du deinem Onkel noch helfen, die Küche wieder in Ordnung zu bringen.»

Sie verließ uns, und auch der Onkel ging aus dem Zimmer. Er bediente sein Pianola und begann, mit etwas zittriger Stimme, wie ich fand, zu singen: «Geh aus, mein Herz, und suche Freud'.» Und aus dem Schlafzimmer jubelte ihm Tante Edith zu: «In dieser schönen Sommerzeit an deines Gottes Gaben, und siehe, wie sie mir und dir sich ausgeschmücket haben.»

Als ich das Haus verlassen wollte, saß Onkel Jochen schon wieder in der Küche, vor sich einen mit Zahlen bekritzelten Notizblock. «Mit drei Beerdigungen müßte es zu schaffen sein», sprach er vor sich hin. Und so lernte ich früh, daß auch das Sterben zwei Seiten hat.

Der tägliche Umgang mit dem Tod wurde für mich ebenso selbstverständlich wie Opas Ärger mit den Kunden, dem Gesellen und der Kalkulation von Arbeitsstunden und Material. Ich lernte, daß der Umgang mit den Verblichenen Takt und Rücksichtnahme erforderte und man dieses Thema, Geschäft hin, Geschäft her, nicht wie eine Ware abhandeln konnte. In der ersten Zeit war mir der Friedhof unheimlich, zumal Klaus behauptete, nachts kämen die Toten aus den Gräbern und machten Jagd auf kleine Mädchen.

«Auf Jungs nicht?»

«Nein, auf Jungs nicht.» Dem wußte ich nichts entgegenzusetzen.

Aber meine Furcht verschwand sehr schnell. Bald fühlte ich mich auf dem Friedhof so wohl wie in Opas Garten. Ich schwatzte mit den Leuten, die ihre Gräber pflegten, half Onkel Jochen beim Pflanzen und Unkrautzupfen, schlurfte im Herbst durch das dichte Laub und beobachtete die Karnickel, wie sie über die Gräber flitzten. Großonkel Jochen erklärte mir die Vogelarten, von denen es noch viele verschiedene auf dem Friedhof gab.

Über meinen Vater zu sprechen, zeigte er jedoch wenig Lust. «Er ist mir beinah mal ins offene Grab gefallen, und auf die Haselnüsse war er ganz versessen.» Das war so ziemlich alles, was er über ihn sagte.

Dafür redete er gern von seiner Zeit als Kuhlengräber in dem kleinen Dorf. Dort hatte man noch ohne jede Hilfsmittel, nur mit dem Spaten, die Gräber ausheben müssen. «Fünf, sechs Stunden hat das gedauert, im Winter bei Frost natürlich sehr viel länger. Ein Friedhofsplatz kostete damals eine Mark im Jahr. Am Anfang war nicht mal eine Kapelle da, da bahrte man den Toten noch in der Scheune oder im Stall auf, zwischen Schafen, Schweinen und Hühnern. Auf dem Lande gehörten die Tiere eben dazu. Niemand stieß sich daran, wenn während der Predigt ein Schaf dazwischenblökte.»

Das waren Geschichten, die mich sehr beeindruckten,

und als ich von der Lehrerin im zweiten Schuljahr gefragt wurde, was ich denn später mal werden wollte, rief ich: «Na, Kuhlengräber!» Dabei sah ich mich stolz in der Klasse um. So einen Berufswunsch hatte bisher niemand geäußert.

Opa geriet darüber in Wut. «Was setzt dir denn mein Bruder da nur für Flausen in den Kopf. Kuhlengräber, ein Mädchen! Hat man so was schon gehört!«

Großmutter erinnerte ihn daran, daß ich eine Woche zuvor noch Maler werden wollte. «Dagegen hattest du nichts einzuwenden.»

Ein paar Tage später wurde unser Kater angefahren. Er schleppte sich noch auf den Hof, ehe er starb. Ich weinte bitterlich.

«War doch schon uralt, das Vieh. Irgendwann ist jeder mal dran. Ich besorge dir 'ne neue», versuchte Opa mich zu trösten. Er packte den Kadaver und warf ihn einfach in die Mülltonne.

«Du behandelst Tote wie eine Ware», kreischte ich und rannte heulend zu Onkel Jochen, denn der Friedhof lag nicht weit entfernt von uns. Der nahm seinen Bruder in Schutz.

«Auch der empfindsamste Kuhlengräber kann nicht auf jeder Beerdigung weinen.» Hand in Hand wanderten wir zu einem Kindergrab, wo er mir auftrug, einen segnenden Engel vom Moos zu reinigen.

# 6

Opa mochte es nicht, wenn Großmutter mich Tante Leonie als Ablenkung überließ. Ich betete Tante Leonie an, fand alles an ihr wunderbar und versuchte, sie zu imitieren: Ich trippelte wie sie, sprach wie sie, strich mir mit der gleichen affektierten Gebärde übers Haar und spreizte wie sie zierlich den kleinen Finger ab, wenn ich meine Tasse zum Mund führte. Opa beobachtete es mit Abscheu.

«Nu sieh dir das Krött an, Elschen. Muß sie denn neuerdings dauernd bei Leonie herumhocken?»

«Wieso nicht? Leonie ist sehr tüchtig. Von ihr kann unser Spätzchen lernen, was Arbeiten heißt.»

«Was sie erst mal lernt, ist geziertes Getue. Womöglich kriegt sie dieselben Macken.»

Opa gefiel auch Tante Leonies Wohnung nicht mit dem vielen «Schnickschnack», wie er verächtlich sagte. Er war für Möbel, die solide auf ihren Beinen standen und nur mit Hilfe von drei Männern zu bewegen waren. Er schüttelte den Kopf über die zierlichen Stühlchen, die schon kippelten, wenn man sie nur ansah, und betrachtete das mit Kissen überladene französische Bett in Tante Leonies Schlafzimmer und den weinroten Teppich voller Unbehagen. «Da geniert man sich ja vor den Leuten.»

Dagegen fühlte ich mich in der kleinen Wohnung über dem Friseurladen äußerst wohl. Der Raum, in dem ich zu schlafen pflegte, diente sonst zum Bügeln und Nähen. Das Fenster ging direkt auf den Marktplatz, und die Straßenlampen erhellten das Zimmer angenehm, so daß die Traumgespenster sich nirgends verstecken konnten. Nachts stand ich manchmal auf und guckte auf den vor sich hinplätschernden Brunnen und beobachtete die «Nichtseßhaften», die es sich mit klirrenden Flaschen auf den von der Sparkasse gestifteten Bänken bequem machten.

Aber es gab auch noch andere Gründe, warum Opa meine Besuche bei Tante Leonie nur unwillig hinnahm. Es paßte ihm nicht, daß sie so oft mit Ludwig zusammensteckte. Ohne diesen Hallodri wäre sie bestimmt sein folgsames Töchterchen geblieben und nicht, wie ihr Bruder Hänsgen, ebenfalls vom Pfad der Tugend abgewichen. Ausgerechnet ihm, dem Innungsmeister, mußte passieren, daß beide Kinder den goldenen Boden des Handwerks verließen, wenn Leonie auch Gott sei Dank zurückgekehrt war. Was war sie für ein braves kleines Mädchen gewesen, mit guten Zensuren und tadellosem Benehmen. Großvater wollte gar nicht daran erinnert werden, wie sie, «Oh, mein Papa war eine wunderbare Clown, oh, mein Papa war eine große Kinstler» fröhlich vor sich hinträllernd, in seiner Werkstatt gesessen hatte. Papa hier und Papa da, ging es den ganzen Tag. Und ein richtiges Fräulein Rühr-mich-nicht-an, da konnten die Jungs auf der Straße noch so sehr hinter ihr herwinseln. Pünktlich auf die Sekunde zu Hause, und pünktlich mit den Hühnern ins Bett.

«Alles Quatsch», sagte Tante Irmchen grob, «deine geliebte Tante Leonie war ein frühreifes Ding. Und was sich hinter den Kulissen abspielte, das wollte Hermann nicht wahrhaben.»

Ich ärgerte mich. Auf meine Tante Leonie ließ ich ungern etwas kommen. «Wer selbst im Glashaus sitzt . . .», sagte ich. Tante Irmchen war nicht beleidigt. Sie gab sogar mit einem gewissen Stolz zu, daß die Petersens im Städtchen schon immer für recht temperamentvoll gegolten hätten.

Tante Leonie hatte von Anfang an ein festes Berufsziel: Sie wollte unbedingt Friseuse werden. Sehr zu Opas Bedauern übrigens; wozu hatte er sie überhaupt auf die Realschule geschickt? Der einzige Friseur, den es damals im Städtchen gab – immer noch derselbe, vor dessen Ladentür Opa und Konrad Petersen sich in grauer Vorzeit geprügelt hatten – war ihm für seine Tochter nicht gut genug. «Der kennt doch seit Jahren nur einen Haarschnitt und eine Frisur», sagte Oma. «Wenn du dir von dem eine Dauerwelle machen läßt, ist das Haar hinterher wie ein Drahtverhau, kaum mit dem Kamm durchzukommen.»

So hübschten sich Opa und Oma ordentlich an und

fuhren mit Leonie nach Hamburg zu einem berühmten Coiffeur. Ganz beeindruckt kamen sie zurück. Alles in Rosa, und den Kundinnen wurde sogar Sekt serviert. Der Coiffeur zeigte sich von Tante Leonie sehr angetan. Lehrlinge waren in diesen Jahren knapp. Er hatte sogar eine Adresse bereit, wo Leonie unterkommen konnte.

Die Zimmerwirtin war nach Opas Herzen, eine robuste, ältliche Person mit weißer Schürze, ganz wie eine Krankenschwester. Sie teilte ihm gleich mit, daß Herrenbesuche nach zehn Uhr bei den Damen nicht gestattet seien. So lieferten sie Tante Leonie beruhigt bei ihr ab, den Koffer vollgepackt mit Vorräten, was der Wirtin weniger zu gefallen schien. «Lebensmittelkarten sind ja wohl nicht wieder eingeführt, Fräulein Petersen. Sie müssen sich den Eisschrank mit vier anderen Damen teilen.»

Zuerst meldete sich Tante Leonie regelmäßig. Aber der Münzfernsprecher auf dem Flur, wo jeder mithören konnte, ließ die Gespräche nicht über das Allgemeine hinausgehen. Ihre Anrufe wurden seltener und hörten schließlich ganz auf. Ihre Eltern machten sich darüber keine Gedanken. Leonie hatte ihnen ja von den vielen Überstunden geschrieben, die sie machen müsse. Hänsgen und Ludwig würden sich schon um sie kümmern. Was diese auch taten, nur eben nicht in Opas Sinn.

Eines Tages rief dafür der Lehrherr an. Es waren nicht unbedingt Komplimente, die er über seinen Lehrling losließ. Das vorher so adrette Lehrmädchen hatte sich allmählich in eine Art «Flintenweib», wie sich die älteren Kundinnen untereinander zutuschelten, verwandelt. Mao-Look, die Haare lang und fettig, aber der Rock kaum noch bis zum Po. Erst war sie nur zu spät gekommen, dann überhaupt nicht mehr.

Opa rief besorgt die Zimmerwirtin an und mußte von ihr erfahren, daß Leonie längst ausgezogen war und bei Ludwig und Hänsgen in der Kommune lebte. Dabei kam dann zutage, daß auch Hänsgen seine Lehre abgebrochen hatte.

Opa wankte in seine Werkstatt und malte ein riesiges, drohend blickendes schwarzes Schaf.

Tante Leonie wurde nach Hause zitiert. Die Großeltern holten sie vom Bahnhof ab. «Der Schock ihres Lebens», kommentierte Tante Irmchen.

Am Bahnhof wollte Opa seinen Augen nicht trauen. Dieses barfüßige Geschöpf mit den verfilzten Haaren, in Minirock und Parka, sollte Leonie sein? Sie wurde begleitet von einem schlaksigen Individuum mit ebenso langen Haaren, in ausgefransten Jeans und muffelndem Acrylpullover. Am liebsten hätte Oma die beiden erst mal in die Badewanne gesteckt. Und wie sie redeten! Und was sie für einen Unsinn von sich gaben! Sie wollten unbedingt mit Hermann und Elschen die Vergangenheit aufarbeiten, denn daß die Petersens alle wilde Nazis gewesen waren, das pfiffen doch die Spatzen von den Dächern. Opa ein begeisterter Fähnleinführer, und Onkel Jochen erst, mit dem Ritterkreuz, diesem Symbol der Verherrlichung des Krieges! Tante Leonies Freund tönte herum, man müsse sich zu seiner Schuld bekennen, das sei ja wohl das mindeste, was man von dieser Mördergeneration erwarten könne.

Opa hörte sich das eine Weile an. Als er sich dann aber dabei ertappte, wie er tatsächlich anfing, sich zu verteidigen, packte ihn derartig die Wut, daß er Leonie samt dem salbadernden Freund kurzerhand rausschmiß. «Von euch Rotzern lasse ich mir noch längst nicht meine Kindheit versauen!» brüllte er.

Tante Leonies Karriere als Revolutionärin war nur von kurzer Dauer. Ihr Kampfgefährte trennte sich von ihr. Er zog es vor, mit der fortschrittlichen Tochter eines einflußreichen Universitätsprofessors die Welt zu verbessern. Und dem Coiffeur kam die mühsam erworbene Toleranz abhanden, er kündigte den Lehrvertrag. Leonies goldene Träume hatten keine Chance mehr. Schluchzend duldete sie, daß Opa eine neue Lehrstelle für sie suchte. Und da er sie wieder unter seinem Dach haben wollte, blieb ihm nichts anderes übrig, als vor dem ansässigen Friseur zu Kreuze zu kriechen. «Das war natürlich Wasser auf die Mühlen dieses alten Esels», sagte Tante Irmchen.

Der Friseur konnte seine Schadenfreude nur schlecht verbergen. «Das war wohl nichts in Hamburg mit dem Töchterchen, lieber Petersen. Aber man hilft ja gern. Ich kann's ja mal mit ihr versuchen.»

Leonie kam ihm sehr zupaß. Er nahm sie gnädig auf und ordentlich ran. «Lehrjahre sind nun mal keine Herrenjahre, nicht wahr, Fräulein Petersen?» Die gedemütigte Leonie kroch in sich zusammen und putzte nach Feierabend Fußböden und Waschbecken, obwohl sie schon im zweiten Lehrjahr war. Ihr Chef merkte schnell, daß er mit ihr einen guten Griff getan hatte. Sie war flink, geschickt und verstand es, den Kunden die teuerste Behandlung aufzuschwatzen. Nebenbei besuchte sie fleißig Fortbildungskurse und schnitt bei einem Wettbewerb als Beste ab. Die Gesellenprüfung bestand sie mit Auszeichnung, und die Kunden lobten ihre schicken Frisuren und ihr angenehmes Wesen.

Weniger erfolgreich war sie mit ihren Männerbekanntschaften. Ständig war sie auf der Suche nach der einzigen, der großen, der wirklichen Liebe. Kaum hatte es den Anschein, daß diese Himmelsmacht nahte, bedeutete das meist schon den Anfang vom Ende. Solange alles gut lief, ließ sie sich nur selten zu Hause blicken und lebte ganz ihren tiefen Gefühlen, wozu, wie sie mir versicherte, sie als einzige in der Familie fähig war.

Irgendwann, mit der Unausweichlichkeit eines trüben Novembertages, kreuzte sie bei uns auf, was Opa bewog, mit der Bemerkung «ihr Frauen habt euch sicher 'ne Menge zu erzählen» schleunigst in seiner Werkstatt zu verschwinden. Und Großmutter sagte dann leicht resigniert: «Geh sitzen, Kind, ich koche uns jetzt erst mal einen schönen Kaffee.»

Ich muß so acht oder zehn gewesen sein, da hatte sie einen Lehrer kennen- und liebengelernt, einen, wie sie versicherte, wundervollen Menschen. Auch er hatte, wie Onkel Ludwig, einst der APO nahegestanden und war seitdem ganz dagegen, ein Kind in diese von Atombomben bedrohte Welt zu setzen. Vielleicht könne man später eins adoptieren, aus Indonesien oder Vietnam.

Glücklicherweise gab dieser wundervolle Mensch und einzige Ehemann in ihrem Leben nur ein kurzes Gastspiel. Ich mochte ihn von Anfang an nicht. Seine von Tante Leonie gepriesenen pädagogischen Fähigkeiten prallten an mir ab. Ich hörte gar nicht hin, wenn er mir etwas befahl oder mich aushorchen wollte.

Auch bei Tante Leonie ließ die Begeisterung für ihn schneller nach, als sie sich eingestand. Immer häufiger kriegten sie sich in die Haare, was sicherlich auch an der winzigen Spur von Herablassung lag, mit der er Tante Leonie behandelte. Tante Leonies Vorliebe für die Farben Weiß und Rot fand er kitschig, und ihre Sammlung von Glastieren auf dem Regal bezeichnete er als gehobenen Spieß. Das sei auch nicht besser als zu Zeiten unserer Vorfahren die Häkeldeckchen und gebrannten Wandsprüche.

Unter seinem Einfluß wandelte sich Tante Leonies Wohnung in eine finstere Höhle mit viel Schwarz, so daß man sich darin wie in einem Sarg erster Klasse vorkam. Auch sonst bemühte er sich, ihren Geschmack zu veredeln. Er schleppte teure Kunstzeitschriften herbei, in denen wir aufgemalte Teppiche und andere Merkwürdigkeiten bewundern konnten, und schenkte Tante Leonie eine Alu-Stehleuchte, die wie eine amputierte Libelle aussah.

Er selbst war allerdings ein Kunstwerk minderer Güte, wie Onkel Ludwig sich ausdrückte, dem er in meinen Augen sowieso nicht das Wasser reichen konnte. Der neue Onkel war dicklich, hatte einen Watschelgang und ein nichtssagendes Gesicht, auf dessen zu kleiner Nase eine zu große Brille saß. Es gehört zu den Geheimnissen meiner Familie, warum Tante Leonie ihn geheiratet hatte.

Eine Zeitlang war er sehr bemüht um mich und betrachtete mich als lohnenswertes Erziehungsobjekt. Zeit genug dafür hatte er. Im Gegensatz zu Tante Leonie arbeitete er nur zwanzig Stunden in der Woche und ließ sich nach der Hochzeit ein halbes Jahr beurlauben, um, wie er uns erklärte, dem Sinn des Lebens näherzukommen.

Den schien er vor allem im Essen zu finden. Kaum hatte die arme, abgehetzte Tante die Haustür aufgeschlossen und wollte sich von dem anstrengenden Tag ein wenig ausruhen, fragte er: «Na, was hast du denn heute Schönes eingekauft? Wir werden heute abend köstlich speisen zur Feier deines Lieblingsweins, den ich für dich besorgt habe.»

Und schon zwängte meine Tante die geschwollenen Füße zurück in ihre Pumps, denn Hausschuhe duldete er nicht, und begab sich in die Küche.

Doch dann warf Tante Leonie das Handtuch. Die Großeltern und ich saßen gerade gemütlich beim Sonntagsfrühstück, und Opa las uns einen Brief vor. «Sehr geehrter Herr Petersen», las er, «wer lange Jahre hart gearbeitet hat, sollte auch einmal an sich selbst denken. Jetzt können Sie sich guten Gewissens etwas leisten, finden Sie nicht auch?» Opa nickte. «Der Mann hat recht.» Er las weiter: «Was wir Ihnen anbieten, klingt fast zu schön, um wahr zu sein: Ein eigenes Domizil an einem der schönsten Küstenstriche Italiens, umsäumt von Orangenhainen und weißen Sandstränden, in einer Qualität erbaut, die Ihnen bis an Ihr Lebensende Besitzerfreude verspricht. Und all das . . .»

Ein Geräusch ließ uns aufblicken. Tante Leonie stand in der Tür. Sie sah verheult aus. «Entschuldigt, daß ich mich so lange nicht um euch gekümmert habe.»

Opa steckte sofort das verlockende Angebot von Schönheit und Fruchtbarkeit einer einzigartigen Landschaft in die Tasche und erhob sich. «Ich muß dringend noch zu einem Kunden.»

Oma war erbarmungslos. «Setz dich, Hermann», sagte sie kurz.

Er tat es gehorsam und murmelte vor sich hin: «Tam, ein Baum . . .»

Tante Leonie beachtete ihn nicht und sank still auf einen Küchenstuhl. Wie wir erfuhren, war der gütige Onkel einem fünfzehnjährigen Erziehungsobjekt zu nahe gekommen. Leonie sah uns mit wildem Blick an. «Ich lasse mich scheiden.»

Das tat sie dann auch. Die Wände wurden neu gestrichen, und die Glastierchen kehrten ins Regal zurück.

Tante Leonie fiel es schwer, mir gegenüber Muttergefühle zu entfalten. Von einem Lotterleben, wie ich es bei Tante Irmchen führen durfte, konnte bei ihr keine Rede sein. Schon früh erwartete sie von mir, daß ich mich vernünftig und wie eine Erwachsene benahm. Nach ihrer Meinung waren Kinder, sobald sie die Windeln abgestreift und das Laufen gelernt hatten, durchaus in der Lage, ein Staubtuch oder eine Schuhbürste in die Hand zu nehmen. Obwohl sie mich gelegentlich wie einen geschenkten Gummibaum behandelte, den man im Grunde scheußlich findet, aber bei dem man es auch nicht übers Herz bringt, ihn einfach eingehen zu lassen, betete ich sie an und gehorchte ihr aufs Wort. Vielleicht war es gerade ihre spröde Art, die mich beeindruckte. Daß ich jedesmal beim Anblick meines geliebten Onkels Ludwig in ein Freudengeheul ausbrach und ihm auf den Schoß kletterte, gefiel ihr nicht. «Dafür bist du allmählich zu groß», wies sie mich zurecht. Onkel Ludwig lachte sein angenehmes Lachen und sah sie herausfordernd an. «Das schmerzt, Leonie, nicht wahr?»

Der Friseursalon übte von Anfang an eine starke Anziehungskraft auf mich aus. Schon frühzeitig weihte Tante Leonie mich in das Geschäftsleben ein. Sie hatte den Salon «Die Locke» von ihrem ehemaligen Chef übernommen und wußte mein Interesse durchaus zu schätzen. Sie nähte mir einen Kittel in der gleichen Farbe, wie sie die Angestellten trugen, und ich rückte den Damen beflissen den Stuhl zurecht, band ihnen den Umhang zu, stellte die Haube an und schleppte Zeitschriften herbei. Die Kundinnen bedachten mich mit einem huldvollen Lächeln, steckten mir gelegentlich ein kleines Trinkgeld zu und erlaubten sogar ab und zu, daß ich ihre Haare fönte.

An den Wochenenden inspizierten Leonie und ich gemeinsam den Salon, ob die Mädchen ihn auch ordentlich hinterlassen hatten. «Denn mit Angestellten», sagte Tante Leonie, «gibt es nichts als Probleme.» Azubis seien oft den Kittel nicht wert, den sie trügen, und wenn man sie am dringendsten brauchte, säßen sie in der Berufsschule rum oder seien krank. Ständig mußte man ein Auge auf sie haben, damit sie nicht bei laut dudelnder Musik im Hinterzimmer zusammenhockten, anstatt den Kundinnen den Mantel abzunehmen, sie mit Zeitschriften zu versorgen, die Waschbecken jedesmal gründlich zu reinigen und die Haare zusammenzukehren. Mein Kopf verschwand unterdessen unter einem üppigen Haarteil, und sie fand, ich hätte tatsächlich etwas von einem Spatzen an mir, der gerade über den Nestrand linst.

Während sie an der Perücke hantierte, philosophierte sie über die Männer, wobei sie meinen Kopf vor dem Spiegel prüfend hin und her wendete. Ich lauschte ihr begierig.

«Mit Männern», sagte Tante Leonie düster, «da kenne ich mich aus.» In ihren Augen waren sie Memmen, die zu Hause ihre Wehwehchen pflegen ließen, sich in der Öffentlichkeit aber wie kraftstrotzende Halbstarke gebärdeten. Sie waren Wichtigtuer, die lässig und cool in das Leben einer Frau traten, um sich nach kurzer Zeit als egoistische Seelchen zu entpuppen.

Sie waren maßlos überschätzte Wesen, ihr Charakter egozentrisch, launisch, gedankenlos und eitel, ihre Moral zweifelhaft, ihr Körper keineswegs so makellos, wie sie das bei einer Frau als Selbstverständlichkeit voraussetzten. «Aber leider, leider», sagte Tante Leonie, «ist es nun mal nicht möglich, ganz auf sie zu verzichten.» Sie starrte verbittert vor sich hin. «Erst bringen sie dir Rosen, dann flickst du ihnen die Hosen.»

«Onkel Ludwig ist anders», sagte ich.

«Der? Der ist mir auch so einer.» Aber was für einer, das verriet sie mir erst ein paar Jahre später, als mich die Liebe zu Klaus Friesen fest im Griff hatte, so daß mich nicht einmal dessen erstaunlich schwarze Füße störten. Der Onkel also hatte in der Kommune eine Affäre mit der Prinzessin gehabt, während er noch mit meiner Mutter zusammenlebte. Doch vorläufig behielt Tante Leonie diese für mich schockierende Tatsache für sich und drosch weiter auf die Männer im allgemeinen ein. Sie riß mir heftig das Haarteil vom Kopf. «Männer! Sie tun alles, um in dein Herz zu krauchen, und dann wollen sie nichts als wieder raus.» Sie sah sinnend auf die Schere in ihrer Hand. «Ob ich's mal mit einer Annonce versuche, was meinst du?»

Ich war dreizehn, und ihr Vertrauen ehrte mich. «Ich find's echt gut», sagte ich mit ernstem Gesicht.

Im Lauf der Jahre hatte ich Bekanntschaft mit sehr verschiedenen Herren bei Leonie gemacht und auch mit deren Hobbys. Einer dieser Märchenprinzen liebte das Wandern, und wir zogen vor Tau und Tag mit ihm fröhlich singend durch die Landschaft, bis ich mir die Hacke so aufgescheuert hatte, daß ich weinend am Straßenrand sitzen blieb und mich weigerte, noch einen einzigen Schritt zu tun. Es blieb dem neuen Onkel nichts anderes übrig, als mich huckepack zu nehmen, was der allgemeinen Stimmung recht abträglich war, obgleich er über mein Fliegengewicht lachte. Tante Leonie war hochherzig genug, es mir nicht anzulasten, daß er bald darauf wieder aus ihrem Leben verschwand.

Bevor sie aber zum letzten Strohhalm griff und eine Annonce aufgab, machte sie eine Italienreise, auf die sie mich, zur Überraschung der Familie, mitnahm.

«Ich fahre mit meiner Tante nach Ischia, das ist eine Insel im Mittelmeer», teilte ich der Klasse stolz mit. Aber von ehrfürchtigem Staunen war keine Rede. «Wer fährt denn schon an diesen Ort für Mumien?» stichelte Klaus. Eine Mumie war meine Tante nun weiß Gott nicht, aber durch das ständige Stehen bei der Arbeit hatte sie es im Kreuz und versprach sich von den Thermen Linderung.

Es war ein trüber, windiger Herbsttag, als wir im Morgengrauen auf dem Flughafen hockten und auf das Einchecken warteten. Die Fluggäste stürmten das Flugzeug, als wäre es das letzte in diesem Jahrhundert, obwohl die Plätze numeriert waren. Wir saßen neben einer alten, schon leicht verwirrten Dame und ihrer Tochter. Die alte Dame beklagte sich während des Fluges bitter darüber, daß man hier nicht einmal zwei Eier im Glas serviert bekäme. In Neapel streikte das Flughafenpersonal, und wir mußten unsere Koffer über den Flugplatz schleppen. «Das fängt ja gut an», seufzte Tante Leonie.

Das tat es wirklich. Bereits am nächsten Tag lernte sie in den Poseidon-Gärten den Traummann kennen. Er hieß Robert, war einsachtzig groß, hatte braungelocktes Haar, eine sportliche Figur, noch alle Zähne und einen einträglichen Beruf. Kurz gesagt, ein Klassemann mit Eheerfahrung. Robert Reinbeck war Witwer. Es vergingen keine drei Tage, und meine Tante wußte, daß sie das große Los gezogen hatte, so fürsorglich, ausgeglichen und humorvoll war er. Es gab nur einen kleinen Schönheitsfehler in meinen Augen: Angelika, sein Töchterchen. Er sprach unaufhörlich von ihr, so daß ich bald jeden Leberfleck an ihr kannte. Auf den Fotos, die er stolz präsentierte, war ein spilleriges Mädchen mit einer Himmelfahrtsnase zu sehen, an der die wirklich tolle Armbanduhr das einzig Auffallende war.

Mich überkam so etwas wie Neid. Kaum anzunehmen, daß auch nur einer in der Familie Petersen je in solchen Tönen über mich gesprochen hatte. Dennoch: Robert gefiel mir. Er schenkte mir ein T-Shirt mit der Insel als Motiv darauf, was sich vor der Klasse sehen lassen konnte, und auch das Kopftuch dazu war annehmbar.

Tante Leonie allerdings wurde mir fast ein bißchen unheimlich, mit Küßchen hier und Küßchen da und der großen Fürsorge um mich, die sie plötzlich an den Tag legte. Wenn ich aus dem Wasser kam, trocknete sie mich ab, rubbelte mein nasses Haar und fragte, ob ich Hunger hätte. Glücklicherweise kehrten wir im Hotel, wo wir beide wieder unter uns waren, zu den normalen Umgangsformen zurück. Sie mäkelte am Frühstückstisch an meinen Eßmanieren herum und tadelte: «Du frißt mal wieder wie ein Schwein.» Anschließend ließ sie sich von mir die Blusen bügeln.

Von der Reise zurück, waren wir erst mal damit beschäftigt, die zahllosen Fotos von Robert und ihr einzukleben und zu beschriften. Ich klebte, und Tante Leonie führte inzwischen lange Telefongespräche mit Robert.

Es kam der große Tag, an dem wir beide zu ihm eingeladen wurden, um Angelika vorgeführt zu werden. Ich hatte wenig Lust, aber ich sollte unbedingt mit. «Warum denn bloß?» maulte ich. «Ich muß mir doch diesen Robert nicht mit dir teilen.»

Tante Leonie wurde autoritär. «Du kommst mit, und damit basta.»

Stunden, bevor uns Robert abholte, wühlte die Tante in ihrem Kleiderschrank nach der passenden Garderobe, während ich auf dem Bettrand saß und ihr zusah. «Gesetzt den Fall, du würdest eine neue Mutter bekommen, wie müßte sie in deinen Augen gekleidet sein?» fragte sie.

Ich gähnte. «Von mir aus im Nachthemd. Eine neue Mutter, das fehlte noch.»

«Was bist du doch für ein Baby», sagte Tante Leonie und prüfte unschlüssig ein grünseidenes Kleid, das

Robert in Ischia so gut gefallen hatte. Aber dann wählte sie doch lieber etwas Unauffälliges, Jeans mit weißem Pulli und Slippern, so wie die Mutter in den amerikanischen Fernseh-Serien.

Robert war ebenso aufgeregt wie meine Tante. Daß ich mitkam, schien ihn echt zu freuen. Er wirkte direkt erleichtert und versicherte mir ein paarmal, daß ich in Angelika sicher eine gute Freundin fände.

Robert lebte in Hamburg, wo er Geschäftsführer eines großen Möbelgeschäfts war. Angelika empfing uns mit versteckter Muffigkeit an der Wohnungstür. Sie war ein richtiger Yuppie-Typ, wie man heute sagen würde, mit teuren Klamotten und teuren Armbändern, perfekt geschminkt und mit etwas Exquisitem besprüht. «Hallöchen», zirpte sie manieriert und berührte meine ausgestreckte Hand nur flüchtig mit den Fingerspitzen. Ihre Blicke glitten dabei abschätzend über Tante Leonie, die mit ihrem Pferdeschwanz und dem ungeschminkten Gesicht neben ihr wie ein kleines Mädchen wirkte.

Mit aufgesetzter Munterkeit trieb uns Robert vor sich her ins Wohnzimmer und scheuchte uns gleich wieder zu einer «Schloßbesichtigung», wie er scherzhaft meinte, auf. Wir erfuhren, daß Angelika und er die Wohnung gerade erst völlig neu eingerichtet hatten und wie beeindruckt die Verkäufer in seiner Firma von Angelikas Fachkenntnissen gewesen seien.

Zuerst begafften wir das große Bett aus Esche, perlmuttfarben furniert, wie uns von Angelika beiläufig erklärt wurde, und den dazu passenden viertürigen Spiegelschrank, warfen dann einen Blick auf die Einrichtung in ihrem Zimmer: «harmonisch aufeinander abgestimmt», die in Fichte gewachsten Möbel und die bordeauxrote Hockerleuchte. Wir bewunderten beflissen Bad und Küche, wo die Stühle laut Angelika aus «vermessingtem Stahlrohr» waren, und die helle, «mineralfarbene Granittischplatte», die, wie Angelika uns unterrichtete, nicht nur funktional war, sondern genau zum Ambiente paßte. Im Wohnzimmer ließen wir uns dann in weiche, durchgefärbte, atmungsaktive und hautfreundliche Ledersessel fallen, die aber offenbar leider nicht so wasser- und schmutzabweisend waren wie sie uns Angelika anpries. Vergeblich bemühte ich mich, unbemerkt den von mir produzierten Kirschtortenfleck auf dem weißen Leder mit etwas Spucke wieder wegzukriegen.

Robert verschlang Tante Leonie mit seinen Blicken und schlug nach dem Teestündchen Angelika und mir vor, ins Kino zu gehen. Das lehnte Angelika ab. «Aber Papi, wir haben doch Gäste», sagte sie mit gekonnt gespielter Verständnislosigkeit. Tante Leonie, der anzusehen war, daß sie wie Robert dachte: «Nichts wie weg mit den Gören», schenkte Angelika ein bemühtes Lächeln. Robert sah die auf dem Sofa neben ihm sitzende Leonie zärtlich an, legte den Arm um sie, und auf seinem Gesicht erschien, während er sie stürmisch drückte, ein grüblerischer Ausdruck. Wahrscheinlich schoß ihm die Erkenntnis durch den Kopf, daß dieses atmungsaktive, hautfreundliche Mobiliar auch noch für andere Zwecke geeignet sei, als nur bequem darauf zu sitzen. Ich, Tante Leonies guter Kumpel, versuchte, ihnen zu helfen. «Du sollst ja eine fabelhafte Stereoanlage haben», sagte ich zu Angelika. «Die würde ich mir gern mal ansehen. Und was du so für Platten hast.»

«Kannst du», sagte sie leicht widerstrebend, aber doch begierig, damit anzugeben. Wir gingen in ihr Zimmer, ich ließ mir die wirklich kinderleichte Bedienung von ihr mehrmals erklären und legte dann eine fetzige Platte auf, daß die Bässe durch das Haus dröhnten. Darauf öffnete ich ihren Kleiderschrank, zog mit kleinen, bewundernden Schreien Stück für Stück heraus, animierte sie, dieses und jenes vorzuführen, schlüpfte selbst in einige Klamotten und lenkte sie damit von Tante Leonie ab. Die dritte Platte war gerade zu Ende, als ein kokettes Kichern zu uns drang. Angelika sprang hoch und lief zur Tür.

«Wo willst du denn hin?» rief ich.

«Ich hab vergessen, die Herdplatte abzustellen.» Sie rannte in die Küche, ich hinterher. Tatsächlich leuchtete uns die glühende Platte entgegen. Sollte ich Angelika unrecht getan haben? Mit dem trauten Tête-à-Tête der Liebenden war es dennoch vorbei. Angelika schlüpfte wieder in die Rolle der perfekten Hausfrau, räumte den Teetisch ab, holte Sherry und führte die Unterhaltung. Dann sah sie auf ihre protzige Uhr und erinnere ihren Vater daran, daß er ihrer Omi versprochen habe, noch kurz vorbeizuschauen.

«Ja, ja», sagte Robert, sichtlich verstimmt, «aber erst bringe ich die Damen nach Hause.»

Merkwürdigerweise hinterließ dieser in meinen Augen mißlungene Nachmittag keinen Kratzer auf Tante Leonies Siegesgewißheit. Sie wirkte gelassen und selbstbewußt und meinte, Angelika sei für ihr Alter schon eine recht vernünftige Person.

Ein paar Tage darauf legte sie mir nahe, wieder zu den Großeltern überzusiedeln. Opa würde mich vermissen. «Verstehe», sagte ich und packte meine Sachen.

Eine Verlobung lag in der Luft. Dort blieb sie auch. Etwa einen Monat später, ich kam gerade aus der Schule, saß Tante Leonie in der Küche und rührte schweigend in Omas «schönem» Kaffee. Verdammte Angelika. Aber genau die stürmte plötzlich total verheult aus unserem Badezimmer. Ihr gütiger, zärtlicher, verständnisvoller Papi hatte sich von einem Tag auf den anderen umverliebt, in eine wesentlich ältere Witwe mit drei Kindern. In Kürze schon sollte die Hochzeit sein. Weinend warf sich Angelika in Tante Leonies Arme. «Sie will mich in ein Internat stecken.»

# 7

An meine verschollenen Eltern dachte ich selten, meist nur dann, wenn ich mich unverstanden und schlecht behandelt fühlte. Die Schonzeit für das arme Waisenkind war längst vorbei. In der Schule beneideten mich viele um meine Familie, die immer geschlossen auftrat, egal, ob es sich um Elternabende, den Abschlußball der Tanzstunde oder Sportveranstaltungen handelte. Diese geballte Macht löste bei den Lehrern ein gewisses Unbehagen aus, vor allem Onkel Ludwig, der dem Klassenlehrer während seiner nicht immer freundlichen Ausführungen über mich derart ungläubig auf das schlecht sitzende Gebiß starrte, daß dieser den Faden verlor.

Die Mitschüler beneideten mich um das ungezwungene Leben, das ich führte: Ich wechselte einfach den Bau, sobald es bei Opa und Oma Ärger gab, und schlüpfte fröhlich bei einem anderen Familienmitglied unter.

Meine Freundinnen besuchten mich gern, und ich ließ sie gönnerhaft wählen, in welchem Haus wir spielen wollten. Tante Irmchen wurde wegen ihrer Großzügigkeit im Umgang mit dem Fernseher geschätzt, vor dem wir stundenlang sitzen durften, bis sich unsere Gehirne mit Mord und Totschlag füllten wie ein Ballon mit Gas, und nebenbei der Magen mit Keksen und Schokolade.

Aber auch Opa besaß eine starke Anziehungskraft, obgleich alle Dampf vor ihm hatten. Unter seiner Anleitung schmirgelten sie alte Kommoden und Stühle ab, rührten Farbe an und ließen sich von ihm Tapetenreste schenken, die sie stolz nach Hause schleppten.

Tante Leonie hatte ebenfalls nichts dagegen, wenn ich mit meinem Gefolge im Geschäft auftauchte. Sobald die letzte Kundin gegangen war und das Personal den Salon verlassen hatte, durfte ich meine kichernden Freundinnen frisieren. Ich kämmte sorgfältig ihr Haar, schnippelte zum Schein ein bißchen daran herum, besprühte sie ausgiebig mit Haarfestiger und redete denselben Stuß wie Tante Leonie zu den Kundinnen. Beschenkt mit Proben von Haarwaschmitteln, Seife und Lippenstiften zogen meine Freundinnen hochbefriedigt wieder ab. Wobei allerdings einmal meine Freundin Gerda eine falsche Tube erwischte und nach dem Waschen, unter den fassungslosen Blicken ihrer Mutter, zum Frühstück mit schlohweißem Greisinnenhaar angehüpft kam. Vergeblich erklärte ihr Gerda den Grund. Die besorgte Mutter schleppte sie trotzdem zum Arzt, der die Arme zwang, literweise Wasser zu trinken, weil er ein Nierenleiden vermutete, ein Irrtum, der sich schnell aufklärte.

Bei Onkel Jochen war es das mechanische Klavier,

das meine Freunde faszinierte. Sie hatten rasch heraus, wie es funktionierte, und kannten Onkel Jochens Repertoire bald auswendig. Tante Edith störte es nicht, und Onkel Jochen summte sogar mit, wenn wir mit unseren schrillen Kinderstimmen sangen: «Das walte Gott, der helfen kann, mit Gott fang' ich die Arbeit an, mit Gott nur geht es glücklich fort, drum ist auch dies mein erstes Wort. Das walte Gott.»

Während wir damit beschäftigt waren, unsere Stimmen zu erproben, nähte Tante Edith in rasender Geschwindigkeit elegante Puppenkleider, die ich unter meinen Freundinnen verteilen durfte.

Die Rosine in diesem Gastgeberkuchen, Onkel Ludwigs Bungalow, behielt ich mir für besondere Gelegenheiten vor, zum Beispiel als Gegenleistung, wenn mir jemand bei den Mathematikaufgaben half. Ich hatte früh begriffen, daß man bei diesem großzügigen Onkel eins nicht durfte: ihm auf den Wecker fallen. In seinem «Domizil» gab's sogar ein Schwimmbad und einen Partykeller, in dem er uns das Tanzen beibrachte. Andächtig durchschritten meine Freunde die geschmackvollen Räume, bestaunten die exotischen Pflanzen im Wintergarten, die eleganten Möbel, die Antiquitäten und sonstigen Kostbarkeiten. Nur Klaus meinte abschätzig: «Das ist ja alles Schnee von gestern, und überhaupt, dieser Onkel hat einen Kuhgeschmack.» Was ihn aber nicht daran hinderte, jedesmal wieder mitzukommen.

So war die Welt für mich in schönster Ordnung. Was aber nicht hieß, daß ich nicht gelegentlich versuchte,

Kapital aus meinen armen verschollenen Eltern zu schlagen und das verlassene Kind zu spielen. Wenn ich eine Mathematikarbeit verhauen hatte, was leider häufig passierte, und die Lehrerin mich tadelte – «Wo hast du nur deine Gedanken? Wohl wieder bei deiner Tante zu lange vor der Glotze gesessen?» –, dann sah ich sie nur schmerzlich an: «Fernsehen? Das darf ich nur alle Jubeljahre.»

«Was ist dann der Grund?» fragte die Lehrerin genervt; sie ahnte bereits, was jetzt kam. «Ich vermisse meine Eltern», sagte ich leise. «Gerade in letzter Zeit denke ich so oft darüber nach, was wohl mit ihnen passiert ist. Wahrscheinlich sind sie ja von Mexikanern entführt und grausam umgebracht worden.» Worauf die Lehrerin mich sanft daran erinnerte, daß es bei der letzten Mathematikarbeit, in der ich gerade noch so an einer Fünf vorbeigerutscht war, Kidnapper aus Kolumbien gewesen waren, die sie auf dem Gewissen hatten.

Über solche Herzlosigkeit beklagte ich mich bei Onkel Ludwig. Er fand wieder einmal den passenden Trost. «Mitleid kriegt man umsonst, aber Neid muß erst erworben werden. Und beneiden tun sie dich ja wohl alle.»

Mit den unterschiedlichen Macken meiner Familie wußte ich gut umzugehen, und die stark voneinander abweichenden Erziehungsmethoden hatten für mich die belebende Wirkung Kneippscher Wechselgüsse. Der «Spatz in der Hand» fand sich ohne Schwierigkeit in jedem ihrer Nester zurecht. Bei Tante Irmchen erquengelte ich mir, was ich wollte; bei Opa ließ ich's lieber sein und war folgsam wie sein Kater, der bei Omas Schritten seelenruhig auf dem guten Sofa liegenblieb, ja, sogar noch seine Krallen daran wetzte, der aber blitzartig das Weite suchte, wenn Opa auftauchte. Nie hätte ich mich getraut, in Opas Schreibtisch herumzuschnüffeln, wie ich es bei Tante Irmchen und auch bei Tante Edith ohne Hemmungen tat, und selten widersprach ich ihm. Bei ihm spielte ich das artige kleine Mädchen, das seinen Großvater für den klügsten Mann der Welt hält und sich mit ehrfürchtigem Staunen hundertmal dasselbe erklären läßt.

Großmutter dagegen ließ sich nicht so schnell ein X für ein U vormachen und Honig ums Maul schmieren. Wenn ich ihr aus heiterem Himmel versicherte, wie lieb ich sie hätte und ihr dabei ein hingekritzeltes Bildchen oder einen halbverwelkten, zusammengerupften Wiesenstrauß in die Hand drückte, zeigte sie keine Rührung, sondern fragte prompt: «Was hast du denn nun schon wieder ausgefressen?»

Ich mußte dann meist gestehen, daß mir wieder mal meine Zahnspange abhanden gekommen war. Diese regulierte Ober- und Unterkiefer gleichzeitig und war entsprechend voluminös.

«Sie lag im Badezimmer, und nun ist sie weg», jammerte ich.

Großmutter führte mich schweigend in die Küche und öffnete den Kühlschrank. «Und was ist das?» Sie deutete auf das Monstrum, das neben Opas geliebter Leberwurst lag, die dummerweise auch meine Lieblingswurst war.

Eine Zeitlang war diese Spange der Schrecken aller Petersens, denn einmal am Tag ging das teure Ding bestimmt verloren, und verzweifeltes Suchen begann. Sogar der sonst so verständnisvolle Onkel Ludwig zeigte sich ungehalten, als er, während er einer neuen Favoritin stolz sein Haus zeigte, das technische Meisterwerk aus seinem Labor im Schlafzimmer auf dem Kopfkissen entdeckte. «Was hat das hier zu suchen?» brüllte er, und die Sorge, seine neue Freundin könne womöglich in ihm den Besitzer sehen, war unüberhörbar. «Und was zum Teufel tust du überhaupt in meinem Schlafzimmer?»

Tränen standen mir jederzeit zur Verfügung, und so heulte ich gleich los. «Ich war so müde.»

Ich liebte es, mich in sein Schlafzimmer zu schleichen und auf sein Bett zu legen. Ich mochte Onkel Ludwigs Geruch nach guter Seife und teurem Rasierwasser, der den Kissen entströmte.

Die Besucherin lächelte mokant. «Ich hoffe, ich verdränge hier niemanden», sagte sie mit beißender Liebenswürdigkeit.

Weil ich lange Ohren hatte und Familienneuigkeiten wie ein Schwamm aufsog, begriff ich sehr schnell, bei welchen Gelegenheiten es besser war, den Mund zu halten. So war es bei Opa angebracht, Onkel Ludwig als Gesprächsthema zu meiden, ihn vor allem weder zu loben noch zu verteidigen. Andernfalls konnte Großvater so in Rage geraten, daß er mir die abendliche Partie Mühle verweigerte und mich vom Angeln ausschloß. Er behauptete gern, diesem Lümmel fehle jedes Gefühl für Anstand und Moral. Großmutter schüttelte den Kopf. «Was regst du dich nur dauernd über den Jungen auf?»

«Dafür gibt's genügend Gründe. Du weißt auch, welche.»

Großmutters Gesicht verschloß sich. «Ich kann die alten Geschichten nicht mehr hören.» Und an dem veränderten Tonfall merkte ich, daß sie an meinen Vater dachte.

Natürlich gab es auch noch andere heikle Punkte in der Vergangenheit, die Großmutter in sich vergrub. Bei mir konnte von dieser Tugend keine Rede sein. Ich machte aus meiner Eifersucht gegenüber Onkel Ludwigs Freundinnen keinen Hehl, bis auf eine Ausnahme. Sie hieß Annegret und beschäftigte sich viel mit mir. Sie hörte sich meine Schulgeschichten an, während wir gemeinsam auf Onkel Ludwig warteten. Wir verwarteten manchen Nachmittag, und Annegret wurde zunehmend unruhiger. Sie ließ mich so oft beim Halmaspielen gewinnen, daß ich die Lust daran verlor. «Hoffentlich ist nichts passiert», murmelte sie immer wieder. Einmal war es bereits dunkel, als endlich die Gartenpforte quietschte. Stürmisch begrüßte sie ihn im Hausflur und rief dabei fast weinend: «Ich dachte, du kommst überhaupt nicht mehr. Wir warten schon eine Ewigkeit auf dich.»

Er fuhr ihr zerstreut durchs Haar. «Das solltest du besser nicht», sagte er. Es klang wie eine Warnung. Er packte aus, was er uns mitgebracht hatte, und der Rest des Tages verlief in schöner Harmonie.

Bei meinem nächsten Besuch gab es keine Annegret mehr. Dafür öffnete eine aufgedonnerte Brünette die Tür, um sie mir mit den Worten: «Dein Onkel hat jetzt keine Zeit!» vor der Nase zuzuschlagen. So eine Kränkung war mir noch nie widerfahren. Beleidigt trottete ich zu den Großeltern zurück, wo ich meinen geliebten Onkel anschwärzte. «Da gehst du mir jetzt nicht mehr hin», befahl Opa aufgebracht. «Ich schicke doch meine Enkeltochter nicht in einen Puff.»

«Nun nimm dich aber mal zusammen, Hermann», sagte Großmutter sehr energisch. Ich begriff zu spät, daß ich einen Fehler gemacht hatte, und versuchte ihn wieder auszubügeln. «Ich glaube, es war die neue Putzfrau», erklärte ich. «Die kenne ich noch gar nicht. Sie ist mindestens schon hundert.»

Opa beruhigte sich wieder und grinste anerkennend. «Nie um 'ne Ausrede verlegen, das Kind. Aber eins sage ich dir: Lügen haben kurze Beine.»

Diese Weisheit schien ihm völlig aus dem Gedächtnis entschwunden zu sein, als es um mich, seine geliebte Enkeltochter, ging. Ich war mit Klaus Friesen erwischt worden, wie wir der Aufforderung eines uns wohlbekannten Werbespots «Nimm auch du, greif zu!» folgten, indem wir in einem Kaufhaus Süßigkeiten und Kosmetika klauten. Großvater und Professor Friesen kamen herbeigeeilt, um uns aus den Händen des Geschäftsführers zu befreien. Stumm ließen sie den Redeschwall des Mannes über sich ergehen, der sich langatmig über die Tricks von Warenhausdieben ausließ: Sie kamen als Schwangere verkleidet, um sich unter dem Umstandsmantel an einem Spezialgürtel reihenweise Würste aufzuhängen. Sogar tiefgefrorenes Fleisch stopften sie sich unter die Hüte. Und der Kälteschock ließ sie dann an der Kasse bewußtlos zusammenbrechen.

Opa redete halblaut auf den Geschäftsführer ein, wobei er nicht versäumte, auf das traurige Schicksal meiner Eltern hinzuweisen und sich, verstohlen auf mich deutend, mehrmals an die Stirn zu tippen. Der Geschäftsführer zeigte Verständnis für die heikle Lage der beiden Herren. Man war ja schließlich kein Unmensch, außerdem war er gerade dabei, mit Opas Hilfe das Haus seiner Schwiegermutter zu renovieren, während sie bei Professor Friesen als Patientin auf der Privatstation lag.

Hinterher sprach Opa drei Tage nicht mit mir und schloß demonstrativ den Küchenschrank ab, in dem Oma ihr Haushaltsgeld aufzubewahren pflegte.

Großmutter fand alles halb so wild. «Was für ein Aufstand, Hermann. Hast du vergessen, wie mein Vater mit dem Teppichklopfer hinter dir her war, als er dich in unseren Erdbeeren erwischte?»

«Erdbeeren», schnaubte Opa verächtlich, «das kann man überhaupt nicht miteinander vergleichen.»

«Tu ich aber», sagte Großmutter.

Tante Irmchen schlug vor, mein Taschengeld zu erhöhen, und Tante Leonie gab dem Kaufhaus die Schuld. Die Geschäfte forderten ja heutzutage gerade zum Diebstahl heraus. Noch geschockter als Opa über mich war Professor Friesen über Klaus. Lippenstifte und Puder in den Taschen seines Sohnes, ein wirklich beunruhigendes Symptom. Er unterzog ihn einem gründlichen Verhör und war sehr erleichtert, als ihm Klaus gestand, daß er sich bei den Mädchen mit kleinen Geschenken hatte beliebt machen wollen.

Es kam die Zeit, da ich zur «Rose erblühte», wie Onkel Jochen es blumig nannte. Allerdings geschah dies mit Hilfe von reichlich Rouge und Puder, um meine Pickel zu verdecken. Opa stöhnte: «Nun fängt das auch noch an. Wisch dir gefälligst die Farbe aus dem Gesicht, du Krött. Wir sind hier nicht bei den Indianern.»

Sein Zorn ließ mich kalt. Vorbei die Zeit des Mühlespielens und des gemeinsamen Angelns. Ich war längst größer als er und sah überlegen auf ihn herab. «Opa, du hast ja keine Ahnung. Davon verstehst du nichts.» Ich betrachtete zufrieden mein Spiegelbild.

«Mag sein», sprach Opa. «Aber dafür 'ne Menge von Männern. Solche angemalten Puppen wie du sind ihnen einfach widerlich.»

«Was du nicht sagst.» Oma sah ihn ganz unschuldig an. «Aber dieser entzückende kleine Schminkkoffer vom Schwarzmarkt, um den wir Toni damals so beneidet haben, stammte der nicht von dir, oder irre ich mich?»

«Weiber! Nie kann man vernünftig mit ihnen reden. Immer halten sie zusammen.» Er stapfte hinaus.

«Hermann, vergiß nicht, dir eine Jacke anzuziehen», rief ihm Oma nach. «Es weht ein kalter Wind, und du bist nicht mehr der Jüngste.» Mein schadenfrohes Grinsen gefiel ihr jedoch ebensowenig. «Opa hat ganz recht, du siehst wirklich verboten aus, wie mit Marmelade beschmiert», fuhr sie mich an.

Beleidigt radelte ich zu Klaus, seit neuestem mein Intimus. «Unsere Seelen haben sich gefunden», erzählte ich Tante Irmchen, und sie gab mir den dringenden Rat, es dabei zu belassen.

Ich hatte plötzlich an meinem Schulfreund ganz neue Seiten entdeckt, und sanfte Schauer überrieselten mich, wenn er seinen Arm zärtlich um mich legte. Hand in Hand wanderten wir unter den Kastanien am Fluß entlang und blickten nachsichtig lächelnd auf das lärmende Kindervolk, ein, zwei Jahre jünger als wir, das versuchte, sich gegenseitig die Böschung hinunterzuschubsen. Wir saßen vor riesigen Eisbechern in der italienischen Eisdiele am Marktplatz und führten, uns stumm anglotzend, den Löffel zum Mund. Klaus beklagte sich über seine nur an Oberflächlichem und am schnöden Mammon interessierten Eltern und sprang alle Augenblicke auf, um die verdammten Jungs zu verscheuchen, die bewundernd sein teures Mofa umringten. Die Disco wurde unser Lieblingsort. Sogar Tante Irmchen fand es einigermaßen verwunderlich, daß ich ihr «gute Nacht» sagte, nicht um ins Bett zu gehen, sondern mit grün umrandeten Augen, die Lippen knallig rot, Silberpartikelchen im Gesicht, auf hohen Absätzen zur Disco stöckelte.

«Um diese Zeit?»

«Vorher spielt sich da nichts ab», erklärte ich und zog den breiten Ledergürtel mit den Messingbeschlägen enger.

Es waren Jahre, in denen unentwegt der Familienrat tagte, voller Sorge, ich könnte eines Tages an der Nadel hängen. Tante Irmchen sah mich bereits als Drogentote in einer Bahnhofstoilette.

Es war auch die Zeit, als die Uroma starb. Zuletzt war sie ein wenig wirr gewesen und häufig nachts in meinem Zimmer erschienen, um mich zum Melken aus dem Bett zu scheuchen.

«Aber wir haben doch gar keine Kühe», sagte ich schlaftrunken.

«Keine Kühe?» Kopfschüttelnd kehrte sie in ihr Bett zurück und murmelte dabei vor sich hin: «Sie seggt, wir haben keine Kühe mehr.»

Auf der Beerdigung schluchzte ich herzzerreißend. Die Familie nickte sich gerührt zu. Ihr Spatz mochte ja hin und wieder reichlich keß sein, aber ein Herz hatte er. Während meine Tränen reichlich flossen, durchfuhr mich ein kleiner, schlimmer und gleichzeitig angenehmer Gedanke: Auf jeden Fall wollte ich jetzt Uromas Kammer dazu haben.

Trotz Klaus, Disco, Lederrock und schulterfreiem Pulli klebte ich mehr denn je an Onkel Ludwig. Wer konnte ahnen, daß ich es sein mußte, die ihm den größten Schock seines Lebens versetzte, den er offensichtlich noch nicht überwunden hat und dessentwegen er verschwunden ist.

Klaus war manchmal richtig eifersüchtig, daß ich so viel bei diesem «Zahnklempner», wie er ihn nannte, herumhockte. «Was willst du bloß von diesem alten Knacker? Der hat doch wohl nicht den Frühlingstrieb oder so?» Onkel Ludwig seinerseits war meine demonstrative Anhänglichkeit oft lästig. «Du bist jetzt kein Kind mehr», sagte er sehr energisch, wenn ich meinen Kopf in seinen Schoß legen wollte oder ihm bei jeder Begrüßung um den Hals fiel.

Als besonders störend empfand er meine Zärtlichkeiten in Gegenwart seiner neuesten Errungenschaft, einer Bohnenstange namens Marie-Luise. Diesem Knochengestell mit riesiger Brille und hochgestecktem, strähnigen Haar war er ganz verfallen. Zu allem Überfluß war Marie-Luise auch noch Lehrerin und gab ausländischen Kindern Deutschunterricht. Sie tat sich viel darauf zugute, mit welch glühender Verehrung diese armen unterprivilegierten Geschöpfe an ihr hingen. Sie schwafelte von der Stigmatisierung durch Armut und wie sehr die Kinder dadurch in ihrer Entwicklung gehemmt waren. In schöner Regelmäßigkeit langweilte sie mich mit einem erschütternden Erlebnis, das ihr durch ein kleines polnisches Mädchen zuteil geworden war. So auch, als uns der Onkel zum Mittagessen in ein neu eröffnetes Lokal eingeladen hatte. Das Kind war so unglücklich über seine schäbige Kleidung gewesen, daß es sich nicht zu den anderen auf die Eisbahn traute.

«Und weißt du, was ich da getan habe?» fragte sie mich rein rhetorisch, denn die Antwort gab sie jedesmal selbst. Ich verschluckte noch rechtzeitig eine patzige Bemerkung, schüttelte aus Rücksicht auf den Onkel den Kopf und machte das erwartete gespannte Gesicht.

«Ich habe es an die Hand genommen und ganz sanft zu den anderen geführt.» Überwältigt von ihrer Güte, starrte Marie-Luise einen Augenblick vor sich hin, ehe sie fortfuhr: «Und dann nimmt dieses arme kleine Geschöpf auf dem Rückweg zur Schule meine Hand, küßt sie leidenschaftlich, legt sie mit einer unendlich rührenden Geste an ihre Wange und stammelt: ‹Gute Frau, gute Frau.›»

Der Onkel zeigte sich doch tatsächlich ganz ergriffen. Zärtlich begann er, ihre rechte Hand zu streicheln, die sich, mit scheußlichen Ringen bestückt, ungepflegt von dem weißen Tischtuch abhob, während er dem Kellner die Bestellung aufgab. Wir verschlangen einen Edelfisch und machten uns anschließend über einen zarten Rehrücken her. Die beiden bejammerten die Verschmutzung der Nordsee und verurteilten die Jagd, dieses mörderische Hobby. Mißbilligend beobachtete ich Marie-Luises Tischmanieren. Mir hätte man diese Schlürferei nicht durchgehen lassen. Was fand der Onkel nur an dieser vertrockneten Pflaume? War es ihm mit ihr womöglich ernst? Kam er jetzt allmählich in die Jahre, wo ein Mann mehr eine Pflegerin brauchte? Aber das meine Eifersucht lindernde Bild eines in Decken gehüllten, hilflosen Greises wollte sich beim Anblick des sportlichen Mittvierzigers, der das Drachenfliegen liebte, nicht recht einstellen.

Und dann kam, was Opa längst prophezeit hatte: Ich flog durchs Abitur. Diesmal waren alle auf seiner Seite, sogar Onkel Ludwig. Sie zausten mich mächtig, vor allem natürlich Opa, der gar nicht mehr aufhören konnte, von Undankbarkeit und vom Apfel und dem Stamm zu lamentieren.

Ich begann mich zu wehren. «Ich habe mir den Stamm nicht ausgesucht», sagte ich trotzig, «und auch dich nicht als Opa.» Raketenartig schoß er vom Frühstückstisch. Ehe ich noch ein Wörtchen sagen konnte, hatte er mich vom Stuhl gezerrt, durchs Zimmer geschubst und aus dem Haus geschmissen. Ganz verdutzt hörte ich, wie er innen den Schlüssel demonstrativ umdrehte. So weit war er in seinem Zorn noch nie gegangen.

Ich rannte zu Tante Irmchen, um mich von ihr trösten zu lassen. Doch daraus wurde nichts. Sie stand auf Opas Seite, und auch Onkel Jochen tadelte: «Was Hänschen nicht lernt . . .»

«Aber ich will sowieso Friseuse werden wie du», verteidigte ich mich bei Tante Leonie. «Was brauch ich da das Abitur? Es ist besser, ich geh von der Schule ab.»

Tante Leonie hörte nur halb zu und gab mir zu verstehen, daß sie im Augenblick keine Zeit für mich habe. «Das muß Opa entscheiden», sagte sie, und ich bemerkte erst jetzt ihr auffallendes Make-up und die neue Frisur.

Anscheinend strebte sie gerade einem neuen Traummann entgegen.

Am meisten aber ärgerte mich, daß Klaus das Abitur mit einer überdurchschnittlich guten Note bestanden hatte. In letzter Zeit war unser Verhältnis etwas abgekühlt, und wir hatten uns nur noch während des Unterrichts gesehen. Für mein Pech fand er nur ein paar belanglos bedauernde Worte, um dann zu einem längeren Vortrag über seine bevorstehende Karriere als Schönheitschirurg anzusetzen. Dabei betastete er mein Gesicht und meinte: «An dir ließe sich auch 'ne Menge verdienen.» Wir trennten uns kühl.

Danach sah ich ihn mehrere Wochen nicht. Eine zufällige Begegnung mit seinem Vater bestätigte meinen Verdacht. Ich hatte Professor Friesen auf dem Markt getroffen, wo er mich mit gewohntem Überschwang begrüßte: «Ah, das hübsche Fräulein Petersen. Ein bißchen Pech gehabt, wie man hört. Nun, es gibt Schlimmeres. Sie sind ja noch sehr jung.»

Er kam ohne Übergang auf seinen Sohn zu sprechen und wie reizend dieses Mädchen gewesen sei, das er ihnen neulich nach Hause mitgebracht habe. «Sie wissen sicher, wen ich meine?» Ich nickte blöde. «Wie ich hörte, studiert sie bereits Kunstgeschichte», fuhr er fort. «Der Vater besitzt ja wohl ein großes Hotel. Aber was erzähle ich Ihnen das. Klaus hat sicher längst mit Ihnen darüber gesprochen.»

«Hat er», sagte ich und bedachte ihn mit einem strahlenden Lächeln.

Professor Friesen wirkte erleichtert. Er hatte wohl befürchtet, sein wundervoller Sohn mit diesem außerordentlichen IQ könnte an mir unbedarftem Wesen klebenbleiben.

Von Stolz halte ich sehr viel, vergesse ihn aber immer, wenn ich wütend bin, und so genierte ich mich nicht, Klaus zur Rede zu stellen, als ich ihn endlich zu fassen bekam. Ich schleppte den Widerstrebenden zu einer Aussprache in Onkel Ludwigs Haus. Dort begann er mit knackendem Kiefer zu gähnen und war kurz davor, auf seinem Sessel einzuschlafen. Diese Art der Problembewältigung hatte mich schon immer an ihm geärgert. Einmal hatte ich versucht, ihn zu überlisten, und meine Vorwürfe während einer Autofahrt auf ihn losgelassen. Ich tat es nie wieder, obwohl wir den Wagen vor uns nur sanft angestubst hatten.

Ich betrachtete ihn, wie er da, in einen von Onkel Ludwigs Sesseln gefläzt, die riesigen Füße auf den Tisch gelegt, mit geschlossenen Augen Desinteresse bekundete.

«Du hörst wieder überhaupt nicht zu», rief ich wütend.

Er öffnete erschrocken die Augen und richtete sich halb auf. «Was ist los, was schreist du so? Bin ich vielleicht schuld, daß du durchs Abitur geflogen bist?»

Ich fackelte nicht lange. «Raus!» sagte ich. «Auf der Stelle.» Und zu meinem fassungslosen Staunen ging er tatsächlich.

«Es geht alles vorüber, es geht alles vorbei», singt

Zarah Leander auf Tante Irmchens Platte mit den Evergreens. So war es auch bei mir. Sogar Opa wurde es allmählich langweilig, mir dreimal am Tag seine Zeit als Lehrling zu schildern, wo er, beim Meister wohnend, als erster aufstehen mußte, so gegen fünf, um für die Familie die Schuhe zu putzen, den Inhalt des Toiletteneimers im Garten zu verbuddeln und mit dem Bollerwagen das Material zur Baustelle zu bringen. Geld gab's nur zu Weihnachten und Ostern vielleicht ein kleines Geschenk und ein paar Tage frei höchstens bei starkem Frost.

Wenn ich nicht über meine Bücher gebeugt in der Kammer saß, scheuchte er mich erbarmungslos in den Garten. Vergeblich versuchte ich mich wegzuschleichen. «Wohin willst du denn? Die Beete müssen dringend durchgehackt werden.» Meinen Einwand, das hätte ich längst getan, ließ er nicht gelten. «Was du so hacken nennst. Wahrscheinlich nur so über die Erde gescharrt wie 'n Huhn.»

Ein Jahr später hatte ich es dann geschafft. Die Familie atmete auf und präsentierte mir wieder einmal den passenden Beruf. Ich sollte Lehrerin werden. Dazu hatte ich nun wirklich keine Lust. «Ich mache mir doch überhaupt nichts aus Kindern», rief ich verzweifelt.

«Wer tut das schon? Fällt dir was Besseres ein? Kuhlengräber vielleicht?» Sie lachten herzhaft.

Opa ließ sich nicht auf lange Diskussionen ein. «Ein anderes Studium bezahlen wir nicht, und damit basta.»

In dieser Nacht träumte ich nach langer Zeit wieder von meinen Eltern.

# 8

Ich beugte mich dem Willen der Familie, setzte aber durch, vor dem Studium noch ein halbes Jahr als Au-pair-Mädchen nach England zu gehen, um meinen Horizont zu erweitern und mein Englisch aufzubessern. Doch um wieder einmal die Petersens zu zitieren: «Eh die Kuh nicht im Stall ist, kann man mit Mist nicht rechnen.»

Wir saßen gerade ganz fröhlich mit Onkel Jochen und Onkel Ludwig, der mich abholen wollte, in der Küche herum, da machte Opa plötzlich ein Gesicht, als hätte er auf etwas Scharfes gebissen, und sagte mit ganz fremder Stimme: «Ach, du meine Güte.» Und kippte vom Stuhl.

«Hermann, nu man sachte», rief Großmutter erschrocken, und auch wir starrten entgeistert auf den leise stöhnenden Opa zu unseren Füßen.

Onkel Ludwig faßte sich als erster. Er kniete neben ihm nieder, knöpfte ihm den Hemdkragen auf, fühlte ihm den Puls und legte ihm ein Kopfkissen unter den Kopf. Großvater kam langsam wieder zu sich und fragte mit schwacher Stimme: «Wieso liege ich auf dem Fußboden?»

Onkel Ludwig rief den Arzt an, der auch sofort zur Stelle war. Es war der Sohn des früheren Hausarztes und vom gleichen Schlag wie er. «Na, Opa Petersen», sprach er munter, «was machen wir denn für Sachen?»

«Was Sie für Sachen machen, weiß ich nicht und will es auch gar nicht wissen», blaffte Opa, wieder ganz da. «Auch wenn wir nur einfache Leute sind, Ihr Opa bin ich deshalb noch lange nicht.»

Der junge Arzt wurde rot und ausgesprochen höflich. Er untersuchte Opa sorgfältig. Dann gab er uns den dringenden Rat, ihn sofort ins Krankenhaus zu bringen. Er würde sich um ein Bett kümmern. «Mit dem Herzen ist nun mal nicht zu spaßen.»

Opa wehrte sich verzweifelt. Zu Zeiten der schönen Toni mochte er ein Draufgänger gewesen sein und, wie er uns gern erzählte, als Soldat weit in der Welt herumgekommen. Aber das war lange her. Seitdem hatte er sich kaum einen Tag von seinem Elschen getrennt, und ein Krankenhaus hatte er nur von innen gesehen, als seine Kinder geboren wurden. Krankheiten und alles, was damit zusammenhing, waren für ihn Frauensache. Und nun passierte ausgerechnet ihm so was.

Oma achtete nicht auf ihn. Hastig packte sie ein paar Sachen zusammen, während Opa jammerte: «Da kriegen mich keine zehn Pferde hin.»

«Nur für ein paar Tage», beruhigte ihn Ludwig, und Oma brachte ihn soweit, sich ins Auto zu setzen.

Das Krankenhaus war erst wenige Jahre alt und der Stolz der Stadtväter, obwohl man kurz vor der Einweihung festgestellt hatte, daß die Operationsräume fehlten, ein kleiner Fehler, der mit ein paar Millionen Mehrkosten schnell behoben war. Es lag wie ein gestrandetes Riesenschiff nicht weit vom Flußufer, und im Labyrinth seiner Gänge schrumpfte das Selbstbewußtsein verängstigter Patienten zu einem Nichts. Uns ging es nicht anders. Wir folgten Pfeilen aufwärts und abwärts, Symbolen, die nach rechts oder links wiesen, und Oma konnte den ungeduldigen Opa nur mühsam davon abhalten, in die Entbindungsstation einzudringen. Ein junger Pfleger mit Pferdeschwanz und Madonnenscheitel kam uns schließlich zu Hilfe und zeigte uns den richtigen Weg. Er musterte mich wohlwollend. «Vielleicht trifft man sich ja bald mal wieder», sagte er, ehe er in einem Fahrstuhl verschwand. Ich sah ihm mit gemischten Gefühlen nach. Ganz schön unverschämt, der Junge!

Im Stationszimmer widmete sich eine rundliche Schwester gerade intensiv einem Stück Sahnetorte. Sie warf einen kurzen Blick auf den Einweisungsschein der Aufnahme und sagte nur knapp: «Zimmer fünf, geradeaus, erste Tür rechts.»

«Vielleicht bemühen Sie sich mal selbst», fuhr Onkel Ludwig sie an, der sich wohl darüber ärgerte, daß seine Person so gar keinen Eindruck machte. Sie erhob sich sofort, was aber weniger Onkel Ludwigs energischem Auftreten als dem Auftauchen der Oberschwester zu verdanken war.

Dann ging alles sehr schnell. Im Handumdrehen lag Opa in seinem Krankenhauskittel im Bett. Ein Arzt kam herbeigeeilt. Sie legten ihn auf einen Wagen, und schon war er unseren Blicken entschwunden.

Gleich darauf erschien Professor Friesen höchstpersönlich, um Großmutter zu trösten. «Ihr Mann ist hier in allerbesten Händen, glauben Sie mir», versicherte er ihr mehrmals hintereinander. Er bat uns, nach Hause zu gehen und am nächsten Tag wiederzukommen. «Dann wissen wir mehr.»

Während mir vor Nervosität in der Küche fast die Teekanne runterfiel, wirkte Großmutter recht gefaßt. «Jetzt haben wir wenigstens mal ein paar Tage Ruhe, und diese ewige Kocherei hat ein Ende. Er kann einen ja wirklich manchmal halb wahnsinnig machen mit seinen ewigen Wünschen.» Ihre Hand krallte sich plötzlich in meinen Arm. «Wenn Opa stirbt, bringe ich mich um», sagte sie mit wildem Blick.

Doch ans Sterben dachte Opa vorläufig nicht. Er empfing uns am nächsten Tag schon wieder ganz kregel in seinem Bett und fragte in vorwurfsvollem Ton, warum wir so spät kämen. Noch nie hatte sich jemand mit Opas Körper so gründlich befaßt, wie es hier geschah. Leber, Galle, Nieren, nichts war bei den Untersuchungen ausgelassen worden. In seiner panischen Angst vor all diesen furchtbaren Apparaten, die man auf ihn losließ, hatte er dem gesamten Personal versprochen, falls er hier je wieder herauskäme, ihre Wohnungen zu renovieren. Aber er genoß es auch, Mittelpunkt zu sein, und warf mit medizinischen Ausdrücken und den Bezeichnungen der Erkrankungen, auf die hin er untersucht worden war, um sich. Wie sich dann zum Schluß seiner dramatischen Schilderung herausstellte, war er noch recht gut beisammen und gerade so an einem Herzinfarkt vorbeigeschrammt.

Bei den Schwestern erfreute sich Opa großer Beliebtheit. «Ein reizender alter Herr», sagte die Stationsschwester zu Großmutter, die gerade von Opa angepfiffen worden war, weil sie den falschen Schlafanzug mitgebracht hatte. «Und so pflegeleicht», fuhr die Schwester fort. «Wartet geduldig, bis jemand von uns ins Zimmer kommt, klingelt so gut wie nie.»

Selbstverständlich mußte jeden Tag mindestens ein Familienmitglied nach ihm sehen. Sogar Onkel Ludwig wurde geduldet und mit dröhnendem Flüstern davon in Kenntnis gesetzt, daß es der schlafende Bettnachbar wohl nicht mehr lange machen werde. Das könne er sich aus den Gesprächen bei der Visite zusammenreimen, wenn die Ärzte miteinander tuschelten. Er sah Onkel Ludwig vielsagend an. «Eins sage ich dir, mein Junge, ich bin dem Tod man gerade so von der Schippe gehüpft.»

Zufrieden legte er sich in seine Kissen zurück, und Onkel Ludwig ließ ihn in diesem Glauben, obwohl er es von Professor Friesen besser wußte. Opa beschwerte sich sogar bei Onkel Ludwig, daß Großmutter und ich so anstrengend seien, ja, daß wir uns förmlich an ihn klammerten. Ohne ihn seien die Mädels eben völlig hilflos.

Er hielt uns wirklich ganz schön in Trab, überhäufte

uns mit Aufträgen, schickte uns zur Sparkasse und zu säumigen Kunden und ließ sich kleine Geschenke für das Krankenhauspersonal besorgen, die wir dann unweigerlich wieder umtauschen mußten. Oma seufzte gottergeben: «Man kommt wirklich zu nichts mehr.»

Von mir konnte ich das nicht behaupten. Ich hatte mich inzwischen mit dem madonnenhaften Pfleger, einem Zivi, angefreundet, dessen Zierlichkeit und unschuldiges Gehabe nicht darüber hinwegtäuschen konnten, daß er es faustdick hinter den Ohren hatte. Großvater lobte «sein» Kurtchen über den grünen Klee und tat, als sei dieser der einzige, der sich um ihn kümmere. Das ärgerte mich. «Oma und ich tun unser Bestes.»

«Oma vielleicht, aber du läßt dich doch nur alle Jubeljahre sehen.»

Ich machte ihn darauf aufmerksam, daß ich erst gestern dagewesen war. Opa ging in seiner gewohnten Weise darüber hinweg, und Kurtchen grinste.

Der Patient, der es nach Opas Meinung nicht mehr lange machen würde, war inzwischen als gesund entlassen worden. Sein Bett wurde schnell wieder belegt. Und zwar mit einem gewissen Herrn Yesligoz, einem Türken. Von Ausländern hielt Opa im allgemeinen nicht viel. Über sie hatte er seine eigenen Ansichten. Italiener waren so lala, Polen galten als ziemlich durchtrieben, Russen schliefen noch auf Öfen, Schwarze gehörten in den Busch, Araber zogen gleich das Messer, Türken sperrten ihre Töchter ein, Amerikaner waren laut und dick, und die Engländer hatten überhaupt nur einen einzigen vernünftigen Mann hervorgebracht: Churchill. Von dem hielt Opa eine Menge. Allein die Zigarren, die der Mann rauchte! Nur die Franzosen ließ er gelten. Ein Kulturvolk schlechthin. Und mit welcher Geschicklichkeit sie Auto fuhren. Da regte sich niemand auf, wenn man die Stoßstange benützte, wofür sie da war.

«Warum ausgerechnet die Franzosen?» fragte ich Oma.

Sie lächelte vielsagend. «Im Krieg hatte er dort eine Flamme. Das Bild von ihr schleppt er noch heute in seiner Brieftasche rum. Ein hübsches Mädchen.»

«Na, heute ist sie auch asbach uralt», sagte ich unbedacht.

«Du, mein Kind, hast auch nicht die ewige Jugend gepachtet.» Großmutter betrachtete sich prüfend im Flurspiegel.

Ich versuchte, mir meine Großmutter als junges Mädchen vorzustellen, so wie Tante Irmchen immer von ihr erzählte und wie ich sie von Fotos kannte. Aber es wollte mir nicht gelingen.

«Der Kameltreiber», wie Opa vorher den Türken in dessen Abwesenheit bezeichnet hatte, erwies sich als ein sehr gepflegter, würdiger Herr. Respektvoll machte uns Großvater mit ihm bekannt und lobte halblaut, wir könnten uns ja gar nicht vorstellen, wie interessant Herr Yesligoz erzählte. Er war in Anatolien geboren und lebte seit zwanzig Jahren in der Bundesrepublik.

Jetzt besaß er eine florierende Wäscherei. Herr Yesligoz sprach fast akzentfreies Deutsch, und seine politischen Ansichten deckten sich völlig mit denen meines Großvaters. Beide waren der Meinung, daß es zu viele Asylanten gebe und daß die Jugend wieder Zucht und Ordnung lernen müsse. «Wenn du, mein liebes Friedchen, seine Tochter wärst, hättest du um zehn zu Hause zu sein.» Opa sah mißbilligend auf meine rotlackierten Zehennägel in den goldenen Sandaletten.

«Aber sie ist nun mal nicht in Anatolien geboren», sagte Oma sanft.

Wir konnten diesen Umstand nicht länger erörtern, weil sich die Tür öffnete und Frau Yesligoz mit ihrer vorbildlichen Tochter hereinkam. Wir unterhielten uns eine Weile zu viert, bis beide Herren wie auf Kommando auf ihre Uhren sahen und uns wissen ließen, daß sie jetzt wieder etwas Ruhe brauchten. Kaum hatten wir das Zimmer verlassen, hörten wir bereits den Fernseher dröhnen. Oma lachte: «Fußball.» Auch über Frau Yesligoz' Gesicht huschte ein Lächeln.

Opas Krankenhausaufenthalt zog sich länger hin als erwartet. Es gab einen kleinen Rückfall, der Oma furchtbar aufregte. Ich entschloß mich, England aufzugeben, als bei dem ganzen Hin und Her auch noch Omas Galle aufmuckte. Ich wollte sie nicht allein lassen. Omas Versuch, Tante Leonie stärker bei den Krankenbesuchen einzuspannen, war an Opa gescheitert. Er hatte ein unbehagliches Gesicht gemacht und sich entschieden dagegen gewehrt, Tante Leonie an unserer

Stelle zu sehen. «Du weißt doch, sie ist so anstrengend.»

«Was du nur immer mit Leonie hast», sagte Oma unwillig. «Überall ist sie beliebt und anerkannt. Du kannst wirklich stolz auf sie sein.»

«Bin ich ja auch», sagte Opa kleinlaut. «Aber sie ist so furchtbar hippelig, und du weißt, was der Doktor gesagt hat: Ruhe und noch mal Ruhe.»

«Dann wundert es mich, daß du dir bis tief in die Nacht mit Herrn Yesligoz die merkwürdigsten Filme ansiehst, wie mir die Stationsschwester erzählt hat.» Großmutter geriet allmählich in Fahrt. «Was ist mit dem Kuchen? Schmeckt er dir nicht?»

Es war Großvaters Lieblingstorte, Obst in irgendeiner sahnigen Masse, und er hatte die beiden großen Stücke bereits mit gierigen Blicken verschlungen. Aber nun stippte er mäkelig mit dem Zeigefinger darauf und meinte: «Der ist dir wohl heut nicht so recht gelungen.»

«Dann quäl ihn dir nicht rein.» Großmutter schnappte sich den Kuchen vom Teller, wickelte ihn wieder ein und verstaute ihn sorgsam in ihrer Einkaufstasche.

Opa verfiel in mürrisches Schweigen, und so brachen wir bald auf.

Draußen entrüstete ich mich über Opa. «Der hatte vielleicht eine Laune. Und wie er vor dem Türken angibt, als wären wir seine Haremsdamen. Sonst schimpft er immer auf die Ausländer.»

Großmutter nahm ihn in Schutz. «Er ist eben krank,

Friedchen, und Reden und Handeln waren für deinen Großvater schon immer zwei Paar Schuhe. Das müßtest du wissen. Früher war Tante Leonie sein ausgesprochener Liebling. Aber er kann nicht mit ansehen, wie unglücklich sie oft ist. Und so drückt er sich davor, mit ihr allein zu sein, voller Angst, sie könnte plötzlich hysterisch werden. Da ist er nämlich hilflos – wie die meisten Männer übrigens.»

«Was Opa so hysterisch nennt», verteidigte ich meine Lieblingstante.

Großmutter seufzte. «Auf jeden Fall wollte sie ihr Leben lang zuviel auf einmal. Die große Liebe, das gute Geld und ein aufregendes Leben.»

«Wer will das nicht», sagte ich, und Oma rief: «Schnell, Friedchen, da kommt der Bus.»

Aber zu Hause bohrte ich weiter, wie es denn so mit Tante Leonie und meinem Vater gewesen war, den Oma zärtlich einen lieben Jungen nannte, nur eben ein bißchen schwach. «Als Kind gab es mit ihm weniger Schwierigkeiten als mit Leonie. Er war sanft und hilfsbereit, nur leider leicht zu beeinflussen, zuerst von Ludwig, dann von deiner Mutter. Irgendwie kann ich Opa schon verstehen, daß er immer noch einen Zorn auf Ludwig hat.»

«Dabei hättest du viel mehr Grund», sagte ich. «Schließlich ist er Tonis Sohn –» Ich schwieg, erschrokken darüber, daß mir das herausgerutscht war.

Aber sie lachte vergnügt. «Du meinst, weil dein Großvater so hinter ihr her war?» Ich nickte. «Weißt du, dein Großvater und ich, wir kannten uns schon so lange. Manchmal habe ich gedacht, soll das nun alles sein? Aber viel Auswahl gab es eben nicht, und die Aussteuer sollte auch nicht verstauben. Außerdem, du weißt ja.» Sie sah mich verschmitzt an. «Der Spatz in der Hand . . . Der Konrad – ja, der hat mir auch gefallen, ehrlich gesagt, wenn er zu mir gekommen wäre, weiß ich nicht, ob ich nicht Hermann im Regen stehengelassen hätte. Aber mit der schönen Toni konnte keine von uns konkurrieren.»

Ich traute meinen Ohren nicht. «Willst du damit sagen, daß du Opa nie geliebt hast?»

Nein, das wollte Großmutter natürlich nicht, aber es war eben auch nicht so gewesen, daß sie es der schönen Toni ewig nachgetragen hätte.

Wir hatten uns über Opas Birnenschnaps hergemacht. Oma schenkte fröhlich nach, bis wir einen Schwips hatten, und fing dann an, mächtig in ihren Erinnerungen zu kramen. «Weißt du, im Krieg, da war doch hier überhaupt nichts los, und Tanzverbot gab's obendrein. Da hat Edith mich mal mitgenommen nach Hamburg, wo sie bei irgendwelchen Leuten eingeladen war. Meine Eltern durften davon natürlich nichts wissen. Wie wir es angestellt haben wegzukommen, weiß ich nicht mehr. Die Fahrt war schon abenteuerlich genug. Im Zug ging natürlich die Heizung nicht, und wir schlotterten nur so in unseren dünnen Strümpfen. Vom Bahnhof mußten wir mindestens noch eine halbe Stunde laufen.» Sie fing an zu lachen und konnte gar nicht mehr aufhören. «Willst du wissen, wo das Ganze endete? Im Luftschutzkeller. Bevor wir auf dem Fest ankamen, heulten die Sirenen los. Es war der erste Luftangriff meines Lebens, und der war nicht von Pappe. Frag mich nicht, wie wir wieder nach Hause gekommen sind und was wir da erzählt haben. Edith war ja sehr erfindungsreich und hatte sich für meine Eltern eine lange umständliche Geschichte von einer armen alten Tante ausgedacht, der sie Kartoffeln bringen sollte. Und weil sie die nicht alleine schleppen konnte, habe sie mich mitgenommen.»

«Warst du da schon mit Opa verlobt?» fragte ich.

«So halb und halb. Aber jetzt sollten wir ins Bett gehen.» Und das taten wir dann auch.

Oma war natürlich der Birnenschnaps nicht bekommen, und auch sonst war mit ihr am nächsten Morgen nicht gut Kirschen essen. Sie nörgelte an allem herum, was ich tat. Ich blieb friedlich. Einer mußte ja in dieser Familie den Kopf oben behalten. Etwas abgehetzt kam ich am Spätnachmittag auf Opas Station an. Kurtchen eilte mit wichtiger Miene an mir vorüber, kehrte aber dann doch um und sagte seufzend: «So gut wie ihr ‹Mädels› möchte ich es auch haben, eine Art Dienstverpflichtung im sozialen Bereich täte euch nur gut!» Ehe ich es ihm heimzahlen konnte, war er weg.

Opa sah mich tückisch an, als ich sein Zimmer betrat. «Wo steckt ihr eigentlich alle? Mein Freund ist entlassen worden, und ich liege hier den ganzen Tag alleine rum.» Ich rückte mir einen Stuhl an sein Bett.

«Oma hatte es mal wieder mit der Galle», erklärte ich. «Da mußte ich mich erst um sie kümmern.»

«Das ist doch nichts Neues», brummte Opa. «Du solltest dir besser Gedanken um mein Herz machen. Der Doktor sagt . . .»

Ich unterbrach ihn schnöde. «Er sagt, daß du in zwei Tagen entlassen wirst und daß es dir prächtig geht.»

Opa grinste mich an. «Komm her, du Krött, und gib deinem armen, alten, kranken Opa einen Kuß.» Er zog die Nachttischschublade auf, nahm seine Brieftasche heraus und zeigte mir ein Foto, auf dem ein mageres, verschüchtert blickendes, dunkelhaariges Mädchen in meinem Alter zu sehen war. «Ist sie nicht niedlich, die Kleine? Und wie sie mich geliebt hat.» Und dann erzählte er, wie sie sich in Paris kennengelernt hatten, und von der schönen Zeit mit ihr.

# 9

Ich bereute es längst, England abgesagt zu haben. Die beiden Alten wären ganz gut ohne mich ausgekommen. Klaus hatte recht gehabt, ich war zu gut für diese Welt; dieser Meinung war er allerdings nur sehr kurz gewesen. Wehmütig dachte ich an die Zeit, als wir durch das Städtchen strichen und er mir erklärt hatte, was relativ ist. «Drei Haare in der Suppe sind relativ viel, drei auf dem Kopf relativ wenig», ein Beispiel, das jedem einleuchtete. Was hatte ich ihn witzig und originell gefunden. Und jetzt? Ich war neunzehn, ich war alt.

Opa sorgte dafür, daß ich nicht lange sentimentalen Gedanken nachhing. Kaum war er zu Hause, hielt er uns wie gewohnt in Trab. Geradezu besessen von seinen Krankenhauserlebnissen, erzählte er uns wahre Horrorgeschichten: Patienten waren in der Narkose erstickt, verblutet, vom OP-Tisch gefallen, hatten die falschen Medikamente verabreicht bekommen und die falschen Organe. Dabei wirkte er wie ein vom Feuer geblendetes Tier, das es trotz Angst und Schmerz in den brennenden Stall zurückdrängt. Außerdem hörten wir zum wiederholten Male, was Schwestern und Pfleger gesagt, getan, gedacht hatten. Bald kannten wir die Namen der Tagschwester, der Nachtschwester, der Stationsschwester, der Schwesternschülerinnen und der jugoslawischen Putzfrau. Er wurde ärgerlich, wenn wir sie durcheinanderbrachten. Wir erfuhren, daß der Stationsarzt ein Kettenraucher und bereits zweimal geschieden war, wie oft die Bettwäsche gewechselt wurde und wie häufig es Wackelpudding gegeben hatte, wieviel Liter Blut ihm abgezapft wurden und wie viele Spritzen er ertragen mußte. Er brüstete sich mit seiner Selbstbeherrschung in den kritischsten Momenten, und er senkte den Daumen über die vielen Memmen unter den Patienten.

Es war zum Verrücktwerden, abgesehen davon, daß er uns alles schon mehrfach bei unseren Krankenhausbesuchen erzählt hatte. Ich kannte Opa nicht wieder. Sie mußten ihm irgendeine Droge verpaßt haben, die ihn in diesen geschwätzigen Greis verwandelt hatte. Im allgemeinen hielt er seine seelischen Dramen gut unter Verschluß. Kaum ein Wort über die harte, wenn auch nur kurze Kriegsgefangenschaft, keine Silbe über die langen eisigen Winter in Rußland und nur selten ein Wort über den Verlust seines Sohnes.

Im Krankenhaus hatten wir für das Gerede über seine Krankheit und alles, was damit zusammenhing, Verständnis gezeigt, und Oma war ganz dienende Demut. Aber nun reichte es ihr allmählich, und der Wetterumschwung lag schon in der Luft. In Omas Gehirn türmten sich Opas Tiraden zu gefährlichen Wolken, und ich wartete gespannt, wann sie sich entladen würden.

Das geschah schneller, als ich dachte, und, wie meistens im Leben, war der Anlaß völlig belanglos. Wir saßen beim Freitagskrimi, einer von Omas Lieblingssendungen, vielleicht weil der Kommissar in seiner raunzigen Besserwisserei eine gewisse Ähnlichkeit mit ihrem Hermann hatte. Die Spannung näherte sich gerade dem Höhepunkt, und die Entlarvung des Mörders stand kurz bevor, da krempelte Opa den linken Hemdsärmel auf, deutete auf einen winzigen Bluterguß und sprach halblaut vor sich hin: «Diese Vene haben sie mir total zerstochen.»

Danach konnte man den Kommissar nur noch bruchstückweise verstehen. Oma war aufgesprungen und machte ihren Hermann zur Schnecke. Wie ein wütendes Kind mit Sand schmeißt, warf sie ihm wahllos an den Kopf, was ihr gerade so durch den Sinn schoß, und, ich traute meinen Ohren nicht, landete bei der schönen Toni und diesem Affentheater, das er mit dieser im übrigen sehr netten Person gemacht hätte. Sie gab ihm nicht die geringste Chance zur Verteidigung, so daß ihm, um sie zum Schweigen zu bringen, gar nichts anderes übrigblieb, als aufzustehen und das Zimmer zu verlassen. Er tat es mit Würde.

Großmutter verstummte, sah mich etwas verlegen an und sagte: «Ist doch wirklich wahr.»

Am nächsten Morgen herrschte noch immer dicke

Luft. So beschloß ich, diesen Tag woanders zu verbringen. Schließlich war ich ein Gemeinschaftskind.

Ein Abstecher zu Tante Irmchen war fällig, denn sie hatte gerade sehr interessanten Besuch. Ihr Exmann oder -lebensgefährte, so genau wußte das niemand, war bei ihr zu Gast. Dieser völlig unerwartet aufgetauchte Onkel, ein stämmiger, kurzhaariger, wohlbeleibter, freundlicher Amerikaner aus Oklahoma oder so, brachte überraschend eine Zeit aus Tante Irmchens Leben ans Tageslicht, die sie bisher nur selten erwähnt hatte. Zu meinem Erstaunen fing sie sogar an, davon zu schwärmen. Er tätschelte ab und zu liebevoll ihre Hand, nannte sie sein good girl und erzählte von dem Ort, wo sie sich durch Zufall kennengelernt hatten, nämlich irgendeinen Grenzübergang von der englischen in die amerikanische Zone.

So machte ich mich auf den Weg zu Tante Irmchen. Der Bus war wie immer überfüllt, ein knurrender Schäferhund blockierte noch dazu den Einstieg.

«Wem gehört eigentlich diese Töle?» rief der Busfahrer durchs Mikrophon. Ein etwa achtjähriger Junge erhob sich von seinem Sitz, auf dem er sich herumgefläzt hatte, und zerrte das Tier am Halsband vor seine Füße, was sichtliches Unbehagen bei den Mitfahrenden auslöste. «Arschloch», sagte der Junge laut, wobei offenblieb, wen er damit meinte. Ich betrachtete den Jungen voller Abscheu. Mit so was sollte ich mich womöglich in Zukunft als Lehrerin herumschlagen.

Auf dem Marktplatz drängte sich das Volk. Am

Kiosk fiel mein Blick auf die Überschriften der Zeitungen. In der DDR schien ja wirklich allerhand los zu sein. Na, meinen Segen hatten sie. Obwohl die Grenze nur zweihundert Kilometer entfernt war, hatte ich nie das Verlangen gespürt, diesen Teil Deutschlands kennenzulernen. Selbstverständlich war ich mit der Klasse schon in Frankreich und Italien, ja sogar in Griechenland gewesen, aber nach Sachsen, Thüringen oder Brandenburg zog es mich überhaupt nicht. Auch wenn meine verschollene Mutter aus der Zone stammte und mich die Vorgänge in der DDR vielleicht mehr betrafen, als ich wahrhaben wollte.

Ehe ich diesem Gedanken weiter nachgehen konnte, entdeckte ich vor mir eine vertraute Gestalt. «Klaus!» rief ich. Er drehte sich nur kurz nach mir um, winkte mir zu und verschwand im Warenhaus. Ich folgte ihm. Natürlich nur, um ein wenig darin herumzuschlendern, und nicht etwa, um ihn zu treffen. Schon als Kind war ich gern durch die Abteilungen gestromert und hatte den Leuten zugesehen, wie sie sich Parfum auf den Handrücken tupfen ließen, Mützen und Hüte aufprobierten und wie dicke Mamis, in zu enge Röcke gezwängt, begleitet von den entzückten Ausrufen der Verkäuferinnen, sich wohlgefällig vor dem Spiegel drehten. Ich hatte winzige Knöpfe wie Sand durch meine Finger rieseln lassen und in den Billigangeboten herumgewühlt. Inzwischen war der Reiz nicht mehr ganz so stark, aber noch immer groß genug, um sich mit anderen Kunden ein Wundermittel anpreisen zu lassen und über die Sprüche des Verkäufers zu lachen. Während ich in der Lebensmittelabteilung an einer Weinprobe nippte, entdeckte ich Klaus auf der Rolltreppe. Er sah mich nicht, und ich konnte mich ihm auch nicht bemerkbar machen. Und diesen Affen hatte ich mal geliebt! Mißmutig verließ ich das Warenhaus. Ich bog in die Straße ein, die zu Tante Irmchen führte. Ein halbstarker Skateboardfahrer umkurvte mich. War man denn vor diesen Blagen nirgends sicher? Ich schnauzte ihn derartig an, daß er das Gleichgewicht verlor und das Brett ohne ihn davonrollte.

Bei Tante Irmchen kam ich, was die Stimmung anging, vom Regen in die Traufe. Sie trauerte ihrem plötzlich abgereisten Ami nach. Denn jetzt, nach einer schlaflosen Nacht, war ihr klargeworden, was sie sich nie eingestanden hatte: Er war die große Liebe ihres Lebens gewesen.

«Aber du hast doch so gut wie nie über ihn gesprochen», sagte ich verwundert. Tante Irmchen mit dem zu seinen Ehren besonders aufgeplusterten Haar, das wie ein gefüllter Kohlkopf aussah, putzte sich die Nase. «Ach, Kind, man latscht im Leben an so vielen Paradiesen vorbei und merkt erst hinterher, daß es welche waren.» Die Schleusen waren geöffnet, die Dämme gebrochen, die alten Geschichten strömten dahin, daß mir ganz schwindelig wurde.

So verzog ich mich ziemlich schnell mit einer fadenscheinigen Ausrede und schaute bei Tante Leonie herein. Die Vertraute einsamer Stunden schien darüber nicht sehr erfreut. Sie hatte Besuch. Onkel Ludwig war da und jemand, den sie und der Onkel noch aus den legendären Zeiten als Revoluzzer kannten. Er hieß Harry Hesse und war vom Fernsehen. Beide Männer stritten sich gerade heftig über die Situation in der DDR, die nach Ansicht von Harry Hesse von uns mit äußerstem Fingerspitzengefühl behandelt werden müsse. Die DDR sei schließlich ein souveräner Staat, und wir hätten kein Recht, uns einzumischen. Er rechtfertigte sogar die Mauer – «in gewisser Weise natürlich nur, lieber Ludwig».

Das brachte meinen Onkel in Wut. «Und die Menschen, die Menschen!» rief er aufgebracht. Er hatte es an diesem Nachmittag sehr mit dem Menschlichen, und ich war stolz auf ihn. Natürlich gaben sie Tante Leonie und mir nicht die geringste Chance, uns an dem Gespräch zu beteiligen. Wenn wir was dazu sagten, hörten sie gar nicht hin, so hatten sie sich in ihren Streit verbissen.

Mir blieb genügend Zeit, diesen Fernsehreporter in Ruhe zu betrachten. Er war salopp, aber teuer gekleidet, trug einen kostbaren Seidenschal im offenen Hemd und war ein ausgesprochener Sitzriese. Seine Augenbrauen waren wesentlich dichter als sein Haar, und seine Ohren kleiner als sein Mund, aus dem dekorativ eine Pfeife hing. Seine verräucherte Stimme gefiel mir. Aber noch mehr gefiel mir seine Prominenz. Ein Mann vom Fernsehen war mir bisher noch nicht begegnet, und ausgerechnet ihn hatte mir Tante Leonie bis jetzt unterschlagen.

Endlich nahm das Gespräch eine andere Wendung.

Das Schlimmste schien überstanden. Tante Leonie und ich sahen uns erleichtert an. Aber nun sprachen die beiden mit verklärten Gesichtern von ihrer Zeit in der Kommune, damals in diesen herrlich wilden Jahren, und waren wieder nicht zu stoppen. «Direkt romantisch, unsere verrottete Villa», sagte Harry Hesse. «Und erst der Garten», sagte Onkel Ludwig. «Gab es nicht sogar eine Nachtigall, die leider in einer Mondnacht gegen die Fensterscheibe knallte?»

«Auf dem Tonband war sie noch zu hören», sagte Harry Hesse. Dann redeten sie von ihren Sit-ins und Teach-ins und Happenings und von der Spannung während der Demonstration, ob ein Wasserwerfer eingesetzt würde. Onkel Ludwig nahm die Polizei in Schutz: «Eigentlich waren die Jungens von unserer Wache nebenan ganz nett. Weißt du noch, wie sie einmal nach dem Getümmel, als wir wieder zu Hause waren, ihre Köpfe durchs Parterrefenster steckten und seufzten: ‹Mann, das war wieder ein Tag. Habt ihr für euren Freund und Helfer in Uniform nicht wenigstens mal ein kühles Bier?›»

Harry Hesse sprach von den Idealen, die sie gehabt hätten, und der Onkel vom Top Ten und den Beatles und den Rolling Stones.

«Wetten, daß du Karl Marx nie gelesen hast», sagte Harry Hesse herausfordernd.

«Du etwa?» tat der Onkel erstaunt. «Deine Lieblingslektüre war doch Donald Duck, wenn ich mich recht erinnere.»

Man sah es Tante Leonie an, daß sie geladen war. Es hatte gerade in ihrem Salon, wie sie mir zwischendurch in der Küche erzählte, ein Riesentheater mit einer Kundin gegeben, und sie war deshalb sehr auf unser Mitgefühl erpicht. Der ganze Salon war zur Salzsäule erstarrt, als die Frau unseres Bundestagsabgeordneten aus völlig unerfindlichem Grund nach dem Färben in Resedagrün erstrahlte. Die Worte, die diese Dame in ihrer Erregung von sich gegeben hatte, waren sogar für die beiden munteren, abgebrühten Azubis völlig neu. «Die reinste Fäkalsprache», versicherte mir Tante Leonie. «Und so was vertritt die Bürger im Parlament.» Trotzdem blieb es eine für sie kaum zu verkraftende Blamage.

Ein paarmal versuchte sie, dem Gespräch eine andere Wendung zu geben – vergeblich. So machte sie schließlich gute Miene zum bösen Spiel und ließ die beiden weiterquatschen. Auch ich hielt den Mund, was mir schwerfiel, da ich ihn schon den ganzen Tag mehr oder weniger hatte halten müssen.

Meine Tante tat mir leid. Bestimmt hatte sie sich von diesem Nachmittag etwas anderes versprochen. Jedenfalls war sie sehr herausgeputzt und sah recht apart aus. Ein enger schwarzer Rock schmiegte sich um ihre schmalen Hüften, und sein plissierter Saum umwedelte ihre wohlgeformten Knie. Ihre Gelenke klirrten vor Modeschmuck, und lange, schwere Ohrringe baumelten fast bis auf die Schultern. Ihr schwarzes Haar war in einer Art Zopf auf den Kopf gepflanzt und wurde von etwas Glitzerndem festgehalten.

Die beiden Männer waren jetzt bei den Mädchen ihrer Kommune angelangt, und Harry Hesse sagte zu Onkel Ludwig: «Ich hatte mir immer eingebildet, du und Reni, ihr würdet mal ein Paar werden, so liiert, wie ihr damals wart.»

«Sind wir aber nicht», sagte Onkel Ludwig locker. «Übrigens, meine Nichte ist Renis Tochter.»

Harry Hesse starrte mich verdutzt an, fand aber schnell die passenden Worte und meinte, das hätte er sich ja denken können, bei *der* Ähnlichkeit. Er begann mich sogleich intensiv in ein Gespräch zu verwickeln, aber das ging Tante Leonie dann über die Hutschnur. Ehe ich so richtig loslegen konnte, sah sie bedeutungsvoll auf ihre Uhr und erinnerte mich daran, wie spät es schon geworden war und daß meine Großeltern sich vielleicht Sorgen machen könnten. Ich merkte zwar sehr genau, daß diese arme, liebesbedürftige, an der Grenze des Greisenalters stehende Tante mich nur loswerden wollte, aber ein paar zu hastig getrunkene Whiskys hatten mich in eine sentimentale Stimmung versetzt. Voller Rührung dachte ich an meine armen alten Großeltern, die sich womöglich um mich ängstigten, Tante Irmchens Spruch im Gedächtnis: «Überall lauert das Böse.»

So erhob ich mich. Harry Hesse tat zu meiner Überraschung das gleiche. Wie er der nun völlig frustrierten Leonie unter großem Bedauern mitteilte, habe er sich lange nicht mehr so gut unterhalten, aber da wäre ein wichtiger Termin im Sender, und der lag ja leider nicht um die Ecke. Er bot an, mich zu Hause abzusetzen. Der Umweg sei minimal.

Er öffnete mir galant die Wagentür, ließ mich einsteigen und setzte sich ans Steuer. Bevor er jedoch den Wagenschlüssel herumdrehte, schenkte er mir noch einmal einen bedeutenden Blick und ein gewinnendes Lächeln. «Ganz die Mutter, unverwechselbar.»

Während der Fahrt gab ich in bescheidenem Ton ein wenig an, wie unentbehrlich ich im Augenblick für meine Großeltern wäre.

«So was hört man heute nur noch selten», sagte er lobend, «eine Enkeltochter, die sich so rührend um die Großeltern kümmert.»

Aber da waren wir auch schon an Opas Haus angelangt.

«Ich hoffe, man sieht sich bald mal wieder.» Er gab mir sogar einen Handkuß, ehe er davonfuhr. Ich sah ihm nach. Sollte dieser interessante Mann etwa ein Auge auf mich geworfen haben?

Fröhlich vor mich hinsummend, betrat ich das Haus. «Ich bin wieder zurück!» rief ich Großmutter zu, die in der Küche herumwirtschaftete. «Es ist etwas später geworden, als ich dachte.»

«Wieso, warst du denn weg?» fragte Oma zerstreut.

Opa fand ich in der Werkstatt. Er malte wie ein Besessener. Ich sah ihm ein Weilchen zu. Aus seiner Leinwand wuchs ein völlig anderes Tier als sonst. «Warum malst du plötzlich Kühe?»

«Warum nicht?» knurrte er. «Deine Großmutter ist

heute sehr nervös», fügte er hinzu. Er wirkte bedrückt. «Glaubst du, daß ich's schaffe?»

«Bestimmt. Ich sehe da keine Schwierigkeiten.» Der arme Opa, er mußte jetzt etwas Tröstliches hören. «Bei deiner Begabung schaffst du's auch mit Kühen.»

«Das meine ich nicht», sagte er unwirsch. «Du weißt ja, ich bin dem Tod noch mal so eben von der Schippe gesprungen.» Ich kraulte ihm ein wenig den Nacken, was er liebte. Ich spürte die Angst, die noch in ihm saß, und hatte auch gleich den passenden Spruch auf der Zunge: «Wir sind alle in Gottes Hand.»

Er malte schweigend weiter. Ich konnte mir nicht helfen, irgendwie hatte die Kuh große Ähnlichkeit mit Oma. Vor mich hinkichernd, ging ich ins Haus zurück und warf im Vorbeigehen einen Blick auf das Hochzeitsgewächs im Wohnzimmer. Die ersten braunen Blätter waren nicht zu übersehen. Der Strauch mußte unbedingt gegossen werden.

# 10

Kurtchen zeigte sich nicht sonderlich beeindruckt von meiner neuen Bekanntschaft, mit der ich ihm hatte imponieren wollen. Wir waren in den letzten Wochen gute Freunde geworden, und er hockte viel bei uns herum. Opa nannte ihn «einen feinen Jungen», der einzige, der für seine schwere Krankheit und ihre Folgen Verständnis hatte. Auch zeigte Kurtchen großes Interesse an Opas Bildern, die, wie er sagte, eine starke Faszination ausstrahlten, worauf ihm Opa sofort sein Lieblingsbild, das düster blickende, große Schaf der Achtundsechzigerperiode, schenkte. Ich hoffte im stillen, daß Kurtchen nicht nur wegen Opas Malerei und Omas guter Küche zu uns kam. Aber seine Absichten waren nie so leicht zu durchschauen und änderten sich von einer Minute zur anderen. Mal belauerte er mich förmlich mit seinen Blicken und berührte mich bei jeder Gelegenheit wie unbeabsichtigt, so daß ich ganz verlegen wurde, um mich beim nächsten Besuch völlig links liegen zu lassen und mit Opa ernste Männergespräche zu führen. Oder er erzählte mir von irgendwelchen Freundinnen, an denen bei ihm kein Mangel herrschte. Auch mäkelte er gern an «Mom und Pa» herum, wie er seine Eltern nannte, und bezeichnete sie gelegentlich sogar als halbe Faschisten, was ihn aber nicht hinderte, kräftig abzukassieren. Ich machte ihn auf diesen Widerspruch aufmerksam. Er wollte davon nichts hören. «Was spricht dagegen? Ich bin ja nun mal der Sinn ihres Lebens.»

Ich hatte mich von Kurtchen breitschlagen lassen, seiner Wirtin nach einem Krankenhausaufenthalt zu helfen. Mich lockte das Geld. Bei Opa war die Hilfe im Haushalt eine unbezahlte Selbstverständlichkeit. Dazu war die Stimmung im Hause Petersen immer noch recht trübe, und ich war froh, mal rauszukommen. Großmutter unterstützte Kurtchens Vorschlag, aber Opa widersprach ihr heftig: «Als wenn's hier nicht genug zu tun gäbe.» Ich sprach auch mit Onkel Ludwig darüber. Er stimmte Großmutter zu. «Geldverdienen ist immer vernünftig. Das erzieht zur Selbständigkeit.»

«Dann ist es ja gut», sagte ich, etwas enttäuscht, daß meine nur so nebenbei erwähnte knappe Kasse auf kein Echo bei ihm stieß und auch mein diskreter Hinweis auf Kurtchens großzügige Eltern nichts bewirkte.

«Du sprichst neuerdings viel von diesem jungen Mann», war alles, was er sagte. Dann fragte er sehr direkt: «Na, hast du Feuer gefangen?» Er musterte mich prüfend.

«Wie kommst du denn darauf!» rief ich und wurde rot.

«Ach ja, Liebe ist eine Himmelsmacht», seufzte der

Onkel. «Aber sie kostet auch verdammt viel Zeit, die man nützlicher verbringen könnte.»

«Zum Beispiel auf dem Flohmarkt», sagte ich.

«Vielleicht.» Der Onkel lächelte. Er schleppte mich mit Vorliebe dorthin und beugte sich verzückt über jeden verbeulten Kochtopf.

Zwei Tage später machte ich mich auf den Weg. Vorher hatte Opa noch ordentlich Dampf abgelassen. Es paßte ihm nicht, daß ich mich «dieser Adligen» angedient hatte. Und überhaupt, anderen Leuten den Dreck wegmachen, das habe seine Enkeltochter nun wirklich nicht nötig.

«In England hättest du nichts dagegen gehabt», sagte Oma. «Wenn du pünktlich sein willst, mußt du jetzt los, Friedchen.»

Kurtchens Wirtin, eine echte Baronin, wohnte in der Handkuß-Kolonie, wie die kleine Siedlung am Stadtrand bezeichnet wurde. Das Städtchen hatte sich im Lauf der Jahre zu einer Stadt aufgeplustert und scharrte sich immer weiter in die Landschaft hinein. Auch Opas früher so abgelegenes Häuschen war inzwischen von Nachbarn umgeben. Großvater beklagte sich oft darüber. «Man sieht ja vor lauter Häusern kaum noch den Fluß.» Und er jammerte der schönen Zeit nach, als er mit seinem Friedchen noch zum Angeln ging und kaum etwas zu hören war außer dem Gequake der Frösche und dem Muhen der Kühe.

Damit war es endgültig vorbei. Wenn nicht gerade die Düsenjäger am Himmel Haschen spielten, brummten Rasenmäher, winselten Bohrmaschinen und jaulten Radios durch die Gärten.

In den bescheidenen Reihenhäuschen einer Siedlungsgesellschaft hatten sich vorwiegend adlige Pensionäre zusammengefunden. Sie traten meist in Gruppen auf, hatten laute Stimmen und trugen Sommer wie Winter Lodenmäntel. Sie schienen untereinander alle irgendwie verwandt zu sein, denn sie redeten sich in den Geschäften mit ihren Spitznamen wie Mops, Fips und Putzi an.

Auf dem Weg zur Siedlung trat ich kräftig in die Pedale. Trotzdem empfing mich Kurtchen an der Haustür mit ziemlich finsterem Gesicht. «Noch später ging's wohl nicht», fuhr er mich an. «Sollen die Patienten deinetwegen warten?» Und seine Stimme erinnerte mich an die von Großvater, wenn er in Rage war.

«Sei froh, daß ich überhaupt gekommen bin», fauchte ich zurück. «Und außerdem find ich mich schon allein zurecht. Du brauchst hier nicht das Kindermädchen zu spielen.»

Genau das tat er. Nachdem er mich Frau von Reinersberg vorgestellt hatte, drängte er mich in die Küche und gab mir genaue Anweisungen. «Das Gulasch braucht nur aufgewärmt zu werden, und Reis wirst du ja wohl kochen können.» Er gab mir einen Zettel. «Hier stehen die Einkäufe drauf. Vor dem Essen gehst du mit ihr an die frische Luft.» Sein Gesicht bekam den Ausdruck einer besorgten Mutter, die durch widrige Umstände gezwungen ist, ihren kleinen Liebling einem wildfremden Babysitter anzuvertrauen. «Vorsicht mit der Treppe. Die Stufen sind schon etwas bröcklig. Und daß sie sich warm anzieht. Frau von Reinersberg hat gerade eine Grippe hinter sich. Und paß auf, daß sie nicht von einem der riesigen Köter umgerannt wird. Die gibt's hier zu Dutzenden.»

«Solange es keine Elefanten sind», witzelte ich. Kurtchen verzog keine Miene. Wie humorlos er war. «Ich denke, du hast es so eilig», sagte ich unwirsch.

«Hab ich auch. Ich müßte längst weg sein.» Er verabschiedete sich hastig von der Baronin und verließ uns.

Frau von Reinersberg wirkte erleichtert. «Nun haben wir unsere Ruhe. Kurtchen ist ein sehr bestimmender junger Mann.»

«Er ist besorgt um Sie.»

«Ich weiß. Aber manchmal übertreibt er's wirklich. Gnade mir Gott, wenn ich meine Übungen nicht gemacht habe. Dann wird er richtig autoritär.» Sie lachte. «Kurtchen ist ein Einzelkind, wie es im Buche steht, und immer über Kreuz mit seinen Eltern. Zugegeben, sie sind reichlich konservativ und haben ihre starren Ansichten. Kurtchen will natürlich ganz anders leben und auf keinen Fall so werden wie sie. Dabei ist er ihnen ähnlicher, als er denkt. Seine Vorurteile sind auch nicht intelligenter, nur anders. Bei den Damen ist er übrigens sehr beliebt.» Sie sah mich listig an. «Ein ständiges Kommen und Gehen.»

Es wurde ein vergnüglicher Vormittag. Trotz ihrer Behinderung strahlte meine Brötchengeberin gute

Laune aus. Sie hatte gerade ihre zweite Hüftoperation hinter sich und war kurzerhand der Rehabilitationsklinik entflohen.

«Vier Betten, vier Telefone, dazu ein rund um die Uhr laufender Fernseher mitten im Zimmer. Da helfen weder Ohropax noch eine Augenbinde. Mag sein, daß das Reglement früher in den Krankenhäusern zu streng war, aber jetzt muß man taub und blind zugleich sein und robust wie ein Pferd, wenn man die Unruhe und die ständige Geräuschkulisse einigermaßen überstehen will.»

Frau von Reinersberg ermunterte mich, öfter mal eine Pause zu machen, und erzählte mir eine Menge aus ihrem Leben. In den fünfziger Jahren hatte sie in den merkwürdigsten Berufen gearbeitet, davon mehrere Monate als Tanzlehrerin. «Damals gab es ebenso viele Arbeitslose wie jetzt, nur waren sie schlechter dran. Nicht zu vergleichen mit den sozialen Leistungen von heute. Damals konnte man noch von der Krankenkasse ausgesteuert werden und mußte sehen, wie man rumkam.»

Sie war verheiratet gewesen, aber die Ehe hatte nur kurz gedauert. «Sie hatte wohl nicht den richtigen Sound, wie Sie es heute nennen würden», meinte sie vergnügt. «Er war ein blendender Geschäftsmann, ein richtiger Wirtschaftsboß. Unser Haus war voll mit all dem Wohlstandsklimbim – Madonnen, kostbaren Waffen und Geschnitztem aus exotischen Ländern, eben mit allem, was damals als schick galt, mich inbegriffen, das arme adlige Flüchtlingsmädchen, das man noch im rechten Augenblick von der Straße geholt hatte, wie er den Freunden zu vorgerückter Stunde zuzuflüstern pflegte. Als ich mich scheiden lassen wollte, blieb er ganz gelassen. ‹Mit Schwund muß man eben rechnen›, war sein einziger Kommentar. Er hat dann sehr schnell wieder geheiratet, eine Gräfin. Aber er hat mir noch großzügig eine Ausbildung als Fremdsprachenkorrespondentin bezahlt.»

Frau von Reinersberg erzählte nicht nur von sich, sie zeigte auch großes Interesse an meinem Leben. Als die Sprache auf meine verschollenen Eltern kam und meine Stimme schon aus reiner Gewohnheit leicht zu zittern anfing, machte das wenig Eindruck auf sie, und sie fragte, wie genau ich mich denn noch an sie erinnern könne. «Vieles hat man Ihnen sicher erst hinterher erzählt, und jetzt denken Sie, es sind Erinnerungen. Genau besehen, hat es das Schicksal mit Ihnen sehr gut gemeint. Wer ist schon in seiner Kindheit von so vielen lieben Menschen betütelt worden.» Sie sah mich prüfend an. «Ihr Lieblingsonkel ist wohl dieser Ludwig?»

Ich ließ die Frage unbeantwortet. Ich verspürte wenig Lust, meine komplizierten Gefühle für Onkel Ludwig zu offenbaren. Ich kam lieber auf ihren Fernseher zu sprechen, dessen ehrwürdiges Alter mir beim Staubwischen aufgefallen war. Von einem neuen Apparat wollte die Baronin entschieden nichts wissen. Denn er war wie fast jedes Stück in ihrer Wohnung eng mit einer Episode ihres Lebens verknüpft, und deshalb hing sie nun mal an ihm. Auch die beiden Cocktailsessel hatten ihre Geschichte. Sie waren eine Entdeckung aus dem Sperrmüll. Da sie nicht beide zugleich in ihre Wohnung schleppen konnte, hatte sie einen jungen Mann, wie sie auf der Jagd nach brauchbaren Stücken, gebeten, sich so lange, bis sie wieder zurück war, auf den anderen zu setzen, damit ihn ihr niemand wegschnappte. Aus dieser nächtlichen Begegnung war eine nette Freundschaft entstanden.

Der Couchtisch wiederum entpuppte sich als Überbleibsel aus ihrer Zeit als Untermieterin bei einer ehemaligen Artistin, bei der auch mehrere Mitglieder einer Transvestiten-Show wohnten. Ach, was hatten die Jungs sie verwöhnt und ihr oft sogar das Frühstück ans Bett gebracht! Auch von den total zerschlissenen Küchentüchern, die noch von der Weihnachtsbescherung eines katholischen Krankenhauses stammten, in dem sie vor dreißig Jahren mehrere Wochen zubringen mußte, wollte sie sich nicht trennen. Sie erging sich in tiefsinnigen Betrachtungen darüber, wie sie die Mischung aus Glockengeläut, der eintönigen Litanei betender Nonnen und dem kräftigen Geruch nach Bohnerwachs genossen hatte. «Und dazu dann noch am Sonntag das Ei und der Bohnenkaffee.»

Für einen Augenblick fürchtete ich, mir schon wieder eine Krankenhausarie anhören zu müssen, aber sie hielt sich nicht lange damit auf, sondern fing an, von ihrer Heimat zu sprechen, der Mark Brandenburg. Ihr Vater war von den Russen auf der Dorfstraße verhaftet und nach Rußland verschleppt worden, aber im Gegensatz zu vielen anderen ein Jahr später wieder aufgetaucht. Wie ein Wunder war das gewesen. Inzwischen hatte man ihre Mutter mit den halbwüchsigen Kindern zwar aus dem Schloß gejagt und Flüchtlinge dort einquartiert, ihr aber dann nach der Bodenreform ein Stück Land zum Bewirtschaften überlassen. Sie tat es recht und schlecht und wollte möglichst schnell nach Westdeutschland überwechseln. Doch der inzwischen zurückgekehrte Baron redete es ihr aus. Ob viel oder wenig Land, Hauptsache, man konnte auf eigenem Acker Kartoffeln und Getreide wachsen sehen. Außerdem war er der festen Überzeugung, daß sich die politischen Verhältnisse bald entscheidend verändern würden. Er schickte sogar seinen ältesten Sohn auf ein Internat in der Bundesrepublik; der mußte sich jedesmal bei Ferienanfang und -ende über die grüne Grenze schleichen. So ging es bis zur Zwangskollektivierung. «Da sind wir dann noch kurz vor dem Mauerbau in den Westen geflüchtet», erklärte die Baronin. Sie hatte noch feste Kontakte nach drüben und pflegte mit einer alten Schulfreundin aus dem Dorf rege Korrespondenz, wobei ihre Meta, was die Verhältnisse in der DDR betraf, kein Blatt vor den Mund nahm.

Ehe ich mich versah, war es elf geworden, und ich hatte noch nicht einmal eingekauft. Ich raste los und kehrte im Eiltempo mit zwei vollen Tüten zurück.

Den von Kurtchen verordneten Spaziergang schien die Baronin nicht gerade zu lieben. «Wir lassen ihn heute einfach ausfallen. Kurtchen hat ja selbst gesagt, das Wetter ist recht kühl. Ich merke die Feuchtigkeit auch in meinen Knochen.»

Ich fuhr jetzt regelmäßig zwei-, dreimal in der Woche zu der Baronin. Kurtchen bekam ich dort selten zu Gesicht. Eines Tages rief die Baronin bei mir an und bat mich händeringend um Unterstützung. «Ich sitze bereits seit zwei Stunden mit Kurtchens Eltern hier», sagte sie mit gedämpfter Stimme. «So langsam geht mir der Gesprächsstoff aus. Erst sind sie ewig in der Stadt herumgeirrt, weil Kurtchen angeblich keine Zeit für sie hatte, und jetzt ist es bereits sieben, und er läßt sich immer noch nicht blicken.» Sie tat einen tiefen Seufzer. «Es ist schon fast tragisch, daß das Produkt, das seine armen Eltern herstellen und das auch Kurtchen ernährt, von ihm so mißbilligt wird.»

«Um alles in der Welt, was ist es denn?» fragte ich, nun wirklich aufs äußerste gespannt. «Etwa Pornofilme?»

Sie verschluckte sich fast vor Lachen. «Viel schlimmer, jedenfalls in seinen Augen. Feuerwerkskörper. Sein Vater ist Pyrotechniker.»

«Bin schon unterwegs», rief ich und zog mich in Windeseile um.

Kurtchens Eltern waren ebenso zarte Geschöpfe wie ihr Sohn und ihre eher leisen Stimmen von Schwermut durchtränkt. Was war denn an einem Feuerwerk so Verwerfliches, daß ihr Sohn nichts damit zu tun haben wollte? Man müsse schließlich auch an die Arbeitsplätze denken, die gerade in ihrer Region besonders knapp seien. Sie sahen uns ratlos an. Sie taten mir leid, und die Baronin meinte tröstend, Kurtchen sei eben noch ein grüner Junge und wisse nicht, was es bedeutet, aus Trümmern etwas aufzubauen.

«Dauernd macht er uns deswegen Vorwürfe und behauptet, daß wir mit diesem Produkt die Oberflächlichkeit der Gesellschaft auch noch unterstützten. Es sei ja erschreckend, wieviel Geld für diese sinnlose Knallerei ausgegeben wird, anstatt es einem sozialen Zweck zuzuführen.» Kurtchens Vater seufzte schwer. Warum dann nicht auch das Auto verbieten? Das richte weit größeren Schaden an. Aber davon wolle der Herr Sohn nichts hören. Ein fahrbarer Untersatz müsse nun mal sein.

Mom und Pa waren etwa in Onkel Ludwigs Alter, aber für die achtundsechziger Zeit und die berühmte Studentenrevolte interessierten sie sich nicht die Bohne. Sie hatten sich bei einem gemeinsamen Hobby kennengelernt, dem Gesellschaftstanz. Sogar Turniere hatten sie bestritten und eine Menge Preise gewonnen. Für Demonstrationen und was dazugehört ging ihnen jedes Verständnis ab. Sie waren sich beim langsamen Walzer nähergekommen. Während sie darüber sprachen, sahen sie sich ganz verliebt an.

Gegen neun Uhr erschien endlich Kurtchen, mit einem Mädchen namens Eva im Schlepptau. Er hatte sie offensichtlich nur mitgebracht, um einer Auseinandersetzung mit den Eltern aus dem Weg zu gehen. Sie war ein ganzes Stück älter als er, was sie durch besonders kindliches Gehabe zu kaschieren versuchte. Das Verhältnis zwischen den beiden hatte bereits das Stadium erreicht, wo Eva, um Konflikte zu vermeiden, Kurtchen möglichst nie widersprach. Sie demonstrierte große Einigkeit, womit das Urteil schon gefällt war. Ich kannte Eva flüchtig. Sie war ein nettes Mädchen, bis auf den fatalen Hang, immer besonders originelle Geschenke machen zu wollen. Eierbecher in Form von glotzenden Porzellankühen, magische Gläser und Pinguine als Kerzenhalter verstaubten in Kurtchens Zimmer. Diesmal hatte sie jedoch ins Schwarze getroffen. Es war ein kleines Monster, für den Kühlschrank gedacht, das jedesmal, wenn man ihn öffnete, zu zappeln begann und «nein, nein, nein!» schrie. Kurtchen war entzückt, sie strahlte. Trotzdem blieb die Stimmung gedrückt, und es kam zu keiner vernünftigen Unterhaltung. Schließlich zogen Mom und Pa traurig wieder ab.

Auch ich wollte mich gerade verabschieden, da klingelte es an der Haustür. «Wer kann das jetzt noch sein?» fragte die Baronin. Kurtchen öffnete die Tür. Hereinspaziert kam ein munteres, schwerbepacktes Mädchen mit einem Schlapphut auf der wilden Mähne und darunter ein puppiges Gesicht. Das mußte die Fotoreporterin Petra sein, von der er mir so viel erzählt hatte. Sie entledigte sich ihrer Ausrüstung und küßte Kurtchen ganz ungeniert ab. Es gab mir einen Stich. «Schmatz, schmatz, schmatz», sagte ich mißbilligend. «Ich hoffe, ihr führt hier keine jugendgefährdende Szene vor.»

Frau von Reinersberg gähnte unmißverständlich, und wir vier verzogen uns in Kurtchens Mansarde. Es wurde ein anregender, wenn auch für mich eher enttäuschender Abend. Denn Petra riß sofort die Unterhaltung an sich, und Neid blähte sich in mir wie Omas Bohneneintopf, als Kurtchen nur noch Augen für sie hatte. Sein offenkundiges Entzücken über ihre spritzigen Geschichten feuerte sie erst so richtig an. Wem war sie nicht schon alles in diesem Beruf begegnet! Tante Irmchen hätte ihre wahre Freude daran gehabt. Jeder dritte Satz von ihr begann mit dem Ausruf: «Ach, ihr habt ja keine Ahnung.»

«Ihr habt ja keine Ahnung, was es für reiche Leute gibt.» Sie ließ ihre wilde Mähne nach vorn fallen und verharrte einen Augenblick lang in Schweigen. Dann teilte sie den Vorhang vor ihrem Gesicht und gewährte uns gnädig Einblicke in das Leben eines dieser exzentrischen Geschöpfe. Es war ein Greis voller Marotten, reicher als König Salomon.

«Wollt ihr wissen, was ich bei dem alles erlebt habe?» fragte sie.

Und Kurtchen rief: «Na klar: alles!»

«Also, das Schloß von dem lag in einem Riesenpark. Man brauchte mindestens eine halbe Stunde vom Tor. Und stellt euch vor, die Taxushecken waren wie Bierfässer geschnitten. Einen Löwenzwinger hatte er auch. Die Viecher haben fürchterlich gebrüllt und die Hunde wie verrückt gekläfft. Es war ein Heidenspektakel. Am Portal sind wir dann aus dem Auto raus. Da standen schon richtige Rausschmeißertypen mit Gummistiefeln und Anoraks, die Taschen ausgebeult von schweren Pistolen, wie im Krimi.»

«Und wie sah's drin aus?» wollte ich wissen.

Petra lachte. «Einfach fürchterlich. Die kostbaren Bilder und die antiken Möbel total verstaubt und verdreckt. Außerdem stank es fürchterlich nach Kohl. Es war so modrig und kalt, daß ich den Mantel anbehalten habe. Nicht mal 'nen heißen Tee haben wir bekommen, nur Coca Cola, und die mußten wir auch noch aus Plastikbechern trinken.» Petra gab zu, daß der Milliardär selbst, trotz seiner viel zu kurzen Hosen und seiner Winzigkeit, beeindruckend gewesen wäre. «Er hatte so was.»

«Geld macht sinnlich», sagte Kurtchen trocken.

Eva stimmte ihm eifrig zu und rief: «Das macht einen doch mal wieder unheimlich betroffen!»

Petra warf Kurtchen einen langen Blick zu und lachte: «Irgendwie hat er mich an dich erinnert.»

«Wie schmeichelhaft», sagte Kurtchen vergnügt. «Darf man wissen, wieso?»

«Viele Damenbekanntschaften. Kein Wunder, daß alle Ehen von diesem Menschen gescheitert sind. Aber das wollte er partout nicht zugeben. Er hat behauptet, die Frauen wären einfach vor seinem Reichtum geflüchtet. Frauen hätten überhaupt lieber Versager. Da könnten sie ihren Muttertrieb so richtig abreagieren und ihre Herrschsucht. Ein erfolgreicher Mann wäre nur vorübergehend attraktiv. Also, nun weißt du, Kurtchen, woher der Wind weht. Macho oder Muttersöhnchen, noch hast du die Wahl. Aber eine große Liebe hat er doch gehabt. Wenn der Fernschreiber auf seinem Nachttisch Kursgewinne verkündete, ist die mit ihm aus dem Bett gesprungen, und sie haben am Flügel mit einer Mozartsonate für vier Hände den Erfolg gefeiert.»

«Verlassen hat sie ihn trotzdem», sagte Kurtchen trocken. «Große Liebe und so ist überhaupt Mist.»

«Sie ist nicht abgehauen, sie ist ganz normal gestorben.»

«Na, doch wohl kaum aus Altersschwäche», erklärte Kurtchen. «Eine Mumie wird sie nicht gewesen sein.»

«Nein, natürlich nicht. Bei einem Autounfall», erklärte Petra und war ganz verdutzt, weil wir so lachten.

«Normal!» Kurtchen ging zum Kühlschrank. «Darauf muß ich was trinken.» Er öffnete ihn, und das kleine Monster fing auf der Stelle an, zu zappeln und zu schreien: «Nein, nein, nein!»

Ich sah auf die Uhr. «Ich muß nach Hause, ehe Großvater womöglich auf den Gedanken kommt, die Baronin aus dem Schlaf zu klingeln und zu fragen, wo ich bleibe.»

«Aber eins muß ich noch schnell erzählen!» rief Petra. «Wißt ihr, was ich noch entdeckt habe? Einen Münzfernsprecher, denn daß seine Gäste und das Personal womöglich auf Kosten des Hauses telefonierten, das kam natürlich überhaupt nicht in Frage.»

Kurtchen brachte mich zur Haustür. Mit seinem blonden Zopf und dem gestärkten Blümchenhemd, das ich ihm auf Anordnung der Baronin gebügelt hatte, sah er richtig süß und ein bißchen wie der junge Mozart aus. Seine Augen glitzerten, als wir uns verabschiedeten. Ein Kuß von der gepfefferten Sorte lag in der Luft. Ein ständiges Kommen und Gehen, hatte die Baronin gesagt. Instinktiv trat ich zurück und fiel in mein Fahrrad. Die Klingel gab einen scheppernden Laut von sich. Kurtchen lachte: «So ist es nun mal, Friede Petersen. Tugend will ermuntert sein.»

Er verschwand im Haus, ohne mir beim Aufstehen zu helfen.

## 11

Es war nicht zu übersehen, daß Kurtchen mit dieser Petra ein dickes Verhältnis hatte. Wann immer es ihr paßte, quartierte sie sich ganz ungeniert bei ihm ein. Die Baronin störte es nicht. Nur in der Handkuß-Kolonie machte man sich hinter vorgehaltener Hand gegenseitig auf die losen Sitten aufmerksam, die bei dieser Standesgenossin offensichtlich eingerissen waren.

Ich sprach mit Onkel Ludwig darüber. Der schüttelte nur den Kopf. «Über was sich die Leute so aufregen.»

«Und wenn ich nun an Petras Stelle wäre?» fragte ich etwas enttäuscht; ein bißchen Entrüstung hätte mir in diesem Falle gutgetan.

«Genau dasselbe, ich würde mich raushalten. Schließlich bist du erwachsen.»

Das vergaß er völlig, als ich ihm von meinem bevorstehenden Date mit Harry Hesse erzählte. «Er will todschick mit mir essen gehen.»

Der Onkel fuhr richtig zusammen. «Wie kommt dieser Wichtigtuer eigentlich dazu, mit meiner minderjährigen Nichte etwas anzufangen?»

Ich erinnerte ihn in ruhigem Ton daran, daß ich a) erwachsen und b) der Ausdruck «anfangen» unangemessen wäre. «Dazu gehören ja wohl immer noch zwei. Ich dachte, ihr seid Freunde aus uralten Zeiten.»

Das Wort «uralt» gefiel ihm nicht. «Du sprichst, als hätten wir noch die Steinzeit erlebt, und richtig befreundet, so wie ich mit deinem Vater, waren wir nicht. Ich fand ihn schon während des Studiums einen ziemlichen Spinner. Nicht runterzukriegen von diesen verquasten Heilslehren. Deine Mutter hatte er damals regelrecht damit angesteckt. Zum Schluß lief sie auch nur noch wie eine graue Maus in Parka und Jeans oder Latzhose herum. Und wie entzückend hatte sie im Minirock ausgesehen.» Er lachte vor sich hin. «Natürlich hatte er es sehr mit der Emanzipation, aber um jede noch so kleine Hausarbeit hat er sich gekonnt gedrückt. Ich glaube, er ist bei uns nur ausgezogen, weil er einmal in der Woche die Badewanne scheuern mußte. Wir haben uns dann viele Jahre aus den Augen verloren. Jetzt ist er Auslandskorrespondent bei einem Sender, ‹Unser Mann aus Honolulu› oder sonstwoher, und hat das Gefühl, der Nabel der Welt zu sein.»

Ich war auf einmal bester Laune. «Na, dann will ich mal wieder. Du hast mich richtig neugierig auf diesen Menschen gemacht. Es wird bestimmt ein interessanter Abend.» Daraufhin entblödete sich mein Onkel doch tatsächlich nicht, mir mit Opa zu drohen. Der würde mir das bestimmt verbieten.

«Wer sich in andere Sachen mischt ...», sagte ich

fröhlich. «Ich will dir nun nicht länger lästig fallen. Auf Wiedersehen!»

Trotz gewisser Vorbehalte gegenüber Petra fand ich sie ziemlich nett und versuchte, sie vorsichtig über Kurtchen auszuhorchen. Sie gab sich völlig locker. «Große Liebe und so ist nicht. Wir mögen uns halt ganz gern.» Sie sah mich an. «Warum fragst du?»

«Ach, nur so», sagte ich verlegen. Dann fragte ich sie, was sie von Kurtchens Charakter halte, und sie meinte, der sei ihr ziemlich schnurz. Aber es wäre sicher gut, wenn ich Wert auf so was legte. Dabei sollte ich unbedingt bleiben. Dann könnte ich mir nicht so schnell die Finger verbrennen, was sie, ehrlich gesagt, ganz gern täte. Ein Leben ohne Risiko sei stinklangweilig.

Wir drei sahen uns jetzt ziemlich häufig und gingen nach Kurtchens Dienst öfter gemeinsam essen, so auch nach meinem Besuch bei Onkel Ludwig. Nun liebte es Kurtchen, sich über vieles Gedanken zu machen, über das Ozonloch, das Waldsterben, über Atomkraftwerke, über aussterbende Tierarten. Heute war es das Liebesleben der Wühlmäuse, um das er sich sorgte. Was ginge wohl in diesen armen Geschöpfen vor, wenn ihr Revier plötzlich von einer Autobahn durchschnitten würde, so daß es ihnen nicht mehr gelang, sich zu der oder dem Geliebten auf der gegenüberliegenden Straßenseite durchzuwühlen.

Petra sah ihn mißbilligend an: «Deine Sorgen möchte ich haben. Du solltest dir lieber mehr Gedanken über die verdammte Mauer machen und mehr Interesse für getrennte Menschen als für getrennte Wühlmäuse zeigen. Was in der DDR im Moment passiert, ist einfach unglaublich, aber eure Unkenntnis über den zweiten deutschen Staat ist erschütternd.» Sie wandte sich mir zu. «Ich denke, deine Mutter stammt von dort und auch die Mutter von deinem Onkel Ludwig. Oder habt ihr keinen Bock auf die Brüder und Schwestern von drüben?»

«Nicht mehr und nicht weniger als du ‹Republikflüchtling›», sagte Kurtchen. «Jedenfalls machst du nicht gerade den Eindruck, als ob dir die Probleme deiner früheren Heimat noch sehr nahegingen.»

«Das hat Gründe», sagte Petra. «Davon verstehst du nichts.»

Auch ich wollte Petras Vorwurf nicht auf mir sitzen lassen. «Mein Onkel hat immer eine Menge Pakete geschickt. Ich habe ihm oft genug beim Packen geholfen. Aber rübergefahren ist er nur selten. Das Theater an der Grenze hat ihm gereicht. Einmal haben sie ihn sogar vierundzwanzig Stunden festgehalten, er weiß bis heute nicht, warum. Außerdem gehört seine halbe Verwandtschaft zu den ‹Geheimnisträgern›, und er darf sie nicht besuchen.»

«‹Geheimnisträger› ist da fast jeder zweite», klärte uns Petra auf, «woran man mal wieder sehen kann, wie im Sozialismus die Arbeit des kleinen Mannes aufgewertet wird.»

Kurtchen sah grübelnd vor sich hin und fing dann ohne Übergang wieder von seinen Wühlmäusen an, und wie leicht sich dieses vergebliche, verzweifelte Wühlen zu einer Art Romeo-und-Julia-Syndrom entwickeln könne.

Petra lachte. «Dein politisches Bewußtsein ist wirklich total unterentwickelt.»

«Und deins findet wohl mehr auf dem gesellschaftlichen Parkett statt.»

Endlich waren wir bei einem Thema, das mich wirklich interessierte: die Welt der oberen Zehntausend. Petra hatte dort längst den Fuß in der Tür und gab nun ihre Weisheit weiter. Fix und unauffällig müsse man arbeiten, die Kunst des Zuhörens beherrschen, ohne sich vom Thema abbringen zu lassen. «Ihr habt ja keine Ahnung, was diese Leute oft für einen Unsinn quatschen, und alle sind sie glücklich in ihren Beziehungen und lieben ihre Kinder und erregen sich über die Lieblosigkeit in der Welt. Aber am Schluß sind sie fast zu jeder Schandtat bereit, auch wenn sie sich vorher noch so geziert haben. Die würden glatt nackt auf einem Baum posieren, wenn's was für die Publicity bringt. Nur beim Essen darf man sie nicht knipsen. Kein Mensch kann so saublöd sein, wie er aussieht, wenn ihm die Spaghetti aus dem Munde hängen.»

«Einspruch», sagte Kurtchen, der gerade eine Riesenportion davon in sich hineinschaufelte. «Mein Gesichtsausdruck ist durch nichts zu verunstalten.»

Petra geriet in Fahrt. Sie redete und redete, sehr zum Mißvergnügen von Kurtchen, der in seiner beharrlichen Art immer wieder auf die düsteren Zukunftsaussichten der Wühlmäuse zurückkommen wollte. Sie sprach von Dynastien, Stammschlössern, dem Geldadel und was sich alles in diesem gemischten Kreis fürs Leben zusammenfand. Die Hochzeit eines Jet-Set-Grafen hätte mal eben 400 000 Mark gekostet. «Aber wißt ihr, was das Schärfste daran war?» Wir wußten es nicht. «Ich habe eine alte Dame beim Klauen beobachtet. Sie betrachtete sich den Geschenkeberg von allen Seiten, fischte sich seelenruhig ein silbernes Kaffeekännchen und eine Zuckerdose heraus und ließ sie in ihrem Beutel verschwinden. Als sie meine entgeisterten Blicke sah, hat sie gelacht und erklärt: ‹Ich bin keine Kleptomanin, ich bin die Patentante des Bräutigams. Aber wenn ich das hier so sehe, ist mein Familiensilber völlig überflüssig. Da genügt ein Salzfäßchen.›»

Danach kam Petra auf Hundehotels zu sprechen, die überaus luxuriös ausgestattet seien, mit Kamin, Fernseher, Himmelbett und was sonst noch so zu dem Lifestyle eines exklusiven Hundes gehört. Da hätte es auch einen wahnsinnig süßen Pekinesen gegeben, den hätte sie am liebsten mitgenommen, inklusive Brillanthalsband.

Sie saß mir gegenüber, die Dame mit der Hand am Puls des Lebens, mit ihrem vergnügten Was-kostet-die-Welt-Gesicht und den dicken blonden Haaren, und brachte in ihrer lustigen, spöttischen Art Kurtchen mal wieder in Fahrt, so daß er seine Wühlmäuse und die geliebten Spaghetti vergaß und gehorsam für sie sprang. «Ach, Kurtchen, meine Jacke aus der Garderobe, bitte.

Irgendwie zieht's hier. Kannst du da hinten das Fenster schließen? Sei so nett und hol mir noch eine Schachtel Zigaretten.»

Ich fühlte mich in ihrer Gegenwart mehr und mehr wie ein dahinwelkendes Mauerblümchen. Niedergeschlagen starrte ich vor mich hin.

«Was ist?» fragte Kurtchen mit einem kurzen Seitenblick, während er Petra beflissen Feuer gab. «Du machst ein Gesicht, als wenn dir der Wein nicht bekommen wäre.»

«Mir ist gerade was eingefallen. Ich hab total vergessen, Harry Hesse anzurufen. Wir sind übermorgen zum Essen verabredet.»

«Ist es die Possibility?» sagte Kurtchen, ohne seine Augen von Petra zu lösen.

«Ah, der Kollege vom Fernsehen. Wie nett», sagte Petra. Die Wirkung, die ich mir von dem Namen versprochen hatte, verpuffte. Erst als wir aufbrachen, fragte Petra plötzlich, woher ich denn Harry Hesse kenne. Irgendwie wäre das ja ein toller Typ. Dann versprach sie mir, wenn es sich einrichten ließe, mich zu einer Prominentenparty mitzunehmen, damit ich hier mal rauskäme.

Wir gingen zu Kurtchens Auto. Es war nicht gerade ein billiges Modell. Ich lobte seine großzügigen Eltern, aber er unterbrach mich. «Wofür sind Eltern sonst da?» Kurtchen ließ uns einsteigen. «Da mach dir mal keine Gedanken.»

Die machte er sich viel mehr um Opa, der wieder mal

angekündigt hatte, demnächst endgültig und für immer die Arbeit an den Nagel zu hängen. Schließlich wäre er Anfang Siebzig. Kurtchen befürchtete bei meinem Großvater den Rentnerschock mit unabsehbaren Folgen.

Tante Leonie wurde ganz wild, als ich ihr später davon erzählte. «Rentnerschock? Ich kann das Gejammere der Männer über den Ruhestand nicht mehr hören. Gott, was nehmen die sich wichtig. Wie wir Frauen damit fertig werden, läßt sie doch völlig kalt. Wenn ich mein Geschäft mal aufgebe, interessiert das kein Schwein.»

«Ein Schwein vielleicht nicht, aber mich schon.» Ich gab ihr einen Kuß.

Bevor er mich bei den Großeltern absetzte, kam Kurtchen überraschend auf meine Einladung zurück. «Was willst du bloß mit diesem rasenden Reporter? Ich halte das für keine gute Idee. Der ist doch ein Opa neben dir und bestimmt verheiratet.» Er hatte zur Abwechslung seine väterliche Platte aufgelegt und besah sich daher mißbilligend meine lila Fingernägel. Auch über meine steigbügelartigen lila Ohrclips zu den passenden lila Schuhen, die ich mir von meinem selbstverdienten Geld geleistet hatte, schüttelte er den Kopf. «In letzter Zeit siehst du ziemlich schrill aus», stellte er fest. «Ist denn dein Großvater damit einverstanden?»

«Was geht dich mein Großvater an? Er ist längst nicht mehr mein Bestimmer. Ich bin schließlich erwachsen.» Ich verschwieg ihm aber, daß ich meine etwas auffälligere Garderobe sicherheitshalber bei Tante Leonie deponiert hatte.

Dort holte mich auch der berühmte Mann ab. Tante Leonie war verreist und hatte mir für eine Woche ihre Wohnung überlassen, allerdings mit der Auflage, sie nicht in einen Saustall zu verwandeln und ihr die Fenster zu putzen.

Harry Hesse fuhr mit mir in ein zwanzig Kilometer entferntes Landgasthaus, das er «rustikal» nannte, für meinen Geschmack zu rustikal. Hier sollte die Prominenz vom Fernsehen verkehren, wie er mir versichert hatte. Ich sah etwas zweifelnd auf die schmuddeligen Tischtücher und die Plastikblumen in den Vasen. Wir vertieften uns in die Speisekarte. Die angebotenen kalorienreichen Gerichte schienen mir mehr für Bauarbeiter und Monteure geeignet. Aber Harry Hesse sah sich zufrieden im Lokal um und meinte, es habe einen richtigen Countrytouch. Gott sei Dank komme man wieder auf die gute alte Hausmannskost zurück.

Während ich auf einem ledernen Kotelett herumkaute, ließ er sich sein Eisbein sichtlich schmecken und redete dabei von sich selber. Anscheinend hielt sich dieser Mann für einen Krieger ohne Furcht und Tadel, der auf allen Kriegsschauplätzen der letzten Jahre zu Hause war. Er hatte den Härtetest mobiler Einsatzkommandos überstanden, war mehrmals mit dem Fallschirm abgesprungen und sogar in der Lage, ein Überschallflugzeug zu steuern. Seine Lagerstätten waren der Wüstensand, die Steppe oder der Dschungel.

Seine farbigen Schilderungen von explodierenden Granaten, brennenden Häusern und flüchtenden Menschen wurden untermalt von dem betrunkenen Lamento eines Lastwagenfahrers an der Theke über seine Frau. «Hau doch ab, Elli, hab ich gesagt, mach gefälligst die Fliege. Ein Fernfahrer ist nun mal kein Kuscheltier und ab fünf zu Hause.»

Mir wurde allmählich ganz beklommen zumute. Was hatte dieser Mensch nur davon, sich freiwillig in die geschilderten Infernos zu begeben? Und was hatte es für einen Nutzen? Onkel Jochen fiel mir ein, der sagte immer, seine Kriegserlebnisse reichten ihm für den Rest des Lebens, und auf Weltgeschichte dieser Art könne er gut verzichten. Da gucke er gar nicht mehr hin.

Endlich kehrte Harry Hesse vom Platz des Himmlischen Friedens in Peking wieder zurück, und die chinesischen Kugeln pfiffen uns nicht mehr um die Ohren. Mein Gastgeber sah ein paar Minuten schweigend vor sich hin. «Meine Frau hat mich verlassen. Sie sagt, sie ist nicht als Penelope auf die Welt gekommen.»

«Warum tun Sie's dann?» fragte ich, ganz eingeschüchtert von dem Feuerwerk an Kriegen, die er mir zwischen Eisbein und Birnenkompott serviert hatte. «Ich meine, überall dorthin zu fahren, wo es knallt.»

Und er erklärte mir, es sei nun mal seine Pflicht und Aufgabe, die träge Masse der Leser und Fernsehzuschauer aufzurütteln und sie von all dem Entsetzlichen, Grausamen, sich ständig Wiederholenden in Kenntnis zu setzen.

«Haben Sie keine Angst?» wollte ich wissen. Aber statt einer klaren Antwort hielt er mir einen Vortrag über die Todesangst des Soldaten und wie viele unsinnige Dinge dadurch passierten. Ich gähnte verstohlen. Den Abend hatte ich mir weiß Gott anders vorgestellt. Er bemerkte es und unterbrach sich abrupt. «Lassen wir das. Erzählen Sie mal ein bißchen was von sich.»

Das ließ ich mir nicht zweimal sagen, und, o Wunder, er hörte tatsächlich zu und erkundigte sich sogar teilnehmend nach diesem und jenem, so daß ich mich langsam etwas wohler zu fühlen begann. Dazu machte er mir nette, wenn auch merkwürdig altmodische Komplimente. Er behauptete, ich wäre noch eine richtige Frau und keines von diesen verkorksten Geschöpfen, wie sie heute zu Dutzenden herumliefen. Ich sei sozusagen noch ein richtiges Weib im ursprünglichen Sinn. Er sah mich zärtlich an. «Sie haben da eine Wimper auf Ihrem niedlichen Grübchen. Entzückend. Sie erlauben doch?» Er beugte sich vor und wischte die Wimper mit der Fingerspitze vorsichtig weg.

Er sprach auch sehr nett von meinem Vater und ließ ein paar abfällige Bemerkungen über Onkel Ludwig fallen, für den so ein zauberhaftes Wesen wie meine Mutter entschieden zwei Nummern zu groß gewesen wäre. Dann kamen wir auf meine Großeltern. «Sie brauchen mich halt sehr», sagte ich und tat, als wären sie ohne mich verloren. «Großvater war sehr krank, Großmutter geht es oft nicht gut, und es gibt in Haus und Garten viel zu tun.»

Er schaute mich anerkennend an. «Was für ein tüchtiges Mädchen Sie sind.» Er überlegte einen Augenblick, holte dann ein Notizbuch heraus, blätterte kurz darin herum und fragte, ob ich nicht Lust hätte, den Sonntag in seinem Wochenendhaus zu verbringen. «Es wird Ihnen gefallen, ein richtiges Refugium, einfach herrlich zum Entspannen.» Er sah mich bittend an. «Machen Sie mir die Freude.»

Ich machte sie ihm und willigte ein. Die Heimfahrt legten wir eher schweigend zurück. Es wäre allerdings auch schwergefallen, gegen Brahms' laute, pathetische Musik die Stimme zu erheben.

Am Sonntag vormittag stand mein neuer Verehrer pünktlich vor Tante Leonies Wohnungstür, um mich ein zweites Mal abzuholen.

Das Wochenendhaus sah wie die Miniatur einer Ritterburg aus, in deren geräumiger Eingangshalle mit Steinfliesen die Spuren schmutziger Schuhe unübersehbar waren. Harry Hesse öffnete die Tür zum Wohnraum. Verdutzt starrte ich auf das Durcheinander, das sich mir bot. «O Gott, ist bei Ihnen eingebrochen worden?» rief ich, denn anders konnte ich mir dieses Chaos nicht erklären. Schubladen standen offen, ein Hocker mit Zeitschriften war umgekippt, und die Sessel waren mit Flecken merkwürdigster Art verziert.

«Wie recht Sie haben. Es sieht furchtbar aus», gab mein Gastgeber zu. «Ich muß mich bei Ihnen entschuldigen, aber ich hatte gestern eine wichtige Arbeitsbesprechung und habe es einfach noch nicht geschafft, vor Ihrem Besuch ein wenig aufzuräumen. Dummerweise ist meine Putzfrau in Urlaub gefahren.»

Ich folgte ihm in die Küche. Dort sah es fast noch schlimmer aus. Benutztes Geschirr stapelte sich auf dem Tisch und im Abwaschbecken. Niemand war auf die Idee gekommen, es gleich in die Geschirrspülmaschine zu stellen. Harry Hesse fuhr sich mit gespielter Ratlosigkeit durchs Haar. «Eine schöne Schweinerei. Wann soll ich das nur in Ordnung bringen? Ich bin die ganze nächste Woche unterwegs.»

Der Wink mit dem Zaunpfahl war deutlich. Was blieb mir, dem «Weib im ursprünglichen Sinne», anderes übrig, als ihm meine selbstlose Hilfe anzubieten? Er zierte sich nicht lange, fast kam es mir vor, als hätte er darauf spekuliert. «Na, wundervoll», rief er munter, «vielleicht fangen Sie schon mal in der Küche an. Und ich räume das Wohnzimmer auf. Sie werden sehen, es geht schneller, als man denkt. Fleißige Hände ... Und dann machen wir es uns so richtig gemütlich. Wo ich mich die ganze Woche auf Ihren Besuch gefreut habe. Es ist so eine Wohltat, jemanden wie Sie um sich zu haben. Dieses Kompliment ist Ihnen sicher nicht neu.»

Der Spruch von den fleißigen Händen traf auf ihn nur insoweit zu, als er mit ihnen das Telefon bediente. Es klingelte pausenlos, und wie sich aus seiner einschmeichelnden Stimme heraushören ließ, handelte es sich dabei nicht nur um Kollegen.

Verbissen scheuerte ich Herd und Töpfe und verfluchte meine Feigheit, die mich daran hinderte, alles hinzuschmeißen und mir kurz entschlossen eine Taxe zu bestellen. Im Gegenteil, ich geriet sogar in eine Art Putzrausch, beförderte Essensreste in den Mülleimer, schrubbte die Eingangshalle und hantierte mit Fleckenwasser. Erst als ich mich beim Auswringen des Scheuertuchs in dem zu heißen Spülwasser fast verbrannt hatte, kam ich wieder zur Besinnung. Ich trocknete mir die Hände ab, kämmte mir das Haar und sank erschöpft in einen Sessel im Wohnzimmer. Harry Hesse beendete sein Telefongespräch und sagte zufrieden: «Ist schneller gegangen, als ich dachte. Nur das Wohnzimmer muß noch gesaugt werden.»

Mein eisiger Blick verriet ihm wohl, was die Glocke geschlagen hatte, denn er meinte, sichtlich betreten, ich sähe wirklich abgespannt aus. Und daß er uns nun erst mal einen starken Kaffee aufbrühen wolle, den hätten wir uns beide redlich verdient. Er sah auf die Uhr. «Zu dumm. Es ist schon zu spät, um noch etwas Vernünftiges anzufangen. Dabei wollte ich Ihnen so viel zeigen und mit Ihnen einen Spaziergang durch den Wald machen. Das müssen wir nun leider verschieben.» Er verschwand in der Küche, und ich sprach wütend zu mir: «So blöd kann auch nur Friede Petersen sein.»

Mein Blick fiel auf eine leere Rotweinflasche neben meinem Sessel, die ich übersehen haben mußte. Es war eine reine Reflexbewegung, daß ich sie umdrehte und den Rest auf den hellen Teppich verschüttete. «Auch das noch.» Harry Hesse sah betrübt auf die Flecke, als er mit dem Kaffeegeschirr hereinkam.

Der Kaffee war gut, der Kuchen noch besser und mein Gastgeber sehr bemüht. Trotzdem blieb ich reserviert. Außerdem war ich hundemüde. Beim Abschied vor Tante Leonies Haus bedankte er sich noch einmal sehr herzlich für meine Hilfe, und ich sagte: «Sie haben etwas vergessen.»

«Und was habe ich vergessen?» Er sah mich verständnislos an.

«Ich bekomme fünfzehn Mark die Stunde.»

Sein fassungsloses Gesicht war die Schufterei wert gewesen. Er kam direkt ins Stottern und gab mir vor Schreck fast das Doppelte. Wie er da so schuldbewußt und verlegen vor mir stand, fand ich ihn wieder ganz nett. Jetzt, wo ich es ihm heimgezahlt hatte, konnte ich großzügig sein, und so bot ich ihm an, noch schnell einen losen Knopf an seiner Jacke anzunähen. Er lehnte verstört ab, verabschiedete sich hastig und fuhr davon.

Natürlich mußte ich diese Geschichte gleich loswerden. Ich rief Kurtchen im Krankenhaus an, der als erstes fragte: «Nun erzähl mal, was der fremde Onkel mit dir gemacht hat im trauten Heim des großen Kriegers.»

Als ich ihm mein Erlebnis erzählte, lachte er sich halb krank und meinte, mir geschähe ganz recht. «Es hätte ja sonstwas passieren können.»

«Was denn?» fragte ich schnippisch.

«Der Phantasie sind keine Grenzen gesetzt. Er hätte dich zwingen können, an einer schwarzen Messe teilzunehmen – du, das wehrlose Opfer Friedchen Petersen, von nackten Männern in Teufelsmasken umtanzt.»

Ich sagte, er halte wohl wie Tante Irmchen die Lesemappe. Und er sagte, ich sei so was von dusselig, es sei einfach nicht zu glauben. Wir fingen an, uns richtig zu zanken, bis eine energische Frauenstimme dazwischenfuhr und Kurtchen die Anweisung gab, auf Zimmer 18 den schon seit Ewigkeit wartenden Patienten vom Schieber zu befreien.

In der Nacht bekam ich Schüttelfrost und starke Halsschmerzen. Mir war so elend, daß ich Kurtchen noch einmal anrief und ihn bat, nach Dienstschluß für mich einzukaufen.

Kurtchen umsorgte mich so fürsorglich wie seine Patienten. Er kochte mir eine herrlich schmeckende Gemüsesuppe, seine Spezialität, wobei er, wie es seine Angewohnheit war, jeden Handgriff umständlich erklärte. «Die Kräuter müssen ganz klein gehackt werden», rief er aus der Küche, «und von allen Gewürzen nur eine Prise.» Sogar wie eine Wärmflasche hergerichtet wird, hatte ich mir anzuhören. «Immer schön die Luft rauspressen, bevor du sie verschließt, und darauf achten, daß der Stöpsel festsitzt, sonst läuft dir das Wasser womöglich ins Bett.»

«Ist es die Possibility», sagte ich schwach. Für diese Demonstration hatte er sich auf mein Bett gelagert, wobei er die Wärmflasche wie ein Baby im Arm hielt. Seine angenehm ruhige Stimme und sein Gewicht auf meinem Bein lösten in mir unerwartet zärtliche Gefühle aus. «Kurtchen», hauchte ich und nieste kräftig, während meine Hand plötzlich auf seinem Oberschenkel lag.

Die Reaktion war erstaunlich. Kurtchen sprang panikartig auf, schmiß mir die kochendheiße Wärmflasche auf die Hand und rief: «Glaubst du, ich habe Lust, mich anzustecken?»

«Sei nicht albern», sagte ich, tief gekränkt. Ich drehte mich schmollend auf die Seite.

«Zeigt der Schutzmann Brust und Rücken, mußt du auf die Bremse drücken», sagte Kurtchen, «oder soll ich mich dir mit einem Mundschutz nähern?»

Bevor mir eine schlagfertige Antwort einfiel, ging das Telefon. Es war Petra, die mich sprechen wollte und sehr erstaunt war, Kurtchens Stimme zu hören. Ich kroch aus dem Bett und griff zum zweiten Hörer. Wir hatten natürlich mal wieder keine Ahnung, was sie inzwischen alles erlebt hatte. Dann fragte sie mich, ob ich Lust hätte, sie am nächsten Wochenende auf eine Einweihungsparty zu begleiten. Die Gastgeber seien mit Personal sehr in Nöten. Da könnte ich mal einen Einblick in die Gesellschaft bekommen und mir gleichzeitig gutes Geld verdienen. Auch Kurtchen habe sie mit angedient, als Assistenten für den Diskjockey. Der käme aus der DDR und wäre noch nicht so eingefuchst. «Dem Diskjockey, den sie sonst haben, ist was Unangenehmes passiert. Er hat eine Bank überfallen und ist dabei erwischt worden.»

Zum erstenmal sah ich Kurtchen wirklich beeindruckt. «Da fällt einem doch der Kitt aus der Brille», rief er und scheuchte mich mit einer Handbewegung ins Bett zurück.

## 12

Die Einweihungsparty des Hotelschlößchens begann am frühen Abend, so daß uns vorher noch genügend Zeit blieb, die Anlage zu bewundern. An einen kleinen gepflegten Park schloß sich ein See mit einem Bootssteg an. Man hatte das Schlößchen von innen und außen mächtig herausgeputzt, und niemand der Gäste wäre auf den Gedanken gekommen, daß es nach dem Kriege jahrelang eine rechte Bruchbude gewesen war, in der zahllose Flüchtlinge hausten und wo die Ahnen in Öl auf die in den Fluren aufgehängten nassen Socken und Windeln starrten. Jetzt waren die Gästezimmer aufs feinste eingerichtet, teils modern, teils antik, mit wertvollen Möbeln, die wohl von den Vorfahren der Hotelbesitzerin stammten. Die Wände strahlten in einer wolkigen Aprikosenfarbe, ein Anstrich, der Opa sehr mißfallen hätte. Die Badezimmer waren ganz aus Marmor, und in dem Frühstückszimmer stand in den Schränken nur edles Porzellan.

Ich hatte es vorgezogen, meiner Familie von diesem Ausflug in die große Welt nichts zu erzählen, und nur beiläufig einen Kurzbesuch bei Petra erwähnt. Opa hätte sicher Theater gemacht: «Wir sind einfache Leute, da gehörst du nicht hin!» Daß ich zusammen mit Kurtchen zu ihr fahren wollte, nahm Opa, der gerade völlig von seiner Steuererklärung abgelenkt war, ohne weiteren Kommentar zur Kenntnis und knurrte nur, im Krankenhaus sei wohl jetzt die 30-Stunden-Woche eingeführt. Großmutter verstand nicht ganz, warum ich für das Wochenende einen Koffer mitnehmen wollte. «Tut's eine Tasche nicht auch?» Weiter fragten sie nichts, und unsere Abfahrt ging glatt über die Bühne.

Petra wartete schon, als wir sie abholten. Kritisch musterte sie mein Outfit, das brave Dirndl fand ihre Zustimmung. «Richtig herzig siehst du darin aus», neckte sie mich.

Leider hielt das Wetter nicht, was es am Morgen versprochen hatte. Es goß in Strömen. Das hinderte Kurtchen nicht daran, uns zwei Mädchen die schwere Fotoausrüstung allein zum Wagen schleppen zu lassen, den er ein ziemliches Stück von Petras Wohnung entfernt geparkt hatte. Ohne sich um uns zu kümmern, rannte er in großen Sätzen zum Auto und ließ sich zufrieden auf den Fahrersitz fallen. Wir folgten ihm keuchend. Mein vorsorglich gegen den Regen umgebundenes Tuch drückte mir die frischgewaschenen Haare platt, und ein vorbeirauschendes Auto verabreichte uns eine kräftige Dusche. Während wir das Gepäck verstauten, drückte er ungeduldig auf die Hupe und rief: «Beeilung, meine Damen!»

«Der Begriff Kavalier ist für den ein Fremdwort», seufzte Petra. Kurtchens rasanter Start ließ uns aufkreischen. «Das kann ja heiter werden, wenn du jetzt schon wie ein Besengter fährst», schimpfte Petra und hielt sich krampfhaft am Türgriff fest.

Kurtchen sorgte sich um die Knete, aber Petra versicherte, sie habe einen ordentlichen Preis ausgehandelt. Mir waren inzwischen ganz andere Bedenken gekommen. «Hoffentlich bin ich den Ansprüchen deiner Gräfin und Schloßbesitzerin überhaupt gewachsen. Ich weiß ja nicht mal, wie man zum Beispiel einen Herzog anredet.»

Aber da konnte mich Petra beruhigen. «Darüber mach dir mal keine Gedanken. Du sollst ja nicht die Fürstin von Thurn und Taxis spielen, sondern nur schmutziges Geschirr in die Küche tragen und die Gäste bedienen.»

Unsere Chefin begrüßte uns konventionell freundlich. «Schön, daß Sie so pünktlich sind.» Sie musterte mich kritisch. «Es wäre mir lieb, wenn Sie sich ein schwarzes Servierkleid anziehen würden, damit die Kleidung einheitlich ist. Ich habe eins für Sie zurechtgelegt.»

Dann nahmen ihre Gletscheraugen Kurtchen ins Visier. «Aber erst gehen wir zu dem Diskjockey. Ich fürchte, er kommt mit der Anlage allein nicht zurecht. Er ist aus der DDR und noch nicht so mit der Technik vertraut.» Sie sah Kurtchen an. «Wie Petra mir sagte, haben Sie schon häufig als Diskjockey gearbeitet.»

«Seit Jahren», versicherte Kurtchen zu meiner Verwunderung.

Sie sah ihn etwas skeptisch an. «Man wird sehen.»

Während wir durchs Haus gingen, flüsterte ich Petra zu: «Wo ist denn nun der Graf?»

«Hat sich was mit Graf. Es existiert nur ein Lebensgefährte, und der ist bürgerlich, hat aber dafür mehr Geld als Haare. Da hinten steht er.» Sie deutete auf einen mittelalterlichen Herrn mit imponierendem Bauch und Geheimratsecken, der gerade dabei war, mit großer Hingabe sein schütteres Haar zu ordnen.

Der Diskjockey, ein nett aussehender blonder Junge, fummelte etwas hilflos an der Anlage herum und war sichtlich erleichtert, als Kurtchen auftauchte. «Kennst du dich damit aus?» fragte er hoffnungsvoll. Kurtchen nickte beruhigend. «Irgendwie werden wir das Kind schon schaukeln.»

Die Gräfin gab mir einen Wink, sie zu begleiten. Sie trug ein Dirndl wie ich, nur aus sehr viel kostbarerem Material. Ich hatte sie mir ganz anders vorgestellt, weniger robust. Ihr Kreuz war ebenso beachtlich wie ihr Kinn. Kein Zweifel, die ließ sich die Butter nicht vom Brot nehmen. Sie wies mich in meine Arbeit ein und erklärte mir genau, was zu tun war und worauf ich zu achten hätte. Ausgefallene Wünsche der Gäste, vor allem, was die Getränke betraf, sollte ich mit einem Lächeln überhören. Das fehle noch, daß man hier für jeden eine Extrawurst brate. Prüfend glitt ihr Blick über das aufgebaute Buffet. Es ließ wirklich nichts zu wünschen übrig, und mir lief das Wasser im Mund zusammen. Dann machte sie mich mit meinen Kolleginnen vom Partydienst bekannt und brachte mich in einen kleinen Nebenraum vom Speisezimmer, wo ich mich umziehen sollte.

Ich preßte mich in ein viel zu enges schwarzes Kleidchen, während sie unentwegt klagte. Das Leben sei einfach zu teuer, allein die Gehälter des Personals verschlängen Unsummen. Von den Handwerkern und dem ganzen Drum und Dran wolle sie gar nicht reden: die Putzfrauen, die Lieferanten, die Fensterputzer, die Wäscherei. Und dann erst die Gäste! Die würden immer anspruchsvoller.

Von meinem Kleid konnte man dies nicht behaupten. Die Kunstseide klebte wie Hauchpapier, ein Badeanzug hätte nicht straffer sitzen können. Ich sah zweifelnd an mir herunter und zupfte vergeblich daran herum. «Es ist einfach zu eng», sagte ich.

Die Baronin ging über diesen Einwand hinweg. Ja, sie meinte sogar: «Hübsch sehen Sie aus».

«Hübsch?» Ich deutete auf meinen sich deutlich abzeichnenden Bauch.

«Das dehnt sich schon noch», entschied die Gräfin. «Und das Bäuchlein verdecken wir mit einem Schürzchen.»

Die nur angelehnte Tür wurde aufgestoßen, und herein kam eine Art Ferkel mit außerordentlich bösem Gesichtsausdruck. Das Geschöpf schnupperte unter leisem Knurren an mir herum. Das sorgenvolle Gesicht der Gräfin wurde bei seinem Anblick nicht freundlicher. «Wölfchen, was suchst du denn hier?» fuhr sie das Tier an. «Nichts wie Ärger hat man mit dir.» Und zu mir gewendet: «Es ist ein englischer Kampfhund. Aber Sie brauchen keine Angst zu haben, er ist völlig harmlos und hat in seinem ganzen Leben höchstens zwei, drei Leute gebissen. Ich habe ihn zum Geburtstag geschenkt bekommen. Aber was soll ich damit? Ich habe gar keine Zeit, mich um ihn zu kümmern. Und der jüngste ist er auch nicht mehr.»

Erleichtert stellte ich fest, daß Wölfchen mich nicht als Nachtisch auserwählt hatte. Im Gegenteil, er wedelte freundlich und ließ sich streicheln.

Das Gesicht der Gräfin erhellte sich. «Mir kommt da eine Idee. Ich binde ihn am Treppenabsatz fest. Dann wird es keiner wagen, sich heimlich in den Schlaftrakt zu verziehen. Bilder von ihm habe ich sowieso schon überall aufgehängt, zur Abschreckung für eventuelle Einbrecher.» Sie erhob sich. «Aber nun sollten wir uns dringend an die Arbeit machen.» Sie verschwand in Richtung Küche, und ich ging, verlegen an meinem Kleid zupfend, noch schnell einmal zu Kurtchen, der mit Petra bei dem Diskjockey stand. Kurtchen sah mich entgeistert an. «Wie siehst du denn aus?»

«Ich weiß, furchtbar», sagte ich kläglich.

Das konnte nun der Diskjockey aus der DDR überhaupt nicht finden. «Fast so hübsch wie ein Jahresendflügler», lobte er, was, wie er uns erklärte, in der DDR die offizielle Bezeichnung für einen Weihnachtsengel sei.

Die Räume füllten sich allmählich mit Gästen. Einige davon waren mir vom Fernsehen und aus Tante Irmchens Lesemappe bekannt. Die Gräfin stürzte sich gerade mit einem jauchzenden «Hallöchen» auf eine zierliche, ganz in Schwarz gekleidete, streng blickende junge Frau und begrüßte sie überschwenglich.

«Wahrscheinlich jemand vom Ballett», sagte ich zu Petra.

Petra grinste. «Ballett ist gut. Das ist eine stadtbekannte Domina. Ich denke, auch in der Provinz weiß man inzwischen, was das ist. Das ist jetzt in.» Und schon kamen mehrere eifrige Sklaven herbeigeeilt, um ihre Herrin mit Essen und Trinken zu versorgen und ihre Befehle entgegenzunehmen.

«Da bist du platt.» Petra ließ ihre Kamera klicken. «Paß bloß auf, daß du einen Bordellbesitzer nicht mit einem Herzog verwechselst, obwohl das hier keine große Rolle spielen würde.»

Während wir so herumalberten, kam ein leicht beschickerter Junge auf uns zu. Bei näherem Hinsehen zeigte sich, daß er seine Kinderschuhe bestimmt schon vor vierzig Jahren abgestreift hatte. Sein Spitzenhemd war bis zum Gürtel aufgeknöpft, und in sein blondes Brusthaar krallte sich ein goldenes Äffchen. Mit schon etwas glasigen Augen starrte er den Diskjockey an. «Sie sind ja gar nicht der Max. Wer sind Sie denn?»

Der Diskjockey machte eine tadellose Verbeugung und stellte sich höflich vor.

«Und wo ist mein Max, mein Maxerl?» rief der

Mensch wie ein Kind, das seinen Vater im Gedränge verloren hat.

«Ihr Max hat leider Ungelegenheiten mit der Polizei bekommen», klärte ihn Petra auf.

Er schlug sich mit der flachen Hand gegen die Stirn. «Richtig, das Maxerl sitzt ja. Der arme Hund. Wegen so einer Lappalie, einem Banküberfall. Und woher kommen Sie?» Er sah den Diskjockey an, als erwarte er von ihm mindestens eine ähnliche Vergangenheit.

«Aus Potsdam.» Unserem Kumpel war anzusehen, daß er sich in dieser seltsamen Umgebung etwas unbehaglich fühlte.

Über das Gesicht des Partygastes ging ein Strahlen. «Dann sind Sie ja ein Kommunist, einfach super!» Er packte den überraschten Diskjockey am Kopf und gab ihm zwei schmatzende Küsse links und rechts. «Sag Poldi zu mir.»

Der Diskjockey befreite sich ziemlich unsanft aus der Umarmung. «Will dieser Fuzzy mich verarschen, oder hat er 'n Sprung in der Schüssel?» fragte er Kurtchen halblaut. Angewidert wischte er sich über die geküßten Wangen.

«Ich muß doch sehr bitten, du sprichst von einer Königlichen Hoheit eines ehemals regierenden Hauses», neckte ihn Petra.

Auch Kurtchen zeigte sich verwirrt. «Den hätte ich nun für was ganz anderes gehalten.»

«Das eine schließt das andere nicht aus», sagte Petra mit wissendem Blick.

Mich hingegen traf der Blick der Hausfrau, die mir zu verstehen gab, daß ich nicht zum Plaudern engagiert worden war. Vom Strahl ihrer Gletscheraugen gesteuert, mühte ich mich redlich, ihre Vorstellung von einem hochbezahlten und entsprechend flinken Mädchen zu erfüllen, das überall dort zu finden ist, wo man es braucht. Es gelang mir nur unvollkommen. Zwei Gläser gingen dabei zu Bruch, und die Unterhaltung einer langmähnigen, tiefdekolletierten Schauspielerin mit einem älteren Herrn, der verstohlen versuchte, mit der Zunge etwas aus einer Zahnlücke herauszuholen, während sie über ihre letzte bedeutende Rolle sprach, fand ein jähes Ende, als mir eine Lachsscheibe mit Mayonnaise vom Teller rutschte und ihr auf die Schuhe klatschte.

Obwohl die Gräfin von Gast zu Gast eilte und die Getränke reichlich flossen, wollte keine rechte Stimmung aufkommen, was vielleicht auch daran lag, daß der Diskjockey und Kurtchen sich zwei-, dreimal vergriffen, so daß statt heißer Rhythmen der Trauermarsch von Chopin ertönte und zu innerer Einkehr aufforderte. Die Tanzenden verharrten denn auch in ernstem Schweigen, und jede Fröhlichkeit erstarb. «Hoffentlich kein Attentat», flüsterte man sich zu, oder sollte es bei den Demonstrationen in der DDR nun doch zu einem Massaker gekommen sein? Die Entschuldigung des Diskjockeys wurde mit höflichem Lachen, aber leichter Skepsis entgegengenommen, und die Kolleginnen vom Partydienst stellten mißbilligend fest: «Irgendwie hat das hier keinen richtigen Kick.»

Ich war inzwischen redlich müde und ruhte mich kurz entschlossen bei Wölfchen auf der Treppe ein wenig aus. Er freute sich sichtlich, mich zu sehen, und ich betrachtete mir seine Photos, die ihn als rasende Bestie mit geiferndem Maul zeigten. Trotz seines brutalen Aussehens hatte Wölfchen ein weiches Herz und kuschelte sich an mich. Anläßlich der Party trug er ein straßbesetztes Halsband mit seinen Initialen. Dankbar leckte er mir die Hand, als ich ihn verstohlen mit Scheiben köstlichen Roastbeefs fütterte. Nur schienen sie für seinen Appetit nicht ausreichend. Leise winselnd schnupperte er in Richtung des kalten Buffets, wobei er merkwürdige Schluckgeräusche von sich gab. Mir fiel auf, daß das Halsband viel zu eng geschnallt war. Vorsichtig öffnete ich die Schnalle, um es ein paar Löcher weiter zu stellen.

Das hätte ich besser lassen sollen. Vergeblich versuchte ich, den wild zappelnden Hund festzuhalten, wobei mein Servierkleid von oben bis unten zerriß. Wölfchen krümmte sich und hechtete unter rasendem Gebell auf die Gäste zu, die sich angstvoll zusammendrängten und hinter den Tischen verschanzten. Ohne sie zu beachten, sprang er mit einem Riesensatz in die Mitte des Buffets, landete mit den Hinterbeinen in einer Salatschüssel und biß sich, wohlig knurrend, in einer Lammkeule fest.

Obwohl die Reste meines Kleides wie abgeblätterte Farbe an mir hingen, rannte ich zum Buffet und versuchte im Blitzlicht der Photographen, Wölfchen herunterzuzerren.

Es war ein wildes Durcheinander. Leibwächter schlossen sich um einen Minister, die Domina wurde ohnmächtig, und die Gräfin zischte Petra zu, das würde für sie ein Nachspiel geben. Ich rannte halbnackt durchs Haus, weil mir völlig entfallen war, in welchem Raum ich mich umgezogen hatte, gefolgt von der Königlichen Hoheit, die die Gräfin eine humorlose Gurke nannte und uns drei sehr herzlich nach Ibiza einlud.

Als ich, nun wieder adrett im Dirndl, zu den anderen zurückkehrte, war man bereits im Aufbruch begriffen. Taxis fuhren vor, Mäntel wurden angezogen und hier und da noch schnell etwas von dem kalten Buffet genascht.

Zwischen dem Lebensgefährten der Gräfin und uns Werktätigen entbrannte ein heftiger Disput. Er weigerte sich, uns, wie abgemacht, in bar zu löhnen, und wollte dem Diskjockey die versprochene Gage kürzen. Aber da hielten wir Brüder und Schwestern zusammen und ließen uns auf keinen Kompromiß ein. Der Diskjockey und Kurtchen nahmen eine bedrohliche Haltung ein, was sehr viel überzeugender wirkte als Petras beschwichtigende Worte. Unwillig zog der Lebensgefährte die Brieftasche. «Was seid ihr Preußen penetrant», sagte er. «Widerwärtig, das Ganze.»

Die Gräfin tat mir fast leid. «Vielleicht ist ja dieser Zwischenfall für sie wirklich geschäftsschädigend», sagte ich, «wo doch alles so furchtbar teuer ist.»

Darüber konnte Petra nur lachen. «Im Gegenteil, in Massen werden die Leute kommen. Eine bessere Werbung konnte sie gar nicht haben.» Und mir fiel mein Geburtstag mit der toten Ratte wieder ein.

Wir machten, daß wir wegkamen. Wir hatten gerade in unserem Auto Platz genommen, da öffnete sich abrupt die Wagentür, und die Gräfin schob grimmig das zappelnde Wölfchen hinein. «Mit Dank des Hauses», schnaubte sie und knallte die Tür wieder zu. Wölfchen verkroch sich erschrocken zwischen meinen Beinen, und Kurtchen knurrte: «Was sollen wir denn mit dem Vieh?»

Ich streichelte Wölfchen. «Den nehme ich mit nach Hause. Opa wollte sich schon lange einen Hund anschaffen, der das Grundstück bewacht.»

«Ich höre immer bewachen», sagte Kurtchen sichtlich schlechtgelaunt. «Da kannst du gleich 'nen Wellensittich nehmen.»

Vielleicht, weil wir übermüdet waren, vielleicht, weil wir uns in gewisser Weise an dem ganzen Desaster mitschuldig fühlten – aus welchen Gründen auch immer –, auf der Rückfahrt kriegten Petra und Kurtchen sich mächtig in die Haare. «Und diese bescheuerten Leute haben bei uns in der Politik und in der Wirtschaft das Sagen», tobte Kurtchen. «Aber du bist dir ja anscheinend für nichts zu schade. Nächstens schickt dich deine Zeitung noch als Witwenschüttler auf die Piste, um armen Hinterbliebenen die letzten Fotos des Verstorbenen abzulisten. Richtig ekelhaft.»

«Wenn du weiter wie ein Verrückter fährst», fuhr ihn Petra an, «werden deine Eltern auch bald zu den Trauernden gehören, zu denen man jemanden von der Presse schickt. Über die moralische Seite meines Berufes zerbrich dir nicht den Kopf. Du solltest dir lieber Gedanken über dich selber machen. Oder willst du noch als sabbernder Greis am Schürzenzipfel deiner Eltern hängen?»

«Das wäre ein medizinisches Wunder», sagte Kurtchen etwas ruhiger und wollte dann ganz genau wissen, seit wann und woher sie diesen zugegeben netten Typen aus der DDR kenne. Kurtchens Eifersucht war nicht zu übersehen. Petra sagte nur kühl, sie wäre ihm keine Rechenschaft schuldig. So ging es hin und her, bis sie endlich verstummten.

Ich wollte den Rest der Nacht bei Petra verbringen und erst den Tag darauf mit dem Zug nach Haus fahren. So setzte er uns bei ihrer Wohnung ab. Petra und ich waren zum Schlafen zu aufgekratzt, und wir verquatschten die Zeit bis zum Frühstück, während Wölfchen es sich auf der Couch bequem machte. Wir kamen auch auf die DDR zu sprechen, und Petra rückte zum erstenmal mit den wirklichen Gründen ihrer Flucht heraus. «Ehrlich gesagt, waren es mehr persönliche als politische. Der Kleinstadtmief hat meiner Mutter und mir einfach gestunken.»

«Meine Kleinstadt findest du dagegen schwer in Ordnung», sagte ich tadelnd.

Sie lachte. «Das kann man so nicht sagen. Aber bei uns ist es ganz besonders trostlos. Wie abgeschnitten von der Welt und alles grau in grau.»

«Und wie seid ihr rausgekommen?»

«Mutter war schon immer gut im Organisieren. Während eines Urlaubs in Ungarn hat es dann geklappt. Vater wollte partout nicht mit. Er hatte sich als Uhrmacher in seinem kleinen Laden so richtig eingemaukt. Auch Opa wollte nicht weg. Die beiden gluckten sowieso den ganzen Tag zusammen und hatten's mit der Heimatkunde. An jedem Wochenende sind sie durch die Landschaft gestiefelt und haben nach alten Scherben gesucht. Sie hält's nicht aus, hat Mutter immer gesagt, sie hält's einfach nicht aus.»

«Und er hat keinen Ärger wegen eurer Flucht bekommen?» fragte ich ungläubig.

Sie schüttelte den Kopf. «Ein paarmal haben sie ihn verhört. Aber was sollten sie mit einem Frührentner und einem maroden Laden schon anfangen. Ich glaube, Papa war ganz froh, uns los zu sein. So hatte er endlich seine geheiligte Ruhe, auf die er so großen Wert legte. Uns ist es in der Bundesrepublik von Anfang an nicht schlecht gegangen.»

«Hast du denn kein Heimweh?» fragte ich.

«Überhaupt nicht.» Sie grinste. «Da bist du platt, was?» Dann verteidigte sie ihren Beruf. Natürlich wäre diese Art von Hofberichterstattung, wie sie von ihr verlangt würde, nicht das Wahre, aber immer noch ehrlicher als der monotone Lobgesang auf den Sozialismus in der DDR, in dem nur Parteibonzen an Westautos rankämen und sich Villen am See mit eigener Yacht und jede Menge Dienstboten leisteten. Danach begannen wir, über Kurtchen zu hecheln, und sie gab mir den dringenden Rat, mich nicht nur auf ihn zu konzentrieren.

«Tu ich gar nicht», sagte ich etwas verlegen.

«Na, ich weiß nicht. Aber laß man. Wenn du erst mit dem Studium begonnen hast und neue Leute kennenlernst, wird sich bestimmt schnell ein passender Deckel für dich finden.»

Am Nachmittag brachte sie mich und Wölfchen zur Bahn. Zu Hause wurde ich bereits an der Tür von Opa in Empfang genommen. Wie Moses die Gesetzestafel, hielt er mir stumm die Titelseite einer Boulevardzeitung entgegen. Sie zeigte mich in Großaufnahme, in zerfetztem Kleidchen, von gaffenden Gästen umringt. Mir, Friede Petersen, einsdreiundsiebzig groß, schlank, Gesicht oval, Augenfarbe braun, äußere Kennzeichen: keine, sank das Herz in die Hose. «Hallo, Opa», sagte ich schwach.

«Die Ungarn haben die Grenze geöffnet, und meine Enkeltochter ist eine Nutte!« schrie er mich an. Voller Ekel sah er auf Wölfchen, der artig hechelnd neben mir saß und zur Begrüßung freundlich seine brutalen Zähne bleckte.

«Es ist ein reinrassiger englischer Kampfhund, ein Bullterrier», erklärte ich mit zitternder Stimme.

«Dieses entartete Meerschwein kommt mir nicht ins Haus!» brüllte Opa.

## 13

Nach diesem Debakel hatten die Petersens finstere Dinge mit mir vor. Sie waren geschlossen auf Opas Seite und nickten zustimmend bei seinen düsteren Sprüchen wie «Müßiggang ist aller Laster Anfang». Mein Einwand, ich wäre schließlich auf Wunsch meiner Großeltern nicht nach England gefahren, wurde vom Tisch gewischt, die Herzensgüte, die mich an Opas Krankenbett hatte ausharren lassen, einfach nicht zur Kenntnis genommen. Sie waren tief gekränkt über die unverhohlene Schadenfreude der Nachbarn, denn nach und nach war mein Bild durch sämtliche Gazetten gewandert, mit nicht immer freundlichen Begleittexten. «Während die Flüchtlinge unter Zurücklassung ihres gesamten Besitzes durch die Wälder irren und bei Nacht und Nebel den Weg in die Freiheit suchen, treibt die Schickeria in der Bundesrepublik ihre dekadenten Spielchen.»

Nicht einmal Tante Leonie zeigte Verständnis für meine Eskapade. Sie war zu sehr darüber verärgert, daß ich ihre schmucke kleine Wohnung angeblich in einen

Saustall verwandelt hatte. Im Waschbecken Haare, der neue Küchentisch mit Nagellack bekleckert, und keine Fenster geputzt, wie sie es mir aufgetragen hatte. An Verantwortungsgefühl habe es mir schon immer gemangelt. Sie erinnere sich noch sehr genau, wie mein Kanarienvogel, dieses arme kleine Tier, mit weit offenem Schnabel halb verdurstet im Käfig saß. Ich sah sie verständnislos an.

«Aber Tante Leonie, einen Kanarienvogel habe ich nie besessen.»

«Und erst das Aquarium mit den Goldfischen», fuhr sie unbeirrt fort. «Das Wasser so dreckig, daß die Fische nicht mehr zu sehen waren.»

Ich gab es auf, ihr zu widersprechen. Damit kam man in dieser Familie sowieso nicht weit.

«Ach, wo ist die Zeit geblieben», fuhr Tante Leonie etwas sprunghaft, aber unerbittlich fort, «wo man dich mit ein paar Holzlöffeln zum Spielen glücklich machen konnte.»

Sogar Onkel Ludwig zeigte sich von seiner unangenehmen Seite. Die Ereignisse der Party streifte er jedoch nur kurz. Ihn interessierte vielmehr, was ich in Harry Hesses Haus zu suchen gehabt hatte. Er tat, als sei ich Rotkäppchen und sein Jugendgefährte aus glücklichen Tagen der böse Wolf. Das schmeichelte mir, und ich verschwieg ihm mein Fiasko als Lustobjekt. Ich stellte mich naiv und meinte nur: «Er war wohl auch ein enger Freund meiner Mutter. Jedenfalls hat er mir 'ne Menge erzählt, was ich noch nicht wußte.» Der

Onkel sah mich mißtrauisch an. «Was denn?» Aber ich ging darüber hinweg, und er fragte nicht weiter.

Der Familienrat war sich einig: Hier mußten andere Saiten aufgezogen werden. War es überhaupt ratsam, mich leichtsinniges Ding im Frühjahr in die Großstadt ziehen zu lassen? Auf jeden Fall mußte die Zeit bis zum Studium sinnvoll genutzt werden. Womit, darüber war man sich nicht so recht einig. Vielleicht wäre ein Kursus als Schwesternhelferin beim Roten Kreuz angebracht? Möglichst in einem Altersheim? Die Arbeit mit Alten und Kranken würde mich reifen lassen.

Ich fand, sie hatten es zu sehr mit dem Sozialen auf meine Kosten, und mir, dem Spatz in der Hand, sträubten sich die Federn. Es war schwer, sich gegen die geballte Kraft der Petersens zu wehren. Ich wälzte mich in der Nacht schlaflos in meinem Bett, und aufrührerische Gedanken schossen mir durch den Kopf. Vielleicht sollte ich, wie mein Vater, ihnen allen den Rücken kehren und ein eigenes, freies, atemberaubendes Leben beginnen. Aber, woher nehmen und nicht stehlen: das Geld, an dem alles hing? Unsereins konnte schließlich nicht mehr auf einer Parkbank schlafen. Und auch das Trampen war in meiner Generation ziemlich aus der Mode gekommen.

Ausgerechnet die von mir bislang so vernachlässigten «Brüder und Schwestern» aus der Zone waren es, die mich vor dem Zorn der Familie retteten.

Die einsetzende Flüchtlingswelle, die bis in unser Städtchen schwappte, brachte es mit sich, daß ich bei den Petersens wieder etwas in den Hintergrund trat. Auf dieses große geschichtliche Ereignis reagierte die Familie wie ein Mann, oder besser, wie eine Frau. Tante Irmchen, Tante Edith und Oma stellten sich sofort rückhaltlos dem Roten Kreuz zur Verfügung. Ich mußte mit, während Opa die Ereignisse am Fernseher verfolgte und kommentierte. Er gab der Geschichte den geistigen Rahmen, während wir Frauen in den Massenunterkünften Betten aufstellten und bezogen, Essen kochten, Spenden sortierten und in der Nacht auf dem kalten, zugigen Bahnhof die Ankömmlinge in Empfang nahmen. Die Petersens entrückten mal wieder in die alten Zeiten, wo man Schlange stehen mußte, im Keller zitternd auf die Bomben wartete und der Todesengel in Gestalt eines betagten Offiziers durch die Stadt ging, um den Angehörigen den Heldentod zu melden. Wieder einmal waren die Geschichten aus den Jahren fällig, als man den letzten Bohnenkaffee, die letzte Schmalzstulle miteinander geteilt und sich tröstend ob des vielen Unglücks in die Arme genommen hatte. Und Onkel Ludwig erteilte Ratschläge, wie man sich am gescheitesten bei Demonstrationen zu verhalten habe, um nicht einen Polizeiknüppel ins Genick zu bekommen. Kurz gesagt, es herrschte eine richtige Heimatfrontstimmung, wie Kurtchen es bezeichnete. Nur Onkel Jochen ließ sich nicht anstecken. Von Weltgeschichte hatte er schon lange die Nase voll. Kein Jahr ohne Katastrophen, ob Korea, Vietnam, Beirut oder Peking, Irland oder Ungarn, und jetzt auch noch die DDR. Das wäre ja fast wie drei Beerdigungen hintereinander, das könne man nicht verkraften, da streike die Seele. Es käme immer dasselbe raus: Der Mensch wäre des Menschen Wolf. Wie beruhigend wirkten da seine Toten und ihre letzte Stätte, ein Hort der Stille und des Friedens. Daher beteiligte er sich nur selten an den allgemeinen hochpolitischen Gesprächen. Er setzte sich lieber an sein Pianola und ließ das Lied «Wer nur den lieben Gott läßt walten» über die Tasten rauschen. Niemand hatte mehr Zeit, sich über mich den Kopf zu zerbrechen ...

Es war das Jahr der großen Ereignisse. Aber auch die kleinen hatten es in sich. Die Sparkasse wurde überfallen. Sie lag direkt gegenüber dem Altersheim in der Handkuß-Kolonie und war ein beliebter Treffpunkt der Senioren, die dort ihre Konten hatten. Angeblich sollte der Gangster nach dem Überfall in die Kellerräume des Heims geflüchtet sein. Das Gebäude wurde von einem großen Polizeiaufgebot umstellt, und ein Hubschrauber kreiste mit infernalischem Geknatter über dem Dach. Doch anstatt der Verbrecher strömten zu Dutzenden die Senioren herbei, von freundlichen Händen gestützt, auf Krücken oder im Rollstuhl, um sich dieses Ereignis nicht entgehen zu lassen. «Endlich mal eine Abwechslung für die armen Alten», sagte Opa und tat, als gehöre er einer völlig anderen Generation an.

Und schließlich der Höhepunkt: Die Mauer wurde geöffnet. Die Leute von drüben erstürmten unser Städtchen. Die Großeltern erklärten sich bereit, Wochenendgäste aufzunehmen. Man wies uns ein nettes Pärchen, nicht viel älter als ich, zu, ich räumte in hochherziger Weise meine Kammer und quartierte mich im Wohnzimmer ein. Opa zeigte sich von seiner galantesten Seite. Er bewunderte Dagmar, die bereits fertige Lehrerin für «Lernanfänger» war, wie sie sagte. Daran sollte ich mir mal ein Beispiel nehmen. Daß Dagmars Mann nicht studiert hatte, sondern als Schmied in einer LPG arbeitete, erstaunte ihn sehr. Dagmar wiederum fand Opas Bilder «Wahnsinn» und erzählte uns, daß ihr Opa Körbe und Stühle flechte. Wir fragten die beiden aus, als kämen sie vom Mars. Sie gaben gelassen Auskunft, aber viel Lust, über die augenblickliche Lage in der DDR und die Zustände dort zu sprechen, zeigten sie nicht. Es drängte sie in die Stadt. «Der Konsum ruft», sagte Kurtchen, der sich für ein Stündchen dazugesellt hatte. Außerdem mußte noch das Begrüßungsgeld abgeholt werden. Ich nahm sie mit energiegeladener Herzlichkeit, wie sie sonst nur unter Sektenmitgliedern üblich ist, unter meine Fittiche und entrüstete mich als mündiger Bürger über die langsame Abfertigung und die dadurch entstehende lange Schlange. Unsere Gäste waren fern davon, sich aufzuregen oder Kritik zu üben. Sie fanden auch weiterhin alles «Wahnsinn», steckten zufrieden ihr Geld ein und meinten anerkennend, da könne man wirklich nicht meckern. Inzwischen hatte jemand an ihren Trabbi ein Päckchen gehängt, und an der Schutzscheibe klebte ein Zettel: «Leute, das Leben ist zu kurz, um so ein popliges Auto zu fahren.» Ich entschuldigte mich wortreich für diese Taktlosigkeit, aber sie waren keine Spur gekränkt, sondern lachten sich kaputt.

Unser sonst an den Wochenenden eher verschlafenes Städtchen zeigte denen von drüben so richtig, was in ihm steckte. Auf dem Marktplatz gaben Artisten ihre Künste zum besten, ein Zauberer ließ Kaninchen verschwinden, und der Stadtschreiber las aus seinen humoristischen Werken, über die er selbst so lachen mußte, daß man kein Wort verstand. Eine Menschenmenge schob sich durch die Ladenpassagen und strömte in die Geschäfte, die den Gästen zuliebe bis 18 Uhr geöffnet hatten. Überall gab's was umsonst. Besonders freigebig war man mit Süßigkeiten, und wimmernde Babys spuckten ihren Müttern das zuviel Genossene auf den Sonntagsstaat. Viele Familien hatten die halbe Nacht auf dem zugigen Bahnsteig oder im Wartesaal verbringen müssen, weil es keine Quartiere mehr gab.

Kurz vor Geschäftsschluß fuhren wir zu den Großeltern zurück. Zum Abendbrot fand sich auch Kurtchen ein. Er hatte den Trubel auf seine Weise genossen, sich unter die Ossis gemischt und von den vielen milden Gaben profitiert. In den Redaktionsräumen der Lokalzeitung hatte er kostenlos Mittag gegessen, Eins-A-Gulasch mit Reis, vielleicht ein bißchen zäh. Dann war er von einer alten Dame angesprochen worden, sie hatte ihn zu Kaffee und Kuchen eingeladen und ihm frische Erdbeeren spendiert. Unser Pärchen fand das komisch, aber wir waren entsetzt. «Hast du das nötig?» fragte

Großvater mit deutlichem Tadel in der Stimme. «Ausgerechnet du als Sohn eines Fabrikbesitzers?»

Die Ossis nahmen Kurtchen in Schutz. Für sein kapitalistisches Elternhaus könne man ihn nicht verantwortlich machen, meinten sie.

«Und die alte Dame hat dir wirklich bis zum Schluß geglaubt, daß du aus der DDR kommst?» fragte ich.

Kurtchen lachte. «Zum Schluß wohl nicht mehr so ganz. Mein Hochdeutsch ist ihr aufgefallen. Die von drüben berlinern doch vorwiegend oder sprechen sächsisch. Aber das Schärfste kommt noch.» Er zog eine Handvoll Geldscheine und Kleingeld aus der Tasche: «Ist mir auf der Straße zugesteckt worden.» Für soviel Unverfrorenheit fand selbst Opa keine Worte.

Am Sonntag machten wir dann ganz in Kultura, besichtigten die berühmte Backsteinkirche, das Rathaus und gingen ins Kino.

Nach dem dritten auf diese Weise verbrachten gemeinsamen Wochenende, traten in der Familie gewisse Ermüdungserscheinungen auf. Ich räumte nicht mehr ganz so fröhlich mein Bett, und Kurtchen sagte, es wäre schön, mal wieder unter sich zu sein. Auch wir Lohnabhängigen brauchten unsere Entspannung.

«Du bist ja nur sauer, weil du nicht bei Dagmar gelandet bist», stichelte ich.

Die Baronin fand Kurtchens Einstellung unmöglich, und wir bekamen mal wieder zu hören, was wir für eine selbstsüchtige, gefühllose, oberflächliche Generation wären. Ohne innere Werte.

«Nun machen Sie aber mal 'nen Punkt», empörte sich Kurtchen. «Und wer räumt den Saustall bei Ihnen auf, bringt die Wäsche in die Wäscherei, bezieht die Betten und kauft fürs Wochenende groß ein? Mehr Solidarität ist wirklich nicht zu verlangen.»

«Ach, Kurtchen.» Über das faltenreiche Gesicht der Baronin legte sich ein charmantes Lächeln, vor dem selbst überarbeitete Sachbearbeiter bei den Behörden kapitulierten. «Du hast ja recht.»

Bei Großvater war die Stimmung ebenfalls umgeschlagen. Er hatte sich einfach zu sehr über seine neue Hilfskraft aus der DDR geärgert. «Der Junge hat mir glatt erklärt, den Streß hier hält er nicht aus. Da kriegt er 'nen Herzinfarkt.» Opa griff verdrossen nach seinem Terminkalender. «Wo nehme ich denn jetzt so schnell Ersatz her?»

Großmutter warf ihm einen eigenartigen Blick zu: «Er kam dir wohl billiger als einer von hier?», worauf uns Opa einen langen Vortrag über freie Marktwirtschaft hielt und über Angebot und Nachfrage.

«Das hat sich ja dann bei dir auf natürliche Weise geregelt», sagte Großmutter.

Onkel Ludwig sprach nur noch von seiner «zweiten Heimat», der DDR. Er zeigte mir vergilbte Bilder seiner Großeltern mütterlicherseits, auf denen man, nur mit einer Lupe zu erkennen, winzige Menschen vor einer Mühle stehen sah. Wegen seiner flammenden Begeisterung für die Brüder und Schwestern verlor er sogar eine sehr lukrative Patientin. Sie hatte sich im Lauf der

Jahre in ihrem Mund alles erneuern lassen, was die Medizin hergab, und sich gerade zu einer Zahnimplantation entschlossen, bis sie dummerweise auf das Thema einer möglichen Wiedervereinigung kamen. Von der hielt die Dame gar nichts. Sie sprach von den verkappten Kommunisten, die man sich dadurch in den Pelz setzen würde, und daß sie nicht bereit wäre, für vierzig Jahre Mißwirtschaft auch nur einen roten Heller zu zahlen. Vor ihren erschrockenen Augen verwandelte sich dieser sonst so freundliche, verbindliche Dr. Petersen in einen schroffen, aufgeregten Menschen, der sie grob anfuhr, sie solle gefälligst stillhalten, so daß sie völlig verängstigt alles über sich ergehen ließ. Nach diesem Erlebnis zog sie es vor, den Zahnarzt zu wechseln, nicht ohne im Bekanntenkreis ausgiebig über Onkel Ludwigs seltsames Benehmen zu tratschen. Mancher Patient blieb plötzlich aus, und so wurde für Onkel Ludwig der Fall der Mauer zu einem Schnitt ins gute Tuch.

Professor Friesen wiederum ärgerte sich, daß er von einem Kollegen in der DDR an der Nase herumgeführt worden war. Der hatte ihn händeringend gebeten, ihm ein gebrauchtes Röntgengerät zu verschaffen, da sonst die medizinische Versorgung seiner Patienten nicht mehr gewährleistet sei. Das Gerät wurde nie abgeholt, und Professor Friesen mußte erfahren, daß dieser Arzt inzwischen seine Praxis längst geschlossen und eine Chefarztstelle im Westen ergattert hatte.

Auch die nette Sparkassenangestellte, die der Räuber so erschreckt hatte und die selbst aus der DDR stammte, sprach wie Opa von dem «falschen Gold». Wie man hörte, würden Ossis jetzt sogar vom Sozialamt nach Mallorca geschickt. Ihr wäre auch nichts geschenkt worden.

Tante Irmchen holte sich ihre Informationen aus der Lesemappe und hielt uns auf dem laufenden darüber, was Erich und Konsorten sich an Luxus geleistet hatten. Ein Leben in Saus und Braus. Die süßen Rehe hätten sie sogar aus dem Schlafzimmerfenster abgeknallt. Und die Einrichtung der Häuser wie bei Ludwig XIV., mit kostbarstem Silber und Porzellan, alles geklaut natürlich. Na, und dann die Partys, die sie gefeiert hatten. «Orgien, sage ich euch.»

Opa warf mir einen strengen Blick zu. «Ja, ja», sagte er. «Das hatten wir ja wohl schon mal.» Dann meinte er, nun müsse die Jaulerei über die verlorenen vierzig Jahre auch mal ein Ende haben. Jeder hätte sein Päckchen zu tragen. Die dort drüben müßten jetzt mal ordentlich in die Hände spucken und anfangen, die Karre aus dem Dreck zu ziehen. Gebratene Tauben flögen keinem in den Mund.

«Wofür du ja ein leuchtendes Beispiel bist», sagte Tante Irmchen spöttisch. «Die ersten Wochen nach dem Krieg hast du nur auf dem Sofa rumgelegen, auf dem guten, wohlgemerkt, und an die Decke gestarrt. Mutter mußte praktisch erst mit dem Scheuerlappen kommen und dir Beine machen.»

Opa war tief beleidigt. «Ich war todkrank, hast du das vergessen?»

«Typhus wird's nicht gleich gewesen sein. Gegessen hast du jedenfalls für drei. Man mußte alles vor dir verstecken, nicht mal vor den kalten Pellkartoffeln hast du haltgemacht. Aber wahrscheinlich mußtest du Kräfte für die schöne Toni sammeln.» Der berühmte Engel flatterte durchs Zimmer.

Opa räusperte sich ausgiebig. «Also, der Hund muß dringend raus. Es wäre schön, wenn gewisse Leute sich daran erinnerten, daß ein Tier keine Ware ist, sondern auch einen Anspruch auf Pflege hat und man an seine Bedürfnisse denken sollte.» Wölfchen, der das Wort «raus» sehr gut verstand, umsprang ihn freudig winselnd. Er war längst mehr Opas als mein Hund. Großvater fütterte dieses «entartete Meerschwein» heimlich mit den besten Bissen und tat sich bei seiner Bruderschaft damit wichtig. «Ein englischer Kampfhund, eine sehr seltene Rasse und von der gefährlichsten Sorte, mehrfach prämiiert.» Er verschwieg, daß Wölfchen vor jedem größeren Hund Reißaus nahm, im Garten gern an den Blumen schnupperte und fast einen Herzschlag bekam, als, während er friedlich in seinem Korb schlief, plötzlich Onkel Ludwig vor ihm stand. Er wurde von Opa gleich angeraunzt: «Erschreck den Hund nicht. Das Tier ist sehr sensibel.»

Opa beugte sich zu Wölfchen herunter und brummelte zärtlich: «Mein schöner Hund», während er die Leine anknipste. Dann ging er mit ihm nach draußen.

Wir redeten weiter über das, was da drüben alles zutage kam, wie sich die ehemaligen Funktionäre nun auch noch bei uns im Fernsehen wichtig machten und daran flott verdienten.

Nach einer Viertelstunde kehrte Opa zurück.

«Es waren nicht Monate, es waren vierzehn Tage, und mir ist auch wieder eingefallen, was ich hatte: die asiatische Grippe», feuerte er in die Unterhaltung.

Wir sahen ihn an. «Wovon sprichst du eigentlich?» fragten wir scheinheilig.

# 14

Die Baronin überredete Kurtchen und mich, zwischen Weihnachten und Neujahr mit ihr in die «Zone» zu fahren, ein Begriff, der, wie sie meinte, sich wohl noch lange im Sprachgebrauch halten würde. Petra winkte ab. Später vielleicht; jetzt beschäftigten sie ganz andere Pläne. Sie wolle für ein Vierteljahr nach Amerika gehen.

Bevor wir zu unserer Expedition in ein «fremdes Land» aufbrechen konnten, wählte sich die Baronin mal wieder die Finger wund, um ihrer früheren Dorffreundin Meta Zeit und Stunde unserer Ankunft mitzuteilen. Inzwischen hatten sie schon ein paarmal miteinander telefoniert. Beim erstenmal war die Baronin so aufgeregt gewesen, daß sie nur ins Telefon schrie: «Meta, Meta, bist du's wirklich?» Und Meta mußte ihr die gleiche Frage gestellt haben, denn wir hörten durch die Wand die Baronin wiederholt rufen: «Ja, ich bin's, ich bin's wirklich.»

In den Jahren zuvor hatte die Baronin sich nicht getraut, ihre Freundin anzurufen, und nur brieflichen Kontakt gepflegt, denn Meta, die hin und wieder bei der Post aushalf, war deshalb zum Geheimnisträger avanciert, und Westkontakte waren ihr verboten. Diesmal dauerte es nur zwei Stunden, bis sie miteinander reden und den Tag festlegen konnten, an dem wir starten sollten: Opa fand die ganze Idee blödsinnig. «Ausgerechnet jetzt im Winter, bei den Straßen. Könnt ihr nicht bis zum Frühjahr warten?»

«Können sie eben nicht», sagte Großmutter. «Die Baronin hat kein Auto, und Kurtchen will dann seine Zelte hier abbrechen.»

«Warum bist du so gereizt?» fragte Opa unschuldig. Ja, das war Oma, schon die ganze letzte Zeit. Sie hatte sich einfach zu sehr über ihren Hermann geärgert. Tante Edith, Tante Irmchen und sie waren vom Roten Kreuz für ihren selbstlosen Einsatz mit Ehrenkarten für eine Galavorstellung bedacht worden. Leider fiel sie ausgerechnet auf den Tag, an dem Opa seine Zusammenkunft mit der Bruderschaft hatte. «Da wirst du ja wohl mal fehlen können», meinte Großmutter. Opa zeigte dazu wenig Lust, aber er traute sich auch nicht so recht, es zuzugeben, denn im umgekehrten Fall wäre es ganz selbstverständlich gewesen, daß Großmutter ihn begleitete. Er sagte der Bruderschaft also ab, aber der Grund, den er dafür angab, brachte Oma erst so richtig auf die Palme.

«Er hat behauptet, er hätte sich den Fuß verstaucht. Kein Wort über die Ehrenkarten», beschwerte sie sich bei Tante Irmchen. «Hat man da noch Worte? Bloß nicht zugeben, daß seine Frau vielleicht mal die Hauptperson ist und nicht er.»

«Typisch Hermann», sagte Tante Irmchen, «der hält sich nicht nur für den Nabel der Welt, er nervt mit seiner Wichtigtuerei auch noch alle Leute.»

Den drei Frauen hatte die gemeinsame Arbeit großen Spaß gemacht. Sie unternahmen seitdem viel zusammen, was Onkel Jochen und Opa überhaupt nicht paßte. «Alles muß ich mir jetzt allein machen», beklagte sich Opa bei Onkel Jochen. «Das wird ja wirklich immer schöner.»

Onkel Jochen nickte betrübt. Daß auch sein Edith-Löckchen so häufig weg war, ließ ihn in Schwermut versinken. Er setzte sich an sein Klavier und sang: «Oh, wie ist es kalt geworden und so traurig, öd' und leer. Rauhe Winde weh'n von Norden, und die Sonne scheint nicht mehr.»

Wir planten zwar nur einen kurzen Besuch, trotzdem mußte alles gut überlegt werden. Gab es drüben genug Tankstellen, und wie sah es mit der Verpflegung aus? Auf jeden Fall waren warme Decken und ein Abschleppseil angebracht, falls man unterwegs steckenblieb. Und eine Taschenlampe, eine «Fußgängerschutzleuchte», wie wir es von Dagmar gelernt hatten. Um diese Jahreszeit wurde es früh dunkel, und die Ortschaften waren sicher miserabel beleuchtet. «An Strom hat es der DDR eigentlich nie gemangelt», sagte die Baronin lächelnd. «Und unter der Pumpe waschen sie sich auch nicht mehr.»

«Aber die Straßen müssen katastrophal sein», sagte Kurtchen. «Dagmar hat uns wahre Schauergeschichten erzählt, von Schlaglöchern, in denen man Blumen gepflanzt hat oder Schilder aufgestellt: ‹Achtung, spielende Kinder›!»

Onkel Ludwig wäre am liebsten mitgekommen. Er zeigte mir auf der Karte den kleinen Ort, wo die Mühle seiner Großeltern lag, gar nicht weit entfernt von Metas Dorf.

Auch bei Dagmar und Dieter wollten wir kurz hereingucken, und auf jeden Fall sollte Wölfchen mit. Opa hatte allerdings mehrere Gründe, warum dieses zarte Geschöpf besser zu Hause blieb. Womöglich brauche man an der Grenze eine Impfbescheinigung, oder er bisse jemanden, dann bekämen wir die größten Scherereien. Wölfchen regelte die Angelegenheit auf seine Weise. Als wir in das Auto steigen wollten, hatte er es sich bereits auf dem Hintersitz gemütlich gemacht.

Je näher wir der Grenze kamen, um so aufgeregter wurde die Baronin. Kurtchen versuchte sie zu beruhigen. «Was soll denn jetzt noch groß passieren?» Aber sie meinte, ihrer Generation stecke nun mal die Angst tief in den Knochen. Da ginge es ihr wie ihrem Dackel nach dem Krieg. Der wäre noch Jahre später bei jedem Flugzeuggeräusch unters Bett gekrochen.

Die Grenzbeamten winkten uns einfach durch. Kurtchen trat auf den Gashebel. «Die hier vorgeschriebene Geschwindigkeit ist bis jetzt nicht aufgehoben», mahnte die Baronin. Sie war plötzlich ganz aufgekratzt und fütterte uns mit ihr im Lauf der Jahre zugetragenen absurden Grenzgeschichten. Von den beiden alten

Frauen, die ihre Reisebusse verwechselt hatten, so daß ein völliges Durcheinander entstand, von der Kaminuhr, die, einmal von den Vopos als Schrott bezeichnet, nicht in die DDR eingeführt und das Pendant dazu wiederum als wertvolles Kulturgut nicht ausgeführt werden durfte.

Wir verließen die Autobahn und schaukelten gemächlich wie eine von Pferden gezogene Karosse über holprige Straßen. Es war ein sonniger Wintertag mit leichtem Frost und Rauhreif, und unser Auto das einzige Fahrzeug weit und breit. «Guckt mal», staunte Kurtchen, «da fährt ein Schiff mitten durch die Wiesen.»

«Unsere Flüsse und Seen haben oft flache Ufer», erklärte die Baronin.

Den ersten Aufenthalt machten wir bei Dagmar und Dieter. Mir war von der Baronin nahegelegt worden, mich besser nicht zu sehr herauszuputzen. «Es laufen sowieso schon genug westdeutsche Angeber in der DDR herum.» So begnügte ich mich mit den gewohnten Jeans und einem dicken, von Oma gestrickten Pullover unter meinem Parka. Dagegen wirkten Dagmar und Dieter um so poppiger, und ihre neuen Klamotten waren nicht vom Billigsten. Dagmar wollte mir gleich ein paar tolle Ohrringe schenken und verriet uns lachend, wieso sie plötzlich zu Reichtum gekommen waren. Ein Westdeutscher hatte ihnen den Trabbi abgekauft. «Dabei lag der in den letzten Zügen.»

Wir blieben nur kurz und hoppelten weiter durch

leere Dörfer, vorbei an Wiesen und einem endlosen, dichten Wald. «Hier 'ne Panne», sagte Kurtchen, «und du fühlst dich wie Hänsel und Gretel.»

Nach einer Weile bat ich Kurtchen um eine kurze Verschnaufpause. Er stellte das Auto auf einem Waldweg ab, und wir vertraten uns die Beine, begleitet von Wölfchen, der aufgeregt an einem Karnickelloch schnupperte. Ich sonderte mich ab und stapfte in Richtung einer kleinen, mit Birken bestandenen Lichtung. Ein Schild tauchte vor mir auf: «Achtung Sperrgebiet». So wandte ich mich in eine andere Richtung und landete auf einer wilden Mülldeponie. Was da so rumlag, hätte jeden Umweltschützer auf die Barrikaden gebracht. Ich lief weiter und stand vor einem Waldsee. Die Bäume ließen kaum Licht durch, so daß er in seiner Abgeschiedenheit und der völligen Stille ringsherum etwas Unwirkliches, Bedrohliches bekam. Mich überfiel plötzlich Angst, ich könnte mich verlaufen haben und das Auto nicht wiederfinden. Ich raste in solchem Tempo durch den Wald zurück und auf die Straße, daß die Baronin, die neben dem Auto stand, erschrocken zusammenfuhr. «Was ist passiert?» fragte sie. Ich versuchte, ihr zu erklären, was dort im Wald in mir vorgegangen war, aber ich fand nicht die richtigen Worte. Kurtchen, genußvoll an einem Käsebrot kauend, hörte mir aufmerksam zu, und ich war gerührt über sein großes Einfühlungsvermögen. «Wie du da so durch den Wald geprescht bist, alle Achtung. Nur gut, daß ich nicht deine Kniegelenke habe. Die von Frauen sind nämlich von Natur aus nur für eine Belastungsdauer von vierzig Jahren geeignet.»

Ich starrte ihn wütend an. «Mich bedrückt die Friedhofsstille hier und die melancholische Stimmung, und du kommst mir mit Kniegelenken.»

«Man macht sich eben Gedanken über den Lauf der Welt. Ich weiß gar nicht, was du willst, das ist doch hier eine herrliche Gegend, richtig noch ein Stück unberührte Natur.»

Die Baronin drängte zum Aufbruch. «Meta wartet sicher schon mit dem Mittagessen.» Auch während der Fahrt sagte sie jetzt öfter, wir müßten uns beeilen. Kurtchen, der elegant die Schlaglöcher umschiffte, seufzte nur: «Das läßt sich einfach nicht machen.»

Nach einer weiteren halben Stunde rief sie: «Hier mußt du abbiegen!» Zuerst gab es noch einen Plattenweg, dann nur noch gefrorenen Sand. Wir hatten das Dorf erreicht und fuhren durch eine Anhäufung barakkenähnlicher, an Scheußlichkeit nicht zu überbietender Gebäude. «Sind das etwa Asylantenunterkünfte?» fragte Kurtchen scheinheilig die Baronin. Sie schüttelte den Kopf. «Völlig falsch. Hier erholen sich verdiente Betriebsangehörige des Reichsbahnausbesserungswerkes. Sie dürfen in dieser schönen Gegend ihren Urlaub verbringen.»

«Wohl besser durften. Jetzt geht bestimmt kein Aas mehr hierhin, und sie können ihre Bruchbuden dichtmachen oder für Honecker und seine Genossen reservieren, damit sie am Ende ihres Lebens noch einmal zum Volk zurückkehren und in diesen zugigen Dingern ihre Frostbeulen pflegen.»

Dann standen wir vor Metas Häuschen. Es hatte lange keine Farbe mehr gesehen, und die Regenrinne war nur noch stückweise vorhanden. Bevor wir ausgestiegen waren, öffnete sich bereits die Haustür. Eine Frau im Alter der Baronin, nur runder und blühender, stürzte auf uns zu. Ihre rötlich-krausen Haare leuchteten in der Wintersonne. Mit einer ruckartigen Bewegung streckte sie uns ihre Hand entgegen. «Alle aus dem Dorf, die damals abgehauen sind, waren schon da, und nun endlich auch unsere Baronesse!» rief sie. Die beiden alten Frauen lagen sich gerührt in den Armen. Meta wandte sich uns zu und musterte uns kritisch. «Na, ihr beeden, das erstemal in der Deutschen Demokratischen Republik? Nu aber mal rin in die gute Stube, sonst verschmurgelt mir mein Braten noch ganz.»

Sie bewirtete uns wie Schiffbrüchige, mit Hühnersuppe, Schweinebraten und einem sahneträchtigen Pudding mit selbst eingekochtem Himbeersaft, was mich gleich wieder an meine Kinderzeit bei Tante Irmchen erinnerte. Als sie dann auch noch mit Kaffee, Torte und Schlagsahne aufwartete, streikten wir. Nur Wölfchen, dessen Bauch sich nach dem Verzehr einer riesigen Schüssel voller undefinierbarer Köstlichkeiten zu einer großen Kugel wölbte, winselte gierig.

«Willst du uns umbringen, Meta?» fragte die Baronin ganz ermattet.

«Aber es hat herrlich geschmeckt.»

Meta räumte mißbilligend den Tisch ab. «Ihr habt ja gar nich richtig zugelangt. Essen und Trinken hält Leib und Seele zusammen, und Essen und Trinken is in der DDR das halbe Leben.» Sie sah mich prüfend an. «Irgendwie kommen Sie mir bekannt vor. Na ja, mit 'm Kopp is es auch nicht mehr das Wahre.»

Die Baronin drängte es jetzt sehr in ihr Elternhaus. Zwar meinte Meta, viel Freude würde sie daran nicht haben, «der olle Schuppen steht doch nun seit Jahren leer», und angeblich bestehe Einsturzgefahr, aber die Baronin war nicht mehr zu halten. So stiegen wir aufs neue ins Auto und fuhren los.

«Was für eine herrliche Allee», staunte Kurtchen, als wir zum Schloß fuhren. Es lag etwa einen Kilometer vom Dorf entfernt, und der Park war so verwildert, daß man kaum noch einen Weg erkennen konnte. Wir hatten den Wagen auf der Straße abgestellt und bahnten uns einen Pfad durch dichtes Gestrüpp und verfilztes Gras. Wir tappten durch modriges Laub, bis wir endlich vor der Freitreppe landeten. Brennesseln wuchsen in den Ritzen, und die Stufen waren zerbröckelt. «Dornröschen war ein schönes Kind, schönes Kind», summte ich halblaut vor mich hin und verstummte, als mich die Baronin kalt ansah. Wir gingen um das Schloß herum, und Kurtchen rief: «Schon wieder ein See! In dieser Gegend gibt's wirklich 'ne Menge Wasser.» Auf der dünnen Eisdecke hockten Enten und Wasserhühner. Sie ließen sich auch nicht von dem im Schilf herumschnüffelnden Wölfchen stören. Am Ufer lag ein umgestülpter Kahn. «Geangelt wird hier viel», erklärte Meta. «Immer noch Hechte?« fragte die Baronin.

Dann sprachen die beiden davon, wie sie als Kinder hier Schlittschuh gelaufen waren, und Meta mußte die Baronin erst erinnern, daß die Dorfkinder gar keine Schlittschuhe besaßen. Die hatten nur Peekschlitten, oder sie schlitterten mit Holzpantinen übers Eis. Und dann hatte der Förster Löcher zum Fischen ins Eis gehackt, und schon war Erwin, dieser Dämlack, hineingerutscht. Nur mit Mühe hatten sie ihn wieder an die Oberfläche geholt. Wie 'ne Rieseneiswaffel hätte man ihn nach Hause gebracht. Das ganze Dorf sprach davon.

Wir betraten das Schloß. Aus der Entfernung sah es noch ganz intakt aus, aber bei näherer Betrachtung konnte davon keine Rede mehr sein. Die meisten Fensterscheiben waren zerbrochen oder herausgeschlagen. Sogar die Rahmen waren zum Teil nicht mehr vorhanden. In den großen Räumen hingen die Tapeten in Fetzen von den Wänden, und auf dem von der Feuchtigkeit aufgequollenen Parkettfußboden lag jede Menge Taubendreck. Über uns gurrte, trippelte und flatterte es. Vorsichtig stiegen wir die schon sehr baufällige Treppe in den oberen Stock hinauf, wo es noch ungemütlicher aussah als unten. «Ein richtig behagliches Kuscheleckchen für Dracula», bemerkte Kurtchen und bestaunte eine durchs Dach wachsende Birke. «Ja, ja, die Kraft der Natur ist stärker als menschliche Vernichtung.» Die Baronin schob einen zerbrochenen Kinderwagen mit dem Fuß beiseite. «War das nicht früher unser Kinderzimmer?»

«So isses. Und 'ne Menge Spielzeug hattet ihr. So was gab's bei uns einfachen Leuten nich.» Der Satz kam mir bekannt vor.

«Gegen das, was Kinder heute besitzen, war es sehr bescheiden», meinte die Baronin.

«Da haste auch wieder recht.»

Die Baronin schickte uns nach Hause. Sie wollte ein bißchen mit ihren Erinnerungen allein sein und in Ruhe über alles nachdenken. Sie komme dann zu Fuß nach.

«Was willste denn bloß in diesem Trümmerhaufen?» Metas Stimme klang besorgt. «Das Grübeln bringt och nischt.» Aber die Baronin ließ sich nicht umstimmen, und so ließen wir sie allein.

Draußen beschlossen wir, die Mühle von Onkel Ludwigs Großeltern aufzusuchen, und baten Meta, uns den Weg zu zeigen. Meta war sofort im Bilde. «Ich weiß, die Reisners wohnten da. Kann ich mich noch gut erinnern. So 'm Müller ging's ja selbst im Krieg nich schlecht, und die schöne Toni hatte die Nase immer vorn. Aber Nazis waren sie nicht. Die Toni war immer mächtig rausgeputzt. Um ihre schicken Hüte haben wir sie sehr beneidet. Die Reisners sind dann noch in den letzten Kriegstagen weggemacht.» Sie sah mich fragend an. «Und die Toni hat dann einen von Ihrer Familie geheiratet?» Ich nickte.

«Aber blicken lassen hat sich von denen niemand mehr. Ihr Junge war wohl mal da. Ist das Ihr Onkel? Pakete haben se fleißig geschickt, das ist wahr.» Sie schob sich in das Auto. «Dann woll'n wir mal.»

Auch das Grundstück von Onkel Ludwigs Großeltern war verwahrlost und die Mühle, wie das Schloß, ausgeschlachtet worden. «Aber die Lage, die Lage!» rief Kurtchen. ‹«Richtig romantisch!» Das stimmte. Die Mühle oder besser, was von ihr übriggeblieben war, lag wunderhübsch am Seitenarm eines kleinen Flüßchens.

Wir hatten bald genug gesehen und kehrten wieder um.

Eine halbe Stunde später kam auch die Baronin zurück. Sie wirkte, ganz gegen ihre Natur, richtig grimmig und legte auch gleich los. «Wie sieht's im Dorf nur aus. Was sind die Gebäude heruntergekommen. Die Zäune hätte man doch wenigstens mal flicken und die Mauern kalken können. So voller Löcher muß eine Straße nicht sein. Erde und Schotter gibt's schließlich umsonst. Wie habt ihr das alles nur so verlottern lassen?»

«Was giftest du dich so, Baronesse?» Meta schob uns mit einer ihrer ruckartigen Bewegungen einen mit Süßigkeiten gefüllten Weihnachtsteller hin. «Das weißte doch längst aus meinen Briefen. Worüber regste dich denn nu wirklich auf?»

«Daß mir eure Kirche ein richtiges Kuckucksei ins Nest gelegt hat.»

Meta guckte verdutzt. «Was'n für 'n Kuckucksei?»

«Den Bock zum Gärtner gemacht.» Die Baronin kam

immer mehr in Fahrt. «Ein vom Pastor warm empfohlenes, bedürftiges Kirchenmitglied, die Karin Steiger, der ich regelmäßig Päckchen geschickt habe.»

«Ach so, daß die gespitzelt hat. So isses nu' mal im Sozialismus. Da gibt's 'ne Menge Boviste mang die Champignons, mehr als anderswo», sagte Meta gleichmütig. Sie stand auf. «Nu beruhige dich man. Ich hab auch 'ne Überraschung für dich.» Sie verließ das Zimmer und kam mit einem altmodischen Koffergrammophon und einigen Schellackplatten zurück.

«Das hab ich damals noch im Schloß gefunden und aufgehoben.» Sie sah die Baronin stolz an. «Da staunste.» Sie stellte das Grammophon auf den Tisch, zog es mit der Handkurbel auf und legte eine Platte auf. Krächzend setzte sich der Apparat in Bewegung. Und da saßen sie nun, zwei alte Frauen, eine dicke, eine dünne, und begleiteten Zarah Leanders Gesang, «Eine Frau wird erst schön durch die Liebe». Sie ließen sich auch nicht durch unsere verlegenen Blicke dabei stören. Die Platte endete mit einem kratzenden Geräusch. Die Baronin stupste ihre Freundin an und sagte: «Na, Meta, das war's ja dann wohl.» Meta nickte. «So isses.»

Draußen krähte völlig unerwartet ein Hahn, und man hörte das hungrige Muhen der «Großvieheinheiten» aus dem nahegelegenen Stall der LPG. Der Anblick der beiden Omas, die da so verträumt auf dem Sofa saßen, ging mir richtig an die Nieren. Kurtchen schien es ähnlich zu gehen. Er machte ein nachdenkliches, ernstes Gesicht. Doch bei Kurtchen wußte man nie. Vielleicht dachte er gerade an sein morphiumhaltiges Käsebrot, das er auf der Fahrt gegessen hatte und das, wie er uns erklärte, durchaus süchtig machen kann. Das Verdauungssystem, so hatte er uns gesagt, verarbeitet die Proteine in den Milchprodukten zu einem morphiumähnlichen Stoff, und Sucht danach könne die Folge sein.

Meta stemmte sich energisch hoch und fragte: «Na, wie wär's denn nu mit 'm kleinen Schnaps?»

«Denk an deinen Zucker», mahnte die Baronin.

«Man muß die Leber überlisten.» Unsere Gastgeberin holte Schnapsgläser und einen Korn aus dem Schrank und goß uns nicht zu knapp ein. Dann wurden Fotoalben hergeholt, und schon entschwanden die beiden Alten beim Anblick ihrer Kindheitsbilder wieder in die Vergangenheit. Wie der alte Baron immer gefragt hätte: «Und wo haben Sie gedient?» Als des Pastors Töchterchen, dessen Vater später von den Russen verschleppt wurde, mit dem Fuß aufgestampft und gerufen hatte: «Ich will aber, daß es Krieg gibt, damit ich mit meinen Freundinnen auf dem Bahnhof den Soldaten Tee ausschenken kann.» Die Ohrfeige, die sie dafür bekam, hätte lauter als eine Peitsche geknallt. Meta kicherte verschmitzt. «Und dann, weißte noch, Baronesse, dein Erlebnis in der Kleinbahn, ganz allein mit einem Schwarzhändler im Abteil Zwoter? Ein halbes Dutzend Seidenstrümpfe hat er ihr geschenkt, und trotzdem wollte se sich nicht von ihm knutschen lassen», sagte sie, zu mir gewandt.

«Und, hat er ihr die Strümpfe wieder weggenommen?» fragte ich neugierig.

«Hat er nicht», sagte die Baronin. «Er hat mich nur traurig angeguckt und gesagt: ‹Wo das Fluidum fehlt . . .›»

Meta blätterte weiter in den Alben und stutzte plötzlich. «Jetzt weiß ich, Fräulein Petersen, an wen Sie mich erinnern. An Rosi Seifert.»

Bei diesem Namen überlief es mich heiß. Seifert war der Name meiner Mutter gewesen. Meta schob mir das Album über den Tisch. Ich sah auf das Bild einer älteren Frau, die tatsächlich eine gewisse Ähnlichkeit mit mir hatte. Sollte dies meine Großmutter mütterlicherseits sein?

Meta erklärte: «Von hier stammten die Seiferts nicht. Sie waren Bombenflüchtlinge aus der Stadt. Rosi Seifert verstand es, mit der Nadel umzugehen, und hatte als gute Schneiderin bald mehr Kunden, als sie bewältigen konnte. Noch im Krieg haben sich die Seiferts ein Haus im Nachbardorf gekauft. Dort haben sie friedlich vor sich hin gelebt. Auch unter den Kommunisten hat sich daran nicht viel geändert. Der Ärger fing erst sehr viel später an, als ihre Reni auf die Oberschule kam. Da ist sie wohl den Lehrern zu sehr auf den Schlips getreten. Das Abitur durfte sie jedenfalls nicht machen. Bald darauf ist sie von einem Urlaub in der Tschechoslowakei nicht mehr zurückgekehrt. Am Anfang hat sie noch regelmäßig geschrieben, aber irgendwann brach der Kontakt ab. Vielleicht sind die Briefe auch verlorengegangen. Rosi Seifert hat immer gesagt: ‹Meta, da steckt ein Kerl dahinter.› So war's ja dann auch. Das Kind von ihr müßten dann also Sie sein? Irgend etwas war mit Ihrem Vater. Aber die Zusammenhänge weiß ich nicht mehr so genau: Jedenfalls hat mir Rosi kurz vor ihrem Tod ein paar Briefe und Dokumente von der Reni zur Aufbewahrung gegeben, falls sie sich doch noch melden sollte. Viel Hoffnung hat sie nicht mehr gehabt. Als Renis Vater starb, hat sie auf die Todesnachricht überhaupt nicht reagiert.»

Sie stand auf, holte aus einer Schublade eine flache Schachtel und gab sie mir. «Mach schon auf», drängte Kurtchen neugierig. Ich schüttelte den Kopf und wechselte das Thema.

Erst als ich mich auf Metas durchgesessenem Sofa zum Schlafen eingerichtet hatte, begann ich mit gemischten Gefühlen die Briefe zu lesen und die Fotos zu betrachten. Auf einem war ein gutaussehender, gutgelaunter junger Mann, der mich lachend anblinzelte.

# 15

Die Petersens sind fest davon überzeugt, daß sie bei mir jederzeit den großen Durchblick haben und mir sozusagen an der Nasenspitze ansehen, wenn etwas nicht in Ordnung ist. Aber wenn es wirklich brennt, merken sie nichts. Dabei hätte ich gerade jetzt dringend seelischen Beistand nötig, um mein verwirrtes Gemüt zu beruhigen. Doch die Familie ist, wie immer, viel zu sehr mit anderen Dingen beschäftigt, zum Beispiel mit der Politik. Opa berauscht sich geradezu an Worten, die ich bislang noch nie von ihm gehört habe. Was wir in diesen Tagen erlebten, wäre etwas ganz Fundamentales. Nicht mehr die Politiker bestimmten das Schicksal der Menschen, sondern die Menschen selbst. «Das Volk weist der Politik den Weg.»

«Opa», rief ich ganz verdattert, «wie redest du bloß?»

«Wie der Bundespräsident», erklärte mir Oma spöttisch. «Wortwörtlich.» Sie entfernte die abgebrannten Kerzen vom Weihnachtsbaum. «Und nun wäre es schön, wenn mir jemand helfen könnte, den Baum abzuschmücken.» Was natürlich wieder auf mir sitzen blieb, denn Opa verzog sich augenblicklich. Während ich sorgsam die Lamettafäden glattstrich, die seit mehr als zehn Jahren ihren Dienst tun müssen, und die bunten Kugeln abnahm, kreisten meine Gedanken um die von Meta erhaltenen Briefe. Sie hatten mein Leben entscheidend verändert.

Die Familie hatte nur wenig Interesse an meinen Schilderungen über die zwei Tage in der DDR gezeigt. Was ich erzählte, kannte man längst aus dem Fernsehen. So blieb jedes Gespräch im Ansatz stecken. Nicht einmal Tante Irmchen, die es sonst immer mit dem Adel hatte, interessierte sich die Bohne für das zerfallene Stammschloß der Baronin. Aber vielleicht hatte ich auch nur den falschen Augenblick erwischt? Als ich sie besuchte, hatte sie gerade ihren Ordnungs-Rappel. Dann fängt sie an, das Haus vom Keller bis zum Dach aufzuräumen. Dieses Mal wühlte sie wie eine Besessene im Kleiderschrank.

«Was suchst du denn?» fragte ich ungeduldig, weil sie mir überhaupt nicht zuhörte. Sie sah mich geistesabwesend an. «Was ich suche? Ja, was suche ich eigentlich?» Sie faßte sich mit der Hand an die Stirn. «Ich suche einen Umschlag. Wie ist es nur möglich, daß ich den vergessen konnte? Er muß mir irgendwie zwischen Schubladen und Schrankwand gerutscht sein.»

«Was ist denn damit?» fragte ich desinteressiert.

«Er war für Hermann bestimmt, von der schönen Toni. Ich sollte ihn aufheben, falls ihr mal etwas zustößt, und ihn dann deinem Opa geben.» Sie seufzte.

«Hermann wird mir den Kopf abreißen für meine Schusseligkeit. Was mach ich jetzt nur?»

«Am besten gar nichts. Die Sache mit der schönen Toni liegt so lange zurück. Oma würde sich nur unnötig aufregen, auch wenn sie's nicht zugibt.»

Sie sah mich zweifelnd an. «Meinst du? Na, erst mal muß ich den Umschlag wiederfinden.» Sie kramte weiter, ohne meinem Reisebericht Aufmerksamkeit zu schenken.

So verzog ich mich bald und schaute bei Tante Leonie herein. Sie war gerade dabei, ihrer Wohnung ein neues Outfit zu verpassen, und ich kam ihr sehr gelegen, beim Möbelumstellen zu helfen. So rückten wir Stühle, Tisch und Sofa hin und her, um den richtigen Platz für die neue Brücke zu finden. Sie war nachtblau und erinnerte mich an den Waldsee in der DDR.

Auch bei Tante Edith und Onkel Jochen erwischte ich den falschen Moment. Sie wollten sich gerade in ihrer Eigenschaft als Seelentröster auf den Weg machen, denn, wie Onkel Jochen es auszudrücken pflegte: «Schmerz und Klage sind unsere erste natürliche Antwort auf den Verlust eines geliebten Menschen.» In feierlichem Schwarz standen sie vor mir, und Tante Ediths große Augen produzierten bereits die gewünschte Flüssigkeit.

Die größte Enttäuschung jedoch war Onkel Ludwig. Er war nicht zu Hause. Als ich ihn später anrief, hatte er gleich abgewinkt.

«Nie hast du Zeit», maulte ich. Normalerweise hätte

ihn mein betrübter Ton umgestimmt, aber diesmal zeigte der Zauber meiner Stimme keine Wirkung.

Verständnis fand ich nur bei der Baronin. Sie war von der Reise in die DDR noch ebenso erfüllt wie ich. Wir redeten über Dagmar und Dieter, dieses nette, wenn auch etwas leichtsinnige Paar, wie wir fanden. Über das Schloß, das die Baronin nüchtern in ihrem Herzen abgehakt hatte, «die Renovierung kann sowieso kein Mensch bezahlen». Dagegen ließe sich mit Onkel Ludwigs Mühle vielleicht noch was anfangen. Wir sprachen über Meta, die sich nicht mit Geld und guten Worten in die Bundesrepublik locken lassen wollte. Der eine Abstecher mit ihrem Neffen nach Berlin hatte ihr völlig gereicht. So viele Menschen auf einem Haufen hatte sie seit vierzig Jahren nicht erlebt. Fast umgerannt wäre sie worden, und dann noch angegrobst: «Oma, schlaf hier nicht ein.» Nee, nee, die Baronesse solle man lieber zu ihr kommen. Da könne man genauso gut von alten Zeiten quatschen. Die Sache mit der Grenze habe sich ja wohl erledigt.

«Typisch Meta», sagte die Baronin fast zärtlich, «stur war sie immer.»

Ich wollte wissen, ob Meta verheiratet gewesen war.

«Ganze vier Wochen, dann kam der Heldentod dazwischen.» Die Baronin stand auf und legte eine Kassette in den Recorder. «Jede Frau hat ihr süßes Geheimnis. Ist es auch noch so klein, es gehört ihr allein», sang eine Frauenstimme. Mein Geheimnis war nicht süß, es deprimierte mich. Mein melancholischer Gemütszustand fiel der Baronin auf. Sie sah mich prüfend an. «Sie wirken so bedrückt.»

«Ich wüßte gern mehr über meine Großeltern mütterlicherseits», sagte ich, um mich an das heikle Thema heranzutasten. «Meta ist die erste, die mir einiges von ihnen erzählen konnte. Den Petersens ist doch die Familie meiner Mutter völlig Wurscht. Als ich davon anfing, hat Opa kaum hingehört, und Großmutter machte ein eher ablehnendes Gesicht. Bei ihnen kann ich es noch verstehen. Aber Onkel Ludwigs offensichtliches Desinteresse kränkt mich schon.»

«Jetzt sind Sie ungerecht», tröstete mich die Baronin. «Der Onkel kümmert sich wirklich rührend um Sie. Im allgemeinen tun das Männer mehr für anderer Leute Frauen als für deren Kinder, da ist er wirklich eine Ausnahme.» Sie stand auf: «Jetzt werden wir mal die Leber überlisten, wie Meta es nennt, und uns etwas zu trinken gönnen.»

Der Whisky löste Spannung und Zunge. Leicht beschwipst trabte ich zur Haltestelle. In dem völlig leeren Bus zankten sich zwei Schwerbeschädigte um den für sie reservierten Sitzplatz.

«Jede Frau hat ihr süßes Geheimnis», teilte ich kichernd dem Busfahrer mit und suchte in allen Taschen nach meiner Monatskarte.

«Wenn das heißen soll, daß Sie nicht zahlen können, sind Sie bei mir schiefgewickelt», sagte er mürrisch. Aber da hatte ich sie schon parat.

Es war mein Backenzahn, der Onkel Ludwig notgedrungen zu einem Treffen zwang, obwohl ich mir die erste Begegnung mit ihm nach der Rückkehr aus der DDR anders vorgestellt hatte, sozusagen in absoluter Zweisamkeit am Kamin, ohne Marie-Luise. Diese hatte sich zwar inzwischen aus seinem Leben verabschiedet, aber ein Zahnarztstuhl war wohl kaum der geeignete Platz für ein vertrauliches Gespräch.

Nach der Sprechstunde – die Arzthelferin hatte uns bereits verlassen – nahm er sich meines Backenzahns an. Er röntgte ihn und betrachtete die Aufnahme sehr gründlich. «Der muß so schnell wie möglich raus», entschied er. Ich wehrte mich verzweifelt gegen diesen unerwarteten Überfall.

«Ich hab überhaupt keine Schmerzen mehr. Kannst du es nicht erst mal mit einer Wurzelbehandlung versuchen?» sagte ich und versuchte, mich von meinem Papierlätzchen zu befreien. Er hatte längst eine Betäubungsspritze aufgezogen und drückte mich mit der linken Hand energisch wieder in den Stuhl zurück. «Keine Fisimatenten, bitte. Es tut halb so weh, wie du dir einbildest. Und nun mach den Mund auf. Du wirst kaum was spüren.» Ich benahm mich fast so hysterisch wie Opa, als er ins Krankenhaus sollte, woran sicher meine augenblickliche Gemütsverfassung schuld war. Onkel Ludwig fackelte nicht lange. Er zwang mich, den Mund zu öffnen. Mein Herz raste wie verrückt. Ich schlug seine Hand weg und zappelte wie Wölfchen, wenn man ihm eine Zecke entfernt.

Dabei ist mir dann auch das Wort ganz gegen meinen

Willen herausgerutscht: «Tu's nicht, Vater!» schrie ich und wurde doch tatsächlich ohnmächtig, allerdings nur für Sekunden. «Ist er raus?» fragte ich benommen, als ich wieder zu mir kam.

«Wie sollte er.» Onkel Ludwig war sichtlich ungehalten. «Und was sollte dieser dramatische Aufschrei ‹Vater!›? Kein guter Witz, finde ich.»

Ich begann zu weinen. Diesmal war meine Verzweiflung nicht gespielt. Ich war wirklich völlig durcheinander. Er wartete, bis ich mich beruhigt hatte, und fragte nach einer Weile: «Na, geht es wieder?» Ich nickte. «Es war kein Witz», sagte ich, «es ist die Wahrheit, nichts als die Wahrheit, ob es dir nun gefällt oder nicht.» Der Onkel lachte. Es klang etwas gequält. «Wie kommst du denn auf so was?»

«Ich hab's von einer alten Dorffreundin der Baronin. Sie hat meine Großeltern und meine Mutter gut gekannt. Bevor meine Großmutter starb, hat sie dieser Meta Briefe und Fotos zur Aufbewahrung gegeben, falls sich meine Mutter doch noch mal melden sollte. Aus den Briefen geht ganz eindeutig hervor, daß nur du mein Vater sein kannst.»

Mein geliebter Onkel starrte mich an, als hätte ich den Verstand verloren. «Ich denke, ihr habt euch da eine Menge Unsinn zusammengereimt», sagte er schließlich. «Die Briefe mußt du mir erst einmal zeigen.» Ich erzählte ihm, daß das Ganze auf einem Zufall beruhte und sich durch eine Vaterschaftsklage herausstellte, die ein ehemaliges Mitglied der Kommune angestrengt hatte. Hänsgen Petersen war zeugungsunfähig, wahrscheinlich als Folge einer Kinderkrankheit. «Und wer kommt dann als Vater anders in Frage als du?» fragte ich. Meine Stimme muß zittrig geklungen haben. Denn mein immer noch fassungsloser Onkel stotterte beschwichtigend: «Nein, natürlich nicht, aber warum erfahre ich das erst jetzt, warum hat deine Mutter nie mit mir darüber gesprochen?»

«Hänsgen wollte es nicht. Er fand, es würde alles nur komplizieren, auch wollte er auf keinen Fall auf mich verzichten. Er liebte mich eben zu sehr», sagte ich mit Stolz.

«Deshalb hat er dich wahrscheinlich im Stich gelassen», bemerkte der Onkel trocken. «Trotzdem muß ich mich erst an diese neue Situation gewöhnen, das verstehst du hoffentlich.»

«Ich etwa nicht?» rief ich gekränkt und auch enttäuscht über seine abwehrende Reaktion. Er war zum Fenster gegangen, um sich zu sammeln. Ich stemmte mich aus dem Stuhl. Ein Gutes hatte die Sache wenigstens: Der Zahn blieb, wo er war.

Der Onkel drehte sich um. Er wirkte erstaunlich gefaßt. «Sei es, wie es sei. Auf jeden Fall, der Zahn muß raus», entschied er mit großer Bestimmtheit, und zehn Minuten später war ich meinen Backenzahn los.

Dieses Drama liegt nun einige Wochen zurück und ist die letzte Begegnung mit meinem Onkel-Vater, der mir zum Abschied nicht mal einen Kuß gab, sondern nur beiläufig erklärte: «Ich muß dringend verreisen. Bis ich wieder zurück bin, rede besser mit niemandem darüber.»

Er hatte von ein paar Tagen gesprochen. Ist es da verwunderlich, daß ich anfange, mir Sorgen zu machen? Niemand weiß, wo er ist. Die Petersens haben es inzwischen aufgegeben, sich darüber den Kopf zu zerbrechen. Es gibt andere Probleme: daß täglich bis zu zweitausend Brüder und Schwestern in unsere Bundesrepublik überwechseln und immer mehr fremdes Volk ins Land drängt. Aussiedler, Übersiedler, Umsiedler, Asylanten. «Da findet sich ja kein Schwein mehr zurecht», sagt Opa. «Aber eins ist euch wohl klar: Die werden uns mächtig in die Tasche greifen.» Sein neuer Freund Yesligoz ist völlig seiner Meinung. Hatte man sich nach soviel mühevollen Jahren endlich eine eigene Existenz aufgebaut, damit andere nun Nutzen daraus zogen?

«Am besten gar nicht hinhören», sagt Oma.

Die Zeit verstreicht, ich habe auf einen Schlag den Vater und den Onkel verloren. Es gibt niemanden, mit dem ich darüber reden kann. Kurtchen muß her. Man kann so ein Geheimnis nicht wochenlang mit sich herumschleppen. Er gehört nicht zur Familie, die nun, genau genommen, auch nicht mehr die meine ist. Kurtchen war bereit, sich meine Sorgen anzuhören. Wir verabredeten uns in einem kleinen neueröffneten indonesischen Restaurant. Wölfchen wollte unbedingt mit, und ein Skinhead im Bus fragte artig, ob er ihn mir abkaufen könne. Der treulose Wölfchen biederte sich sofort bei ihm an und winselte ihm nach, als er ausstieg.

In dem Lokal hatte der Wirt, ein geschmeidiger, samtäugiger Typ, als besondere Attraktion bunte Glühlampen aufgehängt, die im Wechsel aus- und angingen, was Kurtchen «echt nervig» fand. Ich sah mich um. Früher war dieser Raum ein etwas verstaubtes Café gewesen, wo man an Marmortischchen saß und aus dicken Tassen Schokolade trank und Windbeutel aß. Ich hatte Tante Irmchen immer gern hierher begleitet. Später wurde aus dem Café eine Eisdiele, in der wir uns nach der Schule lärmend niederließen, einander bei den Schularbeiten halfen oder den Klassenklatsch austauschten. Der Hähnchengrill danach hatte schnell wieder aufgegeben, und nun versuchte dieser Indonesier mit exotischen Gerichten sein Glück.

Während ich noch nach einem passenden Anfang für meine Geschichte suchte, hielt Kurtchen mal wieder Monologe. Diesmal waren es Mom und Pa, die ihm großes Kopfzerbrechen bereiteten. Er beugte sich zu mir herüber und sagte fast flüsternd: «Stell dir vor, sie sind total übergeschnappt.» Das interessierte mich nun doch, und ich erfuhr, daß Mom und Pa es tatsächlich fertiggebracht hatten, ihn vor die Tür zu setzen. «Und das in der Silvesternacht. Petra war völlig durch den Wind.»

Es gab mir einen richtigen Schlag. «Petra? Wieso Petra? Ich denke, die ist in Amerika.»

«Es ist ihr was dazwischengekommen, und so habe ich sie selbstverständlich mit nach Hause genommen. Zunächst hat sich auch nichts abgespielt. Es gab den üblichen Familienzirkus mit dunklem Anzug, Karpfenessen, Knallbonbons, Raketen im Garten und im Fernsehen ‹Deutschland, einig Vaterland›. Die Bilder davon waren ja auch wirklich beeindruckend und das Feuerwerk beachtlich. Und Pa rief dauernd dazwischen: ‹Seht ihr dort den Berliner Bären am Himmel, in Rot und Weiß? Eine Kreation aus meiner Fabrik! Das Geschäft ist dieses Jahr wirklich exzellent gelaufen.›» Kurtchen seufzte. «Da habe ich gedacht, die Gelegenheit ist günstig, schmiede das Eisen, und hab den Alten vorsichtig gefragt, wie es denn so mit einem neuen Auto stünde. Ich sage dir, ich habe meinen Vater nicht wiedererkannt. Er ist richtig ausgeflippt, ist aufgesprungen und hat wie ein Verrückter herumgeschrien, ich hätte kein Nationalgefühl und einfach keinen Sinn für große geschichtliche Ereignisse. In so einem erhebenden Moment an ein Auto zu denken! Nur immer nehmen und nie geben. Aber damit wäre es nun endgültig vorbei. Ich sollte ihm klipp und klar sagen, wie ich mir meine Zukunft vorstellte. Eine Ausbildung und alles, was dazugehört, würde er bezahlen, aber sonst keinen Pfennig mehr. Die schwere Zeit des Zivildienstes wollte er einfach nicht zur Kenntnis nehmen und nicht, daß es ganz normal ist, sich nach so einer anstrengenden Zeit erst mal etwas Ruhe zu gönnen. Im übrigen hat er sich in Zukunft jede Kritik an seinen Produkten verbeten. Wir hätten ja nun eben selbst feststellen können, wieviel Freude die Leute daran finden würden.» Kurtchen machte eine kurze Pause und fuhr dann fort: «Ich konnte mir das natürlich nicht bieten lassen, habe meine Sachen gepackt und das Haus verlassen. Petra ist ganz benommen vor Schreck hinter mir hergewankt, in ihren dünnen Strümpfen und Schuhen bei eisiger Kälte. ‹Jetzt weiß ich, wie Flüchtlingen zumute ist›, hat sie vor sich hingemurmelt.»

«Und deine Mutter, hat sie nicht zu vermitteln versucht?» wollte ich wissen.

«Hat sie, aber ohne Erfolg.» Er sah betrübt vor sich hin. «Ich wäre so gerne für ein Jahr nach Amerika gegangen, aber daraus wird wohl nichts werden.»

Langsam wurde ich ungeduldig. Er hatte nun wirklich lange genug von sich geredet. «Sehr betrüblich, das Ganze», sagte ich ohne viel Mitgefühl und begann, von meinen Sorgen zu erzählen. Ich gab ihm keine Chance, mich zu unterbrechen und mich mit dem Psychoterror seiner Eltern zu langweilen. Er hatte wenigstens welche, und großzügige dazu. Er ließ mich also reden und versuchte sogar, mich zu therapieren. Ich müßte das Ganze positiv sehen und meine Haltung überprüfen, mich einfach mal vor einen Spiegel stellen und vor mich hinsprechen: «Ich, Friede Petersen, einmalig und unverwechselbar auf dieser Erde, akzeptiere mich mit meinen Stärken und Schwächen.» Das würde mir einen unheimlichen Motivationsschub geben. Seine Art, wie ein Briefkastenonkel mit mir zu spechen, mißfiel mir gründlich.

«Was soll ich mit einem Motivationsschub? Auf den Arm nehmen kann ich mich allein.»

«Dann wärst du ein Weltwunder», sagte Kurtchen.

«Verstehst du nicht? Es geht um meine Familie. Nicht mal einen Opa habe ich jetzt mehr.»

Kurtchen gab zu, daß er dieses Problem noch nicht richtig durchdacht hatte. Ich redete und redete, bis Kurtchen mich unterbrach und sagte: «Was für ein Theater! Was ist schon viel passiert? Im Grunde doch nur Angenehmes. Oder hast du etwa mit diesem Onkel gepennt?» Ein gewisses Flackern in seinen Aguen verriet, daß sich dieser Gedanke bei ihm einzunisten begann. «Wäre ja durchaus möglich.»

«Werde bitte nicht geschmacklos», sagte ich bestimmt, konnte aber nicht verhindern, daß ich rot wurde.

«Also, hast du nun?» Kurtchen begann, sanft mit meinen Fingern zu spielen. Ich entzog sie ihm hastig.

«Natürlich nicht», sagte ich mit Nachdruck und erklärte ihm dann umständlich, daß Onkel Ludwig schon immer eine Art Vaterersatz für mich gewesen wäre. Kurtchen unterbrach mich nicht. Er sah sehr nachdenklich vor sich hin und sagte: «Man macht sich halt so seine Gedanken.»

«Mußt du nicht», sagte ich gerührt und gab mich völlig souverän. «Augen zu und durch. Das Schicksal hat halt kein leichtes Leben für mich bestimmt.»

Kurtchen sah weiter nachdenklich vor sich hin. «Was meinst du, Friede, mangelt es mir wirklich an Nationalgefühl? Aber wozu braucht man es?»

Um mir darüber den Kopf zu zerbrechen, war ich

nicht mit ihm zusammengekommen. «Weiß ich's?» sagte ich kurz. «Ich muß jetzt gehen.»

Er sah auf die Uhr. «Tatsächlich, es ist spät geworden, und ich habe Petra fest versprochen, sie noch anzurufen.»

«Kann'st du doch auch morgen.» Ich ärgerte mich, daß ich wieder einmal nicht die Hauptperson war.

Kurtchen sah mich freundlich an. «Kann ich, will ich aber nicht.»

Er setzte mich bei Tante Irmchen ab, bei der ich mich vorübergehend einquartiert hatte, um mal Ruhe vor meinen beiden Alten zu haben. Sie lagen sich in letzter Zeit mehr als sonst in den Haaren, woran Oma nicht ganz unschuldig war. Dauernd meckerte sie an Opa herum.

«Was hast du nur immer?» fragte ich sie.

«Er stellt einfach hinter meinem Rücken die Heizung runter, dreht mir in der Küche nur eine Schummerbirne ein, so daß ich ohne Brille nicht mehr kochen kann, aber läßt sich beim Einkaufen das Teuerste aufschwatzen. Und wenn ich mal weggehen will, gibt es jedesmal einen Aufstand.»

«Er vermißt dich eben», sagte ich.

«Vermißt?» Sie lachte. «Vermissen, mich? Höchstens das Essen, wenn es nicht rechtzeitig fertig ist.»

Ich hatte mit Tante Irmchen darüber gesprochen, und die meinte nur, das wäre eben der Lauf der Welt. «Mit zehn haben wir die Jungs verdroschen, weil sie uns dauernd beim Spielen störten, und im Alter ist es ebenso, da kleben sie an uns wie kleine Jungs an der Mutter. Nur in den Jahren dazwischen haben sie ihre Chance, und die nutzen sie dann auch weidlich.»

«Von deinem John hast du behauptet, daß er die große Liebe deines Lebens gewesen wäre. Du hast ihm nachgetrauert, und das ist noch gar nicht so lange her», sagte ich.

«Ein kleiner sentimentaler Ausrutscher, weiter nichts», sagte Tante Irmchen wegwerfend.

Sie lag bereits im Bett, in die neuesten Zeitschriften vertieft. An ihren entsetzten Ausrufen war zu erkennen, daß es mal wieder die reinsten Schauergeschichten gab. «War's schön mit Kurtchen?» fragte sie, ohne ihre Nase von der Illustrierten zu heben. Ehe ich einen ausführlichen Bericht geben konnte, klingelte das Telefon. Tante Irmchen fuhr zusammen. «Um diese Zeit! Wer kann das jetzt noch sein? Wahrscheinlich wieder so ein Verrückter, der einen mit obszönen Anträgen belästigt.»

Ich ging ins Wohnzimmer und hob den Hörer ab. Es meldete sich eine vertraute Stimme. «Ist die Wunde gut verheilt?»

# 16

Als erstes erklärte mir mein neuer Vater, daß er auf diese Bezeichnung gut verzichten könne. So einigten wir uns auf «Ludwig». Dann erzählte er, wo er gesteckt hatte. Er war in die DDR gefahren, um gründliche Nachforschungen über seine eigenen Großeltern und über meine Mutter anzustellen. Er hatte Meta besucht, sich ausführlich mit ihr unterhalten; er nannte sie eine patente Person. Keine Klage hatte er von ihr gehört über die Vergangenheit und das harte Leben, als sie noch auf der LPG arbeiten mußte. Jeden Morgen um vier in den Kuhstall, und das dreißig Jahre. Mit der medizinischen Versorgung stünde es drüben auch nicht zum besten. Die Zahnprothese, die ihr verpaßt worden war, gehöre ins Museum. Er habe ihr sofort angeboten, Abhilfe zu schaffen, aber davon wollte sie nichts wissen. «Ich glaube, sie grault sich wirklich vor der Reise, trotz der bequemen Fahrt im Auto.»

Auch das Haus meiner Großeltern mütterlicherseits hatte er sich angesehen. Das hätte sich noch in letzter Minute der ehemalige Bürgermeister unter den Nagel gerissen. Meta sei der Meinung, der hätte viel zuviel Dreck am Stecken, als daß er sich dorthin friedlich zurückziehen könnte.

«Und was hat dir Meta über meine Mutter erzählt?» fragte ich. Aber darauf ging er merkwürdigerweise nicht ein und sprach, wenn überhaupt, ungewohnt distanziert von seiner geliebten Reni. Anschließend war er in die Türkei gefahren, um am Meer den nötigen Abstand von allem zu bekommen.

Die Aussprache mit den Petersens stand uns beiden bevor, und wir fürchteten uns davor wie zwei Kinder, die eine gemeinsame Schandtat beichten müssen. «Diese Komplikationen», stöhnte Ludwig. «Erst hat mein Vater deinem Opa die Freundin weggenommen, und jetzt nehme ich ihm die Enkeltochter weg.» Er machte mir den Vorschlag, die Großeltern auf diese Veränderung schon ein wenig vorzubereiten, ehe er ihnen unter die Augen trat.

«Ich?» rief ich empört. «Als mein Vater bist du dafür zuständig.»

Das sah Ludwig ein. «Bringen wir es so schnell wie möglich hinter uns. Trommle die Familie zusammen, dann ist es ein Aufwasch. Sie sind sowieso neugierig, wo ich gesteckt habe.»

«So ist es», sagte ich. «Aber Sorgen um dich habe nur ich mir gemacht.»

Unser Treffen war zur sonntäglichen Kaffeestunde in der guten Stube angesetzt worden. Großmutter hatte sich dafür richtig schick gemacht, wie sie sich in letzter

Zeit überhaupt sehr verändert hatte. Sie interessierte sich jetzt für die Mode, ging bummeln, ließ im Haushalt alle fünfe gerade sein und erklärte meinem armen Opa, sie wolle schließlich auch noch was von ihrem Leben haben. Jedoch an diesem Sonntagnachmittag herrschte volle Harmonie. Wie immer redete jeder seins, Opa über die Politik und sein Herz, Oma sorgte sich um ihre Stauden, die ein gewisser Jemand nicht rechtzeitig zugedeckt habe, Tante Leonie klagte über die steigenden Löhne – einen Gesellen könne man sich heute kaum noch leisten –, Tante Irmchen erging sich in angenehmem Klatsch, Tante Edith und Onkel Jochen erklärten den Zweck der Gesprächsgruppe für Hinterbliebene, die sie gegründet hatten, und schilderten die letzte Beerdigung. Der hochbetagte Friseurmeister, dem Tante Leonie einst als Lehrling gedient hatte, war nun auch gestorben. «Erinnerst du dich nicht mehr, Hermann?»

«Keine Ahnung.» Opa war ausgesprochen muffig. Wahrscheinlich ärgerte er sich, daß Oma den wieder aufgetauchten Ludwig gleich eingeladen hatte.

«Aber Onkel Hermann», sagte Ludwig, «hast du vergessen, wie du dich vor seinem Laden um meine Mutter geprügelt hast?»

Leider ist mein neuer Vater ebenso undiplomatisch wie Opa. Die peinliche Prügelei hielt er offensichtlich für das passende Stichwort. Jedenfalls fing er an, von der schönen Toni zu erzählen und von seiner Reise in die DDR, um dann völlig übergangslos bei meiner

Mutter zu landen. Die Wirkung seiner etwas verworren vorgetragenen erstaunlichen Entdeckung war unfreiwillig komisch. Ludwig galt ja als Spaßvogel, und die Sache mit der Vaterschaft wurde als ein verunglückter Scherz genommen. Man lachte etwas gezwungen, und Großmutter sagte freundlich: «Du warst wirklich immer wie ein Vater zu Friedchen, das muß man dir lassen.»

Ludwig erblaßte und stotterte etwas, was niemand so recht verstand. Opa reagierte völlig grantig und wandte sich mit seinem berühmten Flüsterton, der drei Meilen weit zu hören ist, an Onkel Jochen: «Jetzt fängt dieser Bengel auch noch an zu saufen.»

Doch dann ging ihm als erstem das Licht auf, während die anderen weiter Belangloses schwatzten und Ludwig unbehaglich auf seinem Stuhl herumrutschte. Großvater griff sich plötzlich dramatisch ans Herz, sprang auf und schrie: «Elschen, wir haben keine Enkeltochter mehr!» Mit einem lauten Aufstöhnen stürmte er aus dem Zimmer.

Die Familie, die nun endlich begriffen hatte, sah sich fassungslos an. Es herrschte beklommenes Schweigen, bis ich noch einmal meine alte Methode probierte und anfing zu heulen. Es funktionierte auch diesmal. Augenblicklich betteten sie mich in tröstende Worte, versicherten mich ihrer Liebe und daß sich niemals etwas zwischen uns ändern würde. Tante Irmchen sagte andachtsvoll, das sei ja wie im Roman, und Tante Leonie griff meinen neuen Vater an und nannte ihn einen verantwortungslosen Kerl, der mit Kinderseelen spiele. Ich heulte gleich noch ein bißchen lauter und sagte schluchzend: «Opa wird mich verstoßen, ihr werdet sehen.»

«Unsinn», tröstete mich Großmutter. «Er wird sich schon wieder beruhigen. Will mal sehen, wo er steckt.» Sie stand auf und nahm mich in die Arme. «Mein armes, armes Spätzchen. Was hast du schon alles durchmachen müssen.» Dann verließ sie das Zimmer.

Die anderen saßen betreten herum, sprachen über das Wetter, über Omas guten Kuchen, der ihr wieder einmalig geraten war, und über die von der Uroma geerbten Silberlöffel mit der auffallenden Gravur.

Endlich kamen die beiden wieder zurück. Opas Gesicht sprach Bände. Es war ihm anzusehen, wie unbehaglich er sich fühlte und daß er nicht recht wußte, wie er sich nun verhalten sollte. Er ignorierte Ludwig und war überfreundlich zu mir. Oma mußte ihm mächtig eingeheizt haben. Sie komplimentierte mich und Opa gemeinsam hinaus mit dem Hinweis, Opa habe eine Überraschung für mich.

Schweigend gingen wir über den Hof, und Opa murmelte in sich hinein: «Wirklich merkwürdig manchmal, die Frau.» Ich tastete nach seiner Hand. Er entzog sie mir hastig. An dem neuen Bild auf der Staffelei ließ sich nichts Ungewöhnliches feststellen. Es unterschied sich kaum von den Vorgängern und war nicht besonders originell. Großvater schien auch keinen Kommentar dazu von mir zu erwarten. Er lehnte an der Werkbank und starrte vor sich hin. Aus lauter Verlegenheit schnüffelte ich noch ein wenig herum. Dabei entdeckte ich ein kleines, an die Wand gelehntes, bereits hübsch gerahmtes Bild. Ich hob es auf und hielt es unter die Lampe. Es war eine ganze Schafherde darauf zu sehen, in ihrer Mitte der Schäfer mit einem Kind an der Hand. Es wäre übertrieben zu behaupten, dieses Mädchen mit den fransigen Haaren und den weit aufgerissenen Augen wäre mir wie aus dem Gesicht geschnitten. Aber was die Kleidung anging, so hatten meine alten Sachen, die ich damals trug, als mich die Familie aufnahm, entschieden Modell gestanden. Meine Phantasie legte den Weg in jene Jahre schneller zurück als Wölfchen den zu seinem Freßnapf. Opas Enttäuschung bei meinem Anblick und daß er mich sogar für geistig etwas zurückgeblieben gehalten hatte, wie ich von Schoß zu Schoß gereicht wurde und sich Opa mit den Worten tröstete: «Besser 'n Spatz in der Hand . . .», eine immer wieder gern erzählte Familiengeschichte. Die aufregenden Stunden, wenn ich ihm, mit einem Papierhelm auf dem Kopf, die Zunge zwischen den Lippen, beim Leistenstreichen helfen durfte oder ihn zum Angeln begleitete und mit meinem ewigen «Opa, ich muß mal» zur Verzweiflung brachte. Opa, mein Bestimmer, mein Gruselerzeuger, mein Spielgefährte.

«Ist das Bild für mich?» fragte ich gerührt.

«Für wen sonst?»

«Warum wolltest du es mir dann nicht zeigen?»

«Ich wollte es dir zum Geburtstag schenken. Aber

das hat sich ja nun erledigt.» Er sagte es in ruhigem Ton, aber an dem Klang seiner Stimme erkannte ich, wie erregt er war.

«Wieso denn?» Gott, was war dieser Mann stur.

«Du gehörst jetzt zu Ludwig und nicht mehr zu uns.» Er stieß mit dem Fuß so heftig gegen eine Konservendose mit eingeweichten Pinseln, daß die Flüssigkeit herausschwappte. «Dieser verfluchte Bengel.» Er stöhnte auf. Er versuchte, mir das Bild wieder zu entreißen. «Gib her.» Aber ich hielt es fest, und so zerrten wir daran, bis er es so plötzlich losließ, daß ich fast das Gleichgewicht verlor.

«Meinetwegen behalt's. Ist ja nun auch schon egal. Hab immer gedacht, Hänsgen hast du verloren, aber ein Stück bleibt dir. Hab mir sogar eingebildet, daß du ihm in manchem ähnlich bist. Und nun? Nichts wie Lug und Trug.»

Ich betrachtete ihn mir von der Seite. Trotz des wütigen Geredes war der Sturm im Abflauen begriffen. Armer Opa.

«Es ist eben nicht alles Gold, was glänzt, aber auch nicht alles Plunder, was im Winkel liegt», versuchte ich, die Atmosphäre etwas aufzulockern. «Vater hin, Vater her, für mich bleibst du nun mal mein Opa, ob es dir paßt oder nicht.»

«Tam, tam ein Baum . . .», murmelte er verlegen. «Laß uns zu den anderen gehen.» Wir verließen die Werkstatt. Ich war erleichtert. Man mußte eben Geduld mit Männern haben.

Auch mit Ludwig. Aus dem großzügigen, toleranten und fürsorglichen Onkel ist nämlich plötzlich ein strenger Bestimmer geworden, der Rechenschaft über mein Tun und Treiben verlangt und konsequenter ist, als Opa es je war. Dafür motze ich mehr als früher mit ihm rum, und er beklagt sich: «Als Nichte hattest du mehr Respekt.»

Ein Vaterkomplex bahnt sich wie Schnupfen bei mir an. Das bin ich sozusagen der Gesellschaft schuldig. Immerhin war ich früher mal fast so was wie verliebt in ihn. Das muß erst aufgearbeitet werden, damit keine Schäden zurückbleiben, wie sie mir, dem Bastard, bereits mehrfach zugefügt worden sind. «So was hinterläßt unauslöschliche Spuren», sagt Kurtchen. Er ist sogar der Meinung, eine völlig ungetrübte Vater-Tochter-Beziehung wäre in meinem Fall geradezu pervers.

Besonders lästig findet mein neuer Vater die Aussprachen, die ich regelmäßig von ihm fordere. «Das haben wir nun schon hundertmal durchgekaut. Ich kann doch nicht wegen diesem Schwachsinn, den du neuerdings von dir gibst, meine Patienten vernachlässigen. Was ist bloß in dich gefahren? Im großen und ganzen warst du bis jetzt ein sehr vernünftiges Mädchen.»

Manchmal denke ich, Onkel gegen Vater: Das war kein guter Tausch, obwohl die materiellen Vorteile beachtlich sind. Ludwig hat mir einen dicken Monats-Scheck für das Studium versprochen, und ich darf in seiner möblierten Eigentumswohnung in Hamburg wohnen. Die Wohnung befindet sich in einem Appartementhaus, das anstelle der verzauberten Villa mit dem verzauberten Garten entstanden ist, genau dort, wo damals meine beiden Väter um meine Mutter geworben hatten. Der heutige Anblick dieses Grundstücks läßt allerdings jede Romantik vermissen. Der würfelartige Bau mit den schießschartenähnlichen Fenstern macht nicht gerade einen verträumten Eindruck. Den schönen, verwilderten Garten hat man zubetoniert, und nur ein paar verstaubte, mit Tempotaschentüchern, leeren Zigarettenschachteln und Bierdosen verunzierte Tannen kümmern vor sich hin. Die tunnelartigen, blaugestrichenen Flure mit der geisterhaften, kalten Beleuchtung erinnern mehr an Science-fiction-Filme als an häusliche Geborgenheit. Das kleine Appartement aber war eine angenehme Überraschung. Es ist praktisch und bequem eingerichtet. Es ist alles vorhanden, was man braucht. Begeistert fiel ich Ludwig um den Hals, als er mich zum ersten Mal mitnahm. «Wahnsinn!» Das beliebteste Modewort aus der DDR gehört längst zu meinem Wortschatz. Meinem Vater gefiel meine Freude. Er setzte sich auf die Bettcouch, sah sich wohlgefällig um und kam mal wieder auf seine Jugendzeit zu sprechen. «Damals hatten wir es nicht so komfortabel . . .» Wieder die alten Geschichten von schäbigen Wehrmachtsspinden, verzogenen Schranktüren und undichten Fenstern. Als er mein ergebenes Gesicht sah, fing er an zu lachen. «Ich hör ja schon auf. Für senil mußt du mich wirklich nicht halten.»

«Dazu möchte ich mich nicht äußern», sagte ich.

Inzwischen bin ich mit ihm auch ein paarmal in der DDR gewesen. Das Elternhaus meiner Mutter liegt zwar völlig hinterm Mond, aber gerade das hat seine Reize. Mit Meta bin ich bereits per du, und wir telefonieren ab und zu. Eigentlich hat sich mein Leben nicht sehr verändert. Noch mache ich, wie gewohnt, in der Familie meine Runde und schlage meine Zelte dort auf, wo es mir gerade gefällt. Mein Vater findet das in Ordnung. Ich glaube, er ist sogar ganz froh darüber, mich nicht ständig auf dem Hals zu haben und auf sein Privatleben verzichten zu müssen.

So war alles anscheinend wieder in schönster Harmonie, als neulich ein neues Erdbeben die Familie erschütterte. Ludwig war nicht zu Hause, und ich hatte mich mit Kurtchen und Petra bei ihm eingenistet. Kurtchen haderte mal wieder, weil seine Eltern seine soziale Einstellung nicht honorieren. Er war ganz niedergeschlagen, und ich gab ihm den teuflischen Rat, an einem Selbstbehauptungstraining teilzunehmen. Danach würde er sicher einen enormen Motivationsschub bekommen. So alberten wir drei in meines Vaters «Domizil» herum und tranken ihm seinen besten Wein aus.

Zwischendurch ging das Telefon. Die Damenwelt verlangte sehr nach dem Herrn Doktor. «Wer sind denn Sie?» fragte eine inquisitorische Stimme. «Ich bin nur die Tochter», sagte ich im Ton eines Schulmädchens. «Soll ich meinem Vater was ausrichten?»

In diesem Moment hupt draußen ein Auto. Ich sehe durch das Fenster. Es ist Opas Wagen, der vor der Gartenpforte steht. Er kreuzt so gut wie nie hier auf. Das hat nichts Gutes zu bedeuten. Ich renne durch den Garten auf die Straße. «Ist was mit Oma?» schreie ich ihm entgegen.

«Was soll schon mit ihr sein? Sie treibt sich mal wieder mit ihren Schwägerinnen herum.» Großvater muß unbedingt mit mir reden.

«Worüber denn?» sage ich.

«Frag nicht so viel, steig ein», befiehlt er.

Was bleibt mir anderes übrig. Er fährt mit mir durch die ganze Stadt, bis die Häuser aufhören und Felder beginnen. Wir wandern einen Trampelpfad den Fluß entlang. Es fängt bereits an, dunkel zu werden, und mir ist kalt.

«Was schleppst du mich hierher?» frage ich. «Unterhalten können wir uns auch zu Hause.»

«Sei nicht so zimperlich», knurrt er und stapft unbeirrt weiter. Ich kann kaum Schritt mit ihm halten. Ich zerbreche mir den Kopf, was passiert sein könnte. Vielleicht hat er Fahrerflucht begangen? Durchaus möglich, da er immer wie ein Verrückter fährt. Ich fasse ihn am Ärmel und zwinge ihn, stehenzubleiben. «Nun sag schon, ist es dein Herz, was dir Sorgen macht?» Er schüttelt den Kopf und gibt einen ganz merkwürdigen Kiekser von sich, als hätte er sich an etwas Heißem verbrannt. Er greift nach mir und fängt mich an zu schütteln. «Du bist mein Enkelkind, für immer und ewig.»

Kurtchen hat ja gleich gesagt, so eine Krankheit verändert den Menschen und bringt ihn aus dem Tritt.

«Aber das weiß ich doch. Hast du mich deshalb hier rausgeschleppt?» Ich spreche mit ihm wie mit Wölfchen, halb strafend, halb liebevoll.

«Quatsch!» Seine Stimme klingt forsch wie immer. Und dann nimmt er mir mein Ehrenwort ab, daß ich über die Geschichte, die er mir jetzt erzählen wird, mit niemandem rede. Dabei sieht er sich scheu um, ob keiner mithört. Aber weit und breit ist kein Mensch zu sehen. Trotzdem flüstert er mehr, als er spricht.

«Irmchen hat mir da einen Brief gegeben von der Toni, du weißt schon.» Er stockt, und ich denke, geheimnisvolle Briefe scheinen in dieser Familie wie Epidemien eingeschleppt zu werden.

«Hätte sie ihn doch besser verbrannt», sage ich ärgerlich. «Immer diese ollen Kamellen.»

Er fährt richtig zusammen. «Hast du etwa davon gewußt?»

«Von dem Brief ja, aber nicht von dem Inhalt.»

Opas Mißtrauen bleibt wach. «Bei Irmchen muß man auf alles gefaßt sein.»

Ich versuche, ihn zu beruhigen. «Oma weiß bestimmt nichts davon.»

«Was sie auf keinen Fall wissen darf», Opa sieht sich schon wieder um, «daß dieser Bengel Ludwig gar nicht Konrads Sohn ist.»

Mit Opa geht es wirklich abwärts, jetzt leidet er schon an Halluzinationen. Es war wohl in letzter Zeit alles zuviel für ihn, aber mir reicht es jetzt auch. «Laß uns umkehren, Opa», sage ich sanft. Er hört gar nicht hin, wie

Wölfchen, wenn ich versuche, ihm einen Knochen wegzunehmen, an dem wirklich nichts mehr dran ist.

«Hast du nicht verstanden, Ludwig ist *mein* Sohn!» Fassungslosigkeit liegt in seiner Stimme. Aber auch Stolz. Es ist ihm anzumerken, daß er bereits wieder den passenden Spruch bereit hat: «Wer zuletzt lacht . . .»

«Opa», sage ich zu ihm wie zu einem Kind, «warum hätte Toni dann Konrad geheiratet und nicht dich?»

«Steht alles in dem Brief. Wird ja alles erklärt: Sie mußte schließlich noch für ihre Eltern sorgen. Konrad war nun mal die bessere Partie. Geld regiert eben die Welt. Ich hatte damals ja noch keinen eigenen Betrieb.»

«Und Konrad Petersen hat nichts davon gewußt?» Ich sehe ihn ungläubig an.

«Vetter Konrad war schon immer etwas langsam von Kapee.» Opa hüpft geradezu neben mir her, beschwingt wie ein Jüngling. Und nun fängt er auch noch an zu singen: «Wie ein Wunder kam die Liebe über Nacht.» Er bleibt wieder stehen. «Elschen bricht's das Herz, wenn sie's erfährt», erklärt er ebenso pathetisch wie triumphierend.

«Und dem armen Ludwig vielleicht auch. Ein angenehmer Onkel warst du jedenfalls nicht, im Gegensatz zu ihm.» Ich bestehe darauf, daß Opa mit ihm spricht. Er überlegt und beschließt, noch etwas damit zu warten. «Ich muß mich selbst erst daran gewöhnen.»

«Und endlich anfangen, ihn netter zu behandeln», ergänze ich, «ihn mit den liebevollen Augen eines Vaters zu sehen.»

Damit beginnt er bereits auf dem Heimweg. «Eins muß man dem Jungen ja lassen, tüchtig ist er. Der erste Akademiker in unserer Familie. Hänsgen war ja mehr ein Träumer.»

Ich fühle mich elend. Mein mühsam frisch zusammengekleistertes Spatzennest ist wieder einmal in Auflösung begriffen. Das Herz wird mir schwer, wenn ich an Oma denke. Wie wird sie es verkraften, wenn Opa mit der Wahrheit herausrückt?

«Ich wollte, ich wäre nie geboren», jammere ich vor mich hin, während ein scharfer Wind uns vor sich herbläst. «Wer soll das nur alles aushalten?»

Das kann Opa nun überhaupt nicht verstehen. «Ich hab gedacht, du freust dich», sagt er direkt etwas beleidigt.

«Es hält sich in Grenzen.» Ich muß nun schon wieder über diesen Opa lachen.

Eins steht fest: Das neue Jahr ist schon jetzt mit Überraschungen gespickt. Ein echtes «Wende-Jahr», auch für die Familie. Kurtchen würde uns einen Mikrokosmos der Zeitgeschichte nennen. Wohin man blickt, ein heilloses Durcheinander. Und es kann noch schlimmer werden, wenn Opa sich nicht endlich aufrafft und den armen Ludwig aufklärt. Der steckt nämlich in letzter Zeit auffallend viel mit Tante Leonie zusammen, und sie bekommt bereits ihren gewissen verschwommenen Blick, wenn sie von ihm spricht.

Ich dagegen beschäftige mich neuerdings viel mit

meinen gewesenen Eltern und grüble, was wohl aus ihnen geworden ist. Sogar in meinen Träumen tauchen sie auf. Vor allem meine Mutter. Ich habe dann sogar wieder den leichten Knoblauchgeruch in der Nase, der von ihr ausging. Niemand von den Petersens zerbricht sich über sie noch den Kopf. Und Ludwig? Zu meiner Überraschung verschwendet auch er kaum noch einen Gedanken an seine angebetete Reni. Um so mehr werde ich der Familie noch zu knacken geben. Bald bin ich aus dem Kaff hier raus und gehe meine eigenen wilden Wege, die auch sie gegangen sind. Oft genug haben sie mich damit geödet. Keiner wird mich daran hindern. Auch Ludwig nicht, und wenn er mir hundertmal ein Auto verweigert, was ich natürlich dazu brauche. Schließlich kann man nicht von mir verlangen, daß ich das Lied vom «Hänschen klein» noch wörtlich nehme. Man wird sehen. «Gut Ding . . .»! Den Führerschein habe ich meinem Onkel-Vater immerhin schon abgeluchst.

Die in diesem Buch geschilderten Menschen
sind nicht identisch mit bestimmten lebenden oder verstorbenen
Personen. Eventuelle Ähnlichkeiten wären rein zufällig.